VERLIEBT AUF SYLT

BAND 1:

Syltseeliebe

Impressum

ISBN: 9783759213716
1. Auflage, 2024

Lektorat & Redaktion:
Susanne Jauss, jauss-lektorat.de

Covergestaltung und Grafiken im Innenteil:
Michelle Schrenk, @canva, www.canva.com
Illustration Landhaus auf dem Land: Margaryta Shevchyshena

Porträt Michelle Schrenk:
Nathalie Majewski, namama-fotografie.com

Die Handlungen und Figuren in diesem Roman sind frei erfunden.
Ähnlichkeiten oder Namensgleichheiten mit lebenden oder bereits verstorbenen Personen sind rein zufällig und nicht beabsichtigt.

Herstellung und Druck über tolino media GmbH & Co. KG,
Albrechtstr. 14, 80636 München. Printed in Germany.
Fragen zu Produktsicherheit an: gpsr@tolino.media.

MICHELLE SCHRENK

Über die Autorin

Hinter der Autorin Michelle Schrenk steckt eine 1983 gebo-
rene Wassermannfrau, die es liebt zu träumen und es hasst,
Zwiebeln zu schneiden. Schon immer widmete sie sich dem
Erfinden von Geschichten und begann bereits im Grund-
schulalter damit, sie aufzuschreiben. Mit ihren gefühlvollen
Liebesromanen, dem Mutmachbuch »Die Suche nach dem
verlorenen Stern« sowie drei Kinderbüchern hat sie sich nun
ihren Traum vom Schreiben erfüllt.
Nahezu jeder ihrer Titel war in den Amazon Top 100
vertreten, ihr herzerwärmender Roman »Kein Himmel
ohne Sterne« sogar zehn Monate lang ohne Unterbre-
chung. Ihr Roman »Irgendwo hinter den Wolken« war
Finalist des Kindle Storyteller Awards 2019. Sie ist überzeugt, dass es viele Wege zum Glück gibt, und hofft, ihren
Lesern mit ihren Büchern ein wenig davon zu schenken.

Mehr über Michelle und ihre Bücher gibt's im Internet auf
michelleschrenk.de sowie auf Facebook und Instagram:
www.facebook.com/MichelleSchrenkAutorin
www.instagram.com/michelle_schrenk_autorin

Du suchst ein Buch mit ganz viel Meer
und möchtest dich wegträumen?
Du glaubst an die Liebe und an Zeichen?
Dir ist das alles nicht zu zuckrig,
sondern du magst genau das?
Dann ist diese Geschichte die richtige für dich.

Ich lade dich ein auf den Syltseehof
auf der wunderschönen Insel Sylt, umgeben
von der Nordsee, Möwen und vielem mehr.
Lass dich mitnehmen,
schalte ein wenig ab und genieße es.
Verliebe dich am Meer, denn
wenn schon Liebe, dann Syltseeliebe.

gewalt ist keine Lösung

»Haben Sie etwa gerade ein Ei nach mir geworfen?« Der Mann im eleganten Anzug starrt mich schockiert an und wischt sich mit dem Taschentuch die Reste meines Wurfgeschosses von der Stirn.

Ja, ich weiß selbst, dass ich ein bisschen überreagiert habe. Gewalt ist keine Lösung, aber Eier zu werfen manchmal schon. Denn ich habe echt die Nase voll von diesen Investorengeiern, die andauernd versuchen, uns den Hof abzuknöpfen. Nur weil sie gehört haben, dass es uns nicht so gut geht. Pah! Ich bin sonst wirklich nicht so hysterisch, gerade habe ich mich allerdings doch etwas verloren – oder das Ei mich.

»Verschwinden Sie jetzt, ernsthaft«, zische ich. »Wir verkaufen nicht und sind auch nicht interessiert. An gar nichts, verstanden?«

»Wie Sie meinen. Aber falls Sie es sich doch noch anders überlegen, melden Sie sich bitte bei mir. Ich lege Ihnen meine Karte hier auf den Tisch.« Er macht Anstalten, in die Innentasche seines Sakkos zu greifen, woraufhin meine Hand schnell wieder in den Korb mit den Eiern wandert, die ich vorhin aus dem Stall geholt habe. Abwehrend hebt er die Arme. »Okay, okay. Ich schicke Ihnen lieber eine E-Mail mit meinen Kontaktdaten.«

»Gehen Sie jetzt, aber wirklich!«, rufe ich und kneife drohend die Augen zusammen.

»Bin schon weg. Nichts für ungut.« Er winkt ab, steigt dann in seinen viel zu polierten anthrazitgrauen Sportwagen und braust davon.

So ein Idiot. Wo sind die Möwen, wenn man sie mal braucht?

»Ahhhh, ich drehe durch!«, schreie ich, denn ich bin jetzt wirklich aufgebracht. Ich habe so sehr die Nase voll von irgendwelchen Leuten, die ungefragt hier auftauchen und zu wissen glauben, was gut für uns oder den Hof wäre.

»Lina? Alles okay? Wer war denn das?« Meine Mama kommt zu mir her und mustert mich sorgenvoll.

»Ach, mal wieder so ein Investorenfritze. Ich sage es dir, es nervt einfach nur noch.«

»Herrje, ärgere dich nicht. Die guten Eier.« Sie blickt zu dem zerbrochenen Matsch, der auf dem Boden liegt.

»Das mache ich gleich weg«, sage ich und seufze.

Mama legt sanft ihre Hand auf meine Schulter. »Ist es wirklich nur deswegen? Oder liegt dir noch was auf dem Herzen?«

Nun, wenn ich ehrlich wäre, würde ich ihr jetzt sagen, dass es nicht besonders gut um den Hof steht und dass es im Moment vorne und hinten nicht reicht. Ich hatte vorhin unseren Bankberater Herrn Knebel am Telefon, um ihn um einen Kredit zu bitten, und er meinte, er könne den so nicht genehmigen, obwohl er uns wirklich mag. Es sollte dringend Geld reinkommen. Er werde noch mal alles durchrechnen, könne mir allerdings keine große Hoffnung machen.

Aber ich erzähle davon nichts, sondern schüttele nur den Kopf. »Alles okay, ich hätte mich einfach nicht so aufregen sollen.«

»Schon in Ordnung. Wo sind denn Piet und Elsa?«, will Mama wissen.

 8

»Elsa ist drinnen im Laden, Piet fährt gerade die Bestellungen aus. Und ich muss jetzt dringend ins Lager, die Eier wollen gesäubert und aufgeräumt werden.«

Sie lächelt und greift nach meinem Korb. »Komm, gib her, ich mache das schnell für dich. Und du versuchst in der Zwischenzeit mal, dich zu beruhigen, ja?«

Eigentlich will ich Nein sagen, nicke jedoch. »Danke, Mama. Ich bin gleich wieder da, okay?«

»Kein Problem, Schatz. Und denk daran, du kannst mit mir über alles reden.«

»Das weiß ich doch.«

»Na schön. Es wird schon alles werden. Denk einfach daran, was Papa immer gesagt hat.«

»Das mache ich, Mama, das mache ich«, antworte ich rasch. Ich muss mich nur eben beruhigen, dann wird das schon wieder, denke ich und mache mich auf den Weg zum Strand.

Ein Seestern ohne Zacken

Egal, wie verregnet es auch ist, einmal Liebe, immer Liebe – Syltseeliebe.

Ja, das hat mein Papa immer gesagt. Mir fehlen seine leichten Sprüche, seine Zuversicht. Ich lächele, als ich aufs Meer blicke und meine Zehen im warmen Sand vergrabe. Seit ich denken kann, ist es ein Ritual von mir, hier an unserem kleinen Strandabschnitt, der über einen direkten Weg vom Hof erreichbar ist, Ruhe zu finden und den Kopf frei zu bekommen. Und das brauche ich nach dem Vorfall mit diesem Investorengeier dringend.

Das sanfte Rauschen der Wellen umhüllt mich wie eine beruhigende Melodie, während der salzige Duft meine Sinne erfüllt. Fast so, als würde das Meer seine Geheimnisse mit mir teilen. Diese Momente am Strand sind für mich wie ein kostbares Geschenk, das mir Kraft und Hoffnung gibt, ähnlich wie die süßen Leckereien und Kekse, die meine Schwester Elsa backt.

Von dieser Stelle aus kann ich sogar das Reetdach auf dem Haupthaus unseres Bauernhofs in Rantum erkennen. Man kann hier in einigen Minuten von einer Küste zur anderen spazieren, weswegen man Rantum auch den »Ort zwischen den Meeren« nennt. Und die Natur ist wunderschön: das Rantumbecken, der kleine Hafen … Wie lange war ich nicht mehr dort. Dafür besuche ich ab und an die Buhnen. Sie dienten einst dem Küstenschutz, hatten jedoch nicht den erhofften Effekt. Dennoch sind sie wirklich hübsch anzusehen.

Ja, alles passt so schön, auch unser Hof. Mein Urgroßvater hat ihn seinerzeit aufgebaut, und er ist nun schon in der vierten Generation im Besitz unserer Familie. Zum Hof gehören neben meiner Schwester Elsa, meinem Bruder Piet und meiner Mama Inga auch ein paar Arbeiter wie Lasse, seine Frau Astrid sowie Katharina, die ab und zu hier aushilft. Und dann natürlich die Stallungen, die Tiere und ein großer Obst- und Gemüsegarten. Vieles von dem, was wir hier anbauen, landet im Hofladen, dem ein kleiner Cafébereich angeschlossen ist. Und genau so soll es auch bleiben.

Papa hat immer gesagt, dass wir die Liebe zum Hof und zu Sylt bewahren müssen, egal, wie stürmisch es auch sein mag. Dass uns das Leben den Weg weist und wir auf die Zeichen achten sollen, so verrückt sie auch sein mögen. Doch das ist in der gegenwärtigen Situation gar nicht so leicht, denn ich frage mich gerade, wie das alles weiter funktionieren soll. Seit Papas unerwartetem Tod ist eben nichts mehr, wie es einmal war.

Schon wieder spüre ich diesen Druck in der Brust und blicke zu den Wellen, die sanft über den Sand rollen. Ist es wirklich genug, einfach nur das Land und den Hof zu lieben? Denn natürlich müssen wir das alles auch weiterhin finanzieren – nur Luft und Liebe allein reichen da ja nicht aus. Doch ich bin bereit, zu kämpfen und alles dafür zu geben.

Ich seufze. Wenigstens scheint heute die Sonne. »Das wird schon alles, oder? Hast du nicht ein Zeichen für mich, liebes Leben?«, frage ich und sehe in den Himmel, als könnte ich mir von ihm eine Antwort erhoffen. Einen Moment lang beobachte ich die Möwen, die dort kreisen.

Und auf einmal – plopp!

Ernsthaft? Entgeistert starre ich auf den Fleck auf meiner Schulter und dann zurück in den Himmel. »Vielen Dank auch! Als hättest du hier nicht genug Platz, musst du ausgerechnet mich treffen«, rufe ich der Möwe zu, die am Himmel ihre Runden zieht und mich gerade angekackt hat. Und das auch noch, während ich über das Leben nachgedacht und nach einem Zeichen gefragt habe. Ganz toll. »Willst du mir damit irgendwas sagen, Leben?« Genervt lasse ich einen Schrei los. Okay, ich bin eindeutig zu theatralisch.

»Es will damit höchstens sagen, dass man hin und wieder nicht an der richtigen Stelle steht.«

Ich zucke zusammen und drehe mich rasch um, denn ich habe nicht damit gerechnet, beobachtet zu werden. Ein älterer Mann mit einem gezwirbelten grauen Schnurrbart steht vor mir und zwinkert mir zu. Er reicht mir ein Taschentuch, das ich lächelnd entgegennehme.

»Danke, wie lieb von Ihnen.« Das Tuch ist mit kleinen Möwen bestickt, was ich irgendwie witzig finde. »So, weg damit.« Energisch reibe ich mir über die Schulter. Wenigstens ist die Hinterlassenschaft der Möwe noch nicht angetrocknet, sodass ich sie einigermaßen problemlos entfernen kann.

»Du bist Lina Sörens, oder? Vom Syltseehof?«, fragt er mich nun.

Woher weiß er das? Prompt verkrampfe ich mich. Er ist wohl doch nicht so nett, wie ich dachte.

»Ja, die bin ich. Und sagen Sie jetzt nicht, dass Sie zu diesen ekligen Zeitgenossen von Immobilienfritzen und Investoren gehören, die unseren Hof haben wollen. Erstens bin ich in dieser Hinsicht heute nicht zu Späßen aufgelegt. Und zweitens verkaufen wir nicht!«

Er lacht und zwirbelt mit den Fingerspitzen an seinem auffälligen Schnurrbart. »Ach du liebe Zeit, nein, nein, keine Sorge. Ich bin's nur, der Heiner.«

Nur der Heiner, okay. »Entschuldigung.« Erleichtert atme ich auf. »Ich wollte nicht so direkt sein, aber wegen diesen Aasgeiern bin ich immer sehr skeptisch. Erst vorhin musste ich wieder einen verjagen. Eine Plage, schlimmer als Möwendreck.«

Er mustert mich einen Moment lang, dann tätschelt er meine Schulter. »Das mit Johann, deinem Papa, tut mir sehr leid. Er war ein feiner Kerl, wirklich.«

Damit habe ich nicht gerechnet. Ohne dass ich es will, zieht sich mein Herz etwas zusammen. »Haben Sie ihn denn gekannt?«

»Ach, wir haben uns immer mal wieder gesehen und miteinander geredet. Er war ja oft in Hörnum am Hafen oder im Ort unterwegs. Wenn es warm wurde, hat man das Brummen seines Motorrads schon von Weitem gehört.«

»Stimmt, er ist immer gern auf der Insel herumgefahren.« Gedankenverloren lasse ich meinen Blick über das Meer schweifen. »Das waren noch Zeiten. Es kommt mir vor, als wäre das ewig weit weg.«

Heiner nickt versonnen. »Und wie geht es so ohne ihn auf dem Hof?«

Ich sehe ihn an. Einen Moment lang denke ich nach, dann antworte ich: »Gegenfrage: Wie geht es einem Seestern ohne Zacken?«

»Ich verstehe.«

Seufzend streiche ich mir die Haare aus dem Gesicht. »Aber wir kriegen das schon hin, irgendwie. Es muss«, sage ich fest entschlossen.

Er reckt den Daumen nach oben. »Das ist die richtige Einstellung, die hatte Johann auch. Er hatte immer so viel Vertrauen in das Leben und war fest davon überzeugt, dass es uns Zeichen schickt.«

Ja, so war er, mein Papa.

»Auf jeden Fall wäre ein Zeichen, wie wir es hinbekommen sollen, ganz nett. Doch ich denke, heute werde ich dem

13

Leben keine Fragen mehr stellen. Das hat nicht so gut geklappt.« Ich deute auf den Fleck.

»Was wolltest du wissen? Vielleicht kann ich dir helfen.«

»Also, wenn Sie mir verraten, wie ich den Hof finanziell stabilisieren kann, ohne in irgendwelche Fallen zu tappen, sind Sie mein Held«, entgegne ich freiheraus.

»Dann werde ich mir mal Mühe geben.« Er lacht. »Aber Spaß beiseite. Manchmal sind es die Kleinigkeiten, die alles drehen können. Wenn man offen dafür ist, dann passieren die schönsten Dinge, davon bin ich überzeugt. Ich meine, wir haben es doch gut hier, oder? Die sanften Wellen, die sich am Horizont brechen, und die salzige Brise in der Luft – das alles erinnert uns daran, dass selbst in den scheinbar unendlichen Weiten des Ozeans die kleinen Momente des Glücks zu finden sind. Wie sage ich immer? In jeder Muschel kann eine Perle stecken.«

»Das klingt schön. Manchmal ist es aber auch nicht gut, offen zu sein. Da kann man ganz schön auf die Nase fallen«, gebe ich zu bedenken.

»Das tut mir leid.« Ich merke, dass er es ehrlich meint. »Ist euch das passiert?«

»Kann man so sagen.«

»Das gehört dazu. Gerade die Rückschläge sind es, die uns stärker machen und uns zeigen, welcher Weg der richtige ist. Und man lernt, was wichtig ist. Allein schon, dass wir uns jetzt unterhalten, kann doch eine positive Auswirkung haben. Vielleicht hat mein Spaziergang mich nicht ohne Grund hierhergeführt.«

»Wer weiß. Papa meinte ja immer, das Leben bringt das zusammen, was zusammen sein soll.« Ich sehe ihn fragend an. »Oh Mann. Ist das nicht verrückt?«

»Ganz und gar nicht. Das klingt schön. Entscheidend ist doch, wie du das alles interpretierst. Und dass du Vertrauen in das Leben hast. Wenn du das erkennst, hast du den Schlüssel in der Hand.«

 14

»Den Schlüssel?«

»Ja, den Schlüssel, der alles verbindet und dich diese kleinen Zeichen sehen lässt. Benutzen musst du ihn allerdings selbst.« Er nickt mir aufmunternd zu.

Einen Augenblick lang stehen wir schweigend da. Ob es so einen Schlüssel gibt? Wirkliche Zeichen? Ich weiß es nicht.

»Also gut, dann werde ich mich mal auf den Weg zurück machen«, unterbricht Heiner meine Gedanken.

»Ja, klar. Danke, es hat mich sehr gefreut.«

»Mich ebenso.« Mit einem Lächeln wendet er sich ab und geht davon.

Ob es wirklich so sein sollte, dass wir uns treffen? Keine Ahnung. Eines kann ich allerdings sagen: Diese Begegnung hat auf alle Fälle gutgetan.

Selbst in den scheinbar
unendlichen Weiten des Ozeans
sind die kleinen Momente
des Glücks zu finden.

Ein Kacktag ist das

»Einundzwanzig, zweiundzwanzig, dreiundzwanzig …«

Während ich die Eier zähle und nach ihrer Größe sortiere, kaue ich auf einem Friesenkeks herum. Zucker hat eine fast genauso beruhigende Wirkung auf mich wie das Meer. Und noch viel beruhigender ist es, wenn das Gebäckstück von meiner Schwester Elsa stammt.

»Vierundzwanzig …«

Auf einmal wird die Tür aufgestoßen, und ich schrecke auf. Beinahe hätte ich das Ei in meiner Hand fallen gelassen.

»Lina, ich habe da was Geniales auf Instagram entdeckt, das muss ich euch zeigen. Es könnte die Lösung all unserer Probleme sein!«, ruft mein Bruder Piet, der nun, gefolgt von meiner Schwester Elsa, den Laden betritt.

Ich liebe meine Geschwister und weiß es zu schätzen, dass auch sie sich immer etwas Neues überlegen, um den Hof über Wasser zu halten. Aber oftmals sind es merkwürdige Ideen. Die letzte war, dass wir uns doch Ponys anschaffen sollten.

»Warte kurz«, murmele ich vor mich hin und versuche, mich wieder zu konzentrieren. »Siebenundzwanzig, achtundzwanzig …« Ich seufze. »Ach was, schon verzählt.«

»Oje, was ist denn los?«, will Elsa wissen. Ihre braunen Augen sind neugierig auf mich gerichtet, während sie das benutzte Geschirr der Gäste, das sie von draußen hereingebracht hat, auf der Theke abstellt.

»Nichts. Ich zähle Eier«, antworte ich und ringe mir ein Lächeln ab.

Elsa lehnt sich über die Theke zu mir. »Ach, komm schon. Immer wenn du laut zählst, ärgerst du dich insgeheim über irgendwas.«

»Raus mit der Sprache. Mama sagte, du hättest jemanden mit Eiern beworfen?«, fragt nun auch Piet, der genau wie Elsa ziemlich aufgeregt zu sein scheint.

Die beiden kennen mich zu gut.

»Okay, erwischt. Ehrlich gesagt habe ich mich geärgert, ja. Da war wieder so ein Immobilienheini und …« Ich nehme mein Handy, entriegle es und reiche es den beiden. »Lest das mal. Obwohl ich so sauer war, hat er doch tatsächlich eine E-Mail hinterhergeschickt, das hat mich dann nur noch mehr genervt. Dabei war ich auf so einem guten Weg. Und jetzt war ich gerade am Meer und habe versucht, mich zu beruhigen. Aber gut.«

Kurz sind meine Geschwister mit Lesen beschäftigt, dann wenden sie sich wieder mir zu. »Das braucht uns nicht zu interessieren«, meint Piet. »Es ist doch das Übliche, und wir haben sowieso kein Interesse, also ärgere dich nicht.«

Elsa nickt zustimmend, während sie mir das Handy zurückgibt. »Das sehe ich auch so. Wenn wir uns ärgern, hält uns das nur davon ab, positive Energie zu haben. Da werden ja die Eier schlecht – oder kaputt wie in deinem Fall. Und das wäre schade.«

»Hahaha. Ja, schon. Aber bei diesen Geldgeiern verstehe ich keinen Spaß mehr. Die fragen überall an, kaufen alles auf und reißen die alten Häuser ab, die seit Jahrhunderten bestehen. So nach dem Motto: Zack, das machen wir einfach neu. Oder sie tarnen sich als irgendwelche Experten.« Ich muss schlucken, wenn ich daran denke. »Das eigentliche Übel ist ja, dass man gezwungen ist, zu verkaufen, weil alles

 18

so teuer geworden ist. Leute, die schon seit Jahren, wenn nicht Jahrzehnten hier auf der Insel leben, können sich den Unterhalt ihrer Häuser nicht mehr leisten. Das kann es doch nicht sein, oder?« Auffordernd sehe ich Piet und Elsa an.

»Wolltest du nicht aufhören, dich zu ärgern?«, entgegnet Piet. »Das bringt doch nichts.«

»Das stimmt schon, nervt mich aber trotzdem.«

»Wir schaffen das, ganz sicher«, meint Elsa. »Wir fallen auf niemanden mehr rein.«

»Absolut nicht. Und jetzt erzähl du mal, Piet«, fordere ich ihn auf. »Was hast du denn auf Instagram entdeckt, das die Lösung unserer Probleme sein könnte?«

»Das sagst du so abwertend. Du wirst dich gleich ernsthaft wundern.« Er zieht sein Handy aus der Tasche, und ich muss grinsen.

»Na ja, ich hoffe mal, es ist nicht eine dieser Anzeigen, die gerade überall auftauchen. Du weißt schon, die dir deinen Seelenpartner vorschlagen wollen.«

»Nein, nein, also …« Er tippt kurz auf dem Display herum, und als er das Gesuchte gefunden hat, schiebt er mir das Telefon über den Tresen zu. »Schau dir das mal an. Da wird ein Hof auf Sylt gesucht, als Schauplatz für einen Film. Ich denke, das wäre eine tolle Chance für uns, um ein bisschen bekannter zu werden. Wir sollten uns bewerben. Elsa ist auch begeistert.«

Stirnrunzelnd betrachte ich die Anzeige. »*Für Dreharbeiten zu einem Film wird ein uriger Bauernhof auf Sylt gesucht, der seine Türen für uns öffnet*«, lese ich laut vor und sehe dann Piet an. »Und das soll seriös sein? Auf Instagram? Ich wäre da ganz vorsichtig.«

»Das ist seriös, da bin ich mir ganz sicher. Vielleicht ist es ja auch ein Zeichen. Ein Schlüssel zum neuen Glück.«

Ein Schlüssel? Sofort denke ich an meine Begegnung mit Heiner. Aber das ist doch Quatsch. Piet scheint jedoch ganz überzeugt davon zu sein.

Ich räuspere mich. »Ein Zeichen? Wie kommst du denn darauf?«

»Glaub mir, du bist nicht die Einzige hier, die sich Gedanken macht. Aber warum nicht? Es kann doch eine Chance sein.«

Erneut betrachte ich die Anzeige, dann schüttele ich den Kopf. »Ich glaube nicht, dass es wirklich etwas Professionelles ist. Die wollen nur Adressen und andere Daten sammeln. Und ihr wisst ja, was beim letzten Mal passiert ist.«

Piet nickt. »Ja, schon. Aber das ist was anderes. Ich finde, wir könnten genau dieser urige Hof sein.«

»Ich finde es auch superspannend«, pflichtet Elsa ihm bei, und ich höre deutliche Euphorie in ihrer Stimme.

Ich sehe die beiden ernst an. »Es wird ein Hof gesucht, schön und gut. Doch was bedeutet das alles? Stellt euch vor, wir werden genommen. Wollen die dann am Ende Geld von uns? Ich bin da echt vorsichtig. Und warum wird dir so was überhaupt angezeigt?«

»Keine Ahnung, aber ich habe ohnehin das Gefühl, dass unsere Handys Gespräche mithören können. Und wir reden ja oft darüber, was wir mit dem Hof machen sollen.«

»Hm, wie auch immer, ich traue der Sache nicht«, bekräftige ich noch einmal. »Was ist das denn für eine Produktionsfirma, die auf Instagram eine Anzeige schaltet? Und selbst wenn es seriös wäre, warum sollten wir davon profitieren? Was bringt es uns – außer mehr Arbeit?«

Piet lacht. »Was es bringt? Na, das liegt doch auf der Hand. Erstens steht da was von Vergütung. Natürlich bezahlen die uns und nicht umgekehrt. Zweitens steigt das Interesse der Leute, wenn unser Hof im Fernsehen gezeigt wird. Wir werden für die Touristen bekannter, attraktiver, da ist so vieles möglich.«

»Eben.« Elsa reckt entschlossen den Daumen nach oben. »Also, ich stimme Piet zu. Denkt mal an Serien wie den Landarzt oder den Bergdoktor. Die Leute pilgern in Scharen

20

zu den Orten, an denen die Filme gedreht werden. Das wäre doch richtig top für uns. Ich finde, wir sollten es zumindest versuchen.«

Doch ich schüttele schnell den Kopf.

»Ach komm, Lina. Was ist denn schon dabei? Probieren könnten wir es wirklich mal.« Elsa tätschelt mich am Arm.

Könnte das tatsächlich eine Chance sein?

»Was muss man denn tun, um dabei zu sein?«, frage ich nun zögernd.

»Das ist ganz einfach. Hier ist ein Bewerbungsformular. Man lädt Fotos vom Hof hoch und schreibt ein bisschen was dazu. Wer wir sind, was wir machen ...«

Ich schaue mir alles an, bin jedoch immer noch skeptisch. »Wir haben so viel zu tun mit dem Anbau und der Ernte, der Instandhaltung des Hofes, den Tieren, dem Hofladen ... Wenn dann noch Dreharbeiten hier stattfinden, endet das doch unweigerlich in einem Chaos. Egal, wie man es dreht und wendet. Klar, wir müssen uns etwas überlegen, aber das hier ist Quatsch.«

»Das sehe ich nicht so. Es muss doch einen Grund geben, dass ich die Anzeige entdeckt habe.«

»Ja, und der ist, dass du dich eindeutig zu viel auf Instagram herumtreibst.«

Piet seufzt, und Elsa wirkt ebenfalls geknickt. »Na gut, ich gehe mal nach draußen zu den Gästen«, sagt sie und verlässt den Laden.

Piet atmet tief durch. »Denk wenigstens mal darüber nach, Lina, okay? Es wäre wirklich eine gute Chance. Ich weiß, du hast immer noch an dieser Sache zu knabbern, aber ...«

Er kommt nicht mehr dazu, seinen Satz zu beenden, denn die Tür wird aufgerissen, und Lasses Frau Astrid stürzt herein. Sie ist kreidebleich, und der Schock steht ihr ins Gesicht geschrieben. Augenblicklich wird mir klar, dass etwas passiert sein muss.

»Lina, Piet, kommt schnell. Lasse, er …« Sie atmet schwer. »Er ist von der Leiter gefallen.«

Sofort machen wir uns auf den Weg, ihr zu folgen. Auch Elsa schließt sich uns an.

»Ich habe schon den Notarzt verständigt«, erzählt Astrid uns, während wir auf den Obstgarten zurennen. Unter einem der hohen Sanddornsträucher liegt Lasse mit geschlossenen Augen und stöhnt immer wieder leise.

Das darf doch nicht wahr sein.

»Lasse, was machst du nur für Sachen? Wie geht es dir?«, rufe ich, als ich neben ihm in die Hocke gehe.

»Mein Bein. Ich fürchte, es ist gebrochen.« Seine Stimme klingt ziemlich schwach, und ich bin erleichtert, als nun in der Ferne schon das Martinshorn zu hören ist.

»Das sieht nicht gut aus«, flüstert Elsa, und ich befürchte, dass sie recht hat.

Wenig später hält der Krankenwagen auf der Straße, an die der Obstgarten angrenzt. Mittlerweile haben alle auf dem Hof davon Wind bekommen, dass etwas passiert ist, darunter auch Mama, Katharina und ein paar Gäste des Hofcafés. Sie alle stehen stumm da und sehen betreten zu, wie Lasse in den Krankenwagen verladen wird.

Astrid begleitet ihn. »Ich melde mich, sobald ich etwas weiß«, sagt sie noch, dann schließen sich auch schon die Türen, und der Krankenwagen fährt los.

»So ein Mist«, murmele ich und merke, wie verzweifelt ich bin. Nicht nur, weil es ein Schock für uns alle ist.

Es ist immer schlimm, wenn Unfälle passieren. Aber dieser Vorfall ruft besonders auch die Erinnerung an jenen Tag in mir wach, als unser Papa wie aus heiterem Himmel plötzlich umkippte. Sein Herz hatte einfach aufgehört zu schlagen, und der Notarzt, den wir sofort gerufen hatten, konnte nur noch seinen Tod feststellen. Noch heute ist bei jedem Krankenwagen, den ich sehe, bei jedem Martinshorn, das ich höre, augenblicklich die Erinnerung wieder da.

»Das wird schon wieder«, sagt Mama. Ich weiß, sie möchte uns damit beruhigen, doch innerlich zittere ich noch immer.

Ja, sicher wird es wieder. Aber mit Lasses Unfall kommen weitere Probleme auf uns zu, denn mit ihm fällt eine wirklich gute und zuverlässige Arbeitskraft aus. Er hat nicht nur die Tiere versorgt und sich um den Anbau und die Ernte gekümmert, sondern auch regelmäßig die Bestellungen ausgeliefert und ist oft mit auf den Markt gefahren. Er weiß, wie alles hier auf dem Hof funktioniert.

Was ist das nur für ein Tag? Ich blicke auf meine Schulter, wo der helle Fleck noch ein klein wenig zu sehen ist. Ein Kacktag ist das, aber so was von.

Unsinn-oder doch eine geniale Idee?

»Wusste ich es doch, dass du hier bist.« Piet setzt sich neben mich und blickt mich prüfend an.

»Ja, ich hatte die Wahl, entweder Kekse zu essen, um mich nicht noch mehr zu ärgern, oder noch mal Meeresluft zu schnuppern. Und da meine Hose schon zwickt …«

Er lächelt leicht, wird aber gleich wieder ernst. »Richtiger Mist ist das mit Lasse. Ich bin auch ganz überfahren.« Er lehnt sich zurück und schaut in den Himmel. »Oh Mann, was machen wir denn jetzt?«

»Stell dem Himmel keine Fragen«, entgegne ich. »Das habe ich vorhin auch schon versucht, und dann hat mich eine Möwe angekackt.«

Er lacht. »Was für eine Frage hattest du denn?«

»Eine Frage über das Leben. Ich wollte ein Zeichen, aber keine Ahnung, wie ich das deuten soll.«

»Also Möwendreck als Zeichen.« Er grinst.

»Ja, absurd. Zum Glück war zufällig dieser ältere Mann da, Heiner. Er hatte wenigstens ein Taschentuch für mich. Und stell dir vor, er kannte Papa.«

»Wirklich?«

»Ja, und er war echt nett. Ein paar Ratschläge hatte er auch. Er meinte, dass Zeichen Schlüssel sein könnten oder so. Dieser Satz hätte tatsächlich von Papa stammen können. Aber ganz ehrlich, was jetzt zählt, ist, dass wir dringend noch jemanden brauchen, der mithilft. Als ob wir nicht schon genug Probleme hätten. Langsam weiß ich echt nicht mehr, wie das alles funktionieren soll. Wir nehmen einfach zu wenig ein. Und jetzt fällt auch noch Lasse aus.« Vorsichtig frage ich: »Meinst du, auf uns liegt ein Fluch?«

Piet winkt ab. »Unsinn!«

»Warum geht dann alles schief? Ich wollte einen Kredit, doch Herr Knebel war nicht so begeistert davon. Ich weiß langsam auch nicht mehr weiter. Durch diese Sache da ist echt so viel schiefgegangen.«

»Ja, Mist. Aber Lasse bekommen wir sicher schnell ersetzt. So viele Leute wollen auf die Insel und sind bereit, für freie Kost und Logis zu arbeiten. Und damit du mir glaubst, schau mal hier.« Er sucht etwas auf seinem Handy, dann reicht er es mir.

»Bitte nicht schon wieder irgendein tolles Angebot auf Instagram!«

»Quatsch. Was meinst du, Schwesterchen, kann ich das so absenden?«

Was hat er denn jetzt wieder entdeckt? Zuerst denke ich, er will mich erneut mit diesen Dreharbeiten nerven, doch dann sehe ich, dass er bereits eine Anzeige aufgesetzt hat, in der wir einen Aushilfsarbeiter für den Hof suchen.

Für unseren Syltseehof, einen idyllischen Bauernhof auf der wunderschönen Insel Sylt, suchen wir möglichst ab sofort Verstärkung. Sind Sie engagiert, motiviert und gastfreundlich und teilen unsere Leidenschaft für die Landwirtschaft? Wir bieten freie Kost und Logis sowie ein familiäres und herzliches Arbeitsumfeld. Werden Sie Teil eines engagierten Teams, sammeln Sie Erfahrungen in der Landwirtschaft und genießen Sie dabei die Schönheit unserer Insel. Ihre Bewerbung senden Sie bitte per E-Mail an …

»Danke, dass du das gemacht hast. Dafür hätte ich gerade wirklich keinen Nerv gehabt«, sage ich, nachdem ich die Zeilen überflogen habe.

Piet nickt. »Das dachte ich mir schon.«

»*Tapetenwechsel* – was ist das für eine Plattform?«

»Soll gut sein, das habe ich schon von mehreren Seiten gehört«, antwortet er.

»Okay, versuchen kann man es ja wirklich mal.«

»Das stimmt.« Zögernd spricht er weiter. »Und man könnte noch viel mehr versuchen. Wir müssen nur … na ja, du weißt schon.«

Ich hebe eine Augenbraue. »Wusste ich es doch, dass du noch mal damit anfängst.«

Er stupst mich an. »Ach, komm schon, Lina, es wären nur zwei bis maximal vier Wochen – falls wir überhaupt ausgesucht werden.«

Ich zucke mit den Schultern. »Ich weiß, du denkst, dass es eine gute Chance sein kann. Aber mal ehrlich, der Hof wäre voll mit fremden Leuten, die sicher unsere Abläufe stören. Da würde dann auch bestimmt wieder irgendwas schiefgehen. Ich meine, wir lieben den Hof und wollen ihn doch erhalten, wie er ist. Am Ende wimmelt es hier von exzentrischen Schauspielern und Regisseuren, Kameraleuten und was weiß ich, wer noch alles dabei ist. Wie sollen wir da noch das tägliche Geschäft erledigen? Ich habe keine Lust, erneut auf die Nase zu fallen. Da sind wir echt schon zu tief getaucht, wenn du verstehst, was ich meine«, sage ich und blicke auf das Meer.

»Ich weiß, aber das ist was ganz anderes. Das Leben läuft doch einfach weiter. Schau, es wäre sowieso nur vorübergehend. Du darfst nicht von vornherein immer gleich alles schwarzmalen. Es geht ums Geld, die zahlen eine klasse Vergütung, und wer weiß, am Ende sind alle supernett. Wir müssen doch was tun, und trotzdem sagst du Nein. Das verstehe ich nicht. Denn wenn es Zeichen gibt,

26

dann kann das eines sein.« Ich seufze, aber Piet lässt nicht locker. »Jetzt mal im Ernst, Lina. Du musst wieder offen werden. Manchmal muss man nur mutig genug sein, um in die Tiefe zu tauchen. Wie soll man sonst einen Schatz finden? Du möchtest doch auch, dass es dem Hof besser geht, oder?«

Offen werden. Tief tauchen. Ich weiß, was er damit meint. Und ja, irgendwie ist die Idee schon nicht schlecht, dennoch mache ich mir Sorgen, wie das laufen könnte. »Natürlich möchte ich, dass es dem Hof besser geht, aber ich will auch, dass er so bleibt, wie er ist. Und nicht, dass sich alles verändert.«

»Damit etwas passiert, muss sich etwas ändern. Ganz einfach.«

Was mache ich denn nun? Soll ich ihm sagen, dass er es probieren soll? Ich meine, das klappt doch sowieso nicht.

»Ach Piet, keine Ahnung, ich kann so ein Gespräch jetzt nicht führen. Das mit der Aushilfe macht Sinn. Aber das andere? Ich weiß nicht …«

»Dafür weiß ich es. Es macht Sinn, versprochen, du wirst sehen. Taucheranzug an und los – oder so ähnlich.«

Kurz denke ich über seine Worte nach, doch bevor ich etwas entgegnen kann, kommt Elsa mir zuvor. »Lina, Piet!« Aufgeregt läuft sie auf uns zu und setzt sich neben uns in den Sand.

»Was ist los?«, frage ich.

»Ich habe Nachricht von Lasse. Das Bein ist tatsächlich gebrochen, aber sonst geht es ihm gut.«

Ich seufze. »Das mit dem Bein ist totaler Mist. Zum Glück ist es nur das.«

Elsa sieht mich jedoch so merkwürdig an, als wäre das noch nicht alles gewesen. Und mein Verdacht bestätigt sich prompt. »Leider haben wir auch noch ein anderes Problem.«

Innerlich verdrehe ich die Augen und spüre schon wieder Panik in mir aufsteigen. Ich habe wirklich langsam die

Schnauze voll von Problemen. Über uns kiekt eine Möwe. »Was ist denn?«

Ein verschmitztes Lächeln breitet sich nun auf dem Gesicht meiner Schwester aus. »Wir haben noch Eierlikör, der getrunken werden muss. Außerdem warten ein paar Gäste im Café. Kommt ihr?«

Ich stupse sie in die Seite, und Elsa lässt sich nach hinten in den Sand fallen. »Du bist wirklich schrecklich, Elsa, weißt du das?«, rufe ich, worauf sie ausgelassen kichert.

Piet schüttelt den Kopf. »Elsa, du bist echt fies.« Er steht auf und hält mir seine Hände hin. »Na, dann komm mal wieder mit.«

Ich ergreife seine Hände und lasse mich zu ihm nach oben ziehen. »Okay, machen wir mal weiter.«

Ein Käffchen am Morgen

»Also, dann wollen wir mal«, murmele ich, während ich in meine Gummistiefel schlüpfe und den letzten Schluck von meinem Kaffee trinke, den ich morgens immer brauche.

Seit Lasses Unfall sind bereits einige Tage vergangen, und obwohl wir alle zusammen anpacken, fehlt er trotzdem spürbar. Jeden Morgen überprüfe ich die Liste der anstehenden Aufgaben und versuche, einen Plan zu schmieden, wie wir alles bewältigen können. Doch die Realität holt mich immer wieder ein, wenn unerwartet Probleme auftauchen. Zum Glück hat Katharina in den letzten Tagen verstärkt ausgeholfen. Eine Dauerlösung ist das allerdings nicht, weil sie auch noch einen anderen Job hat und somit für uns nicht unbegrenzt Zeit aufbringen kann.

Doch Grübeln hilft nicht, Anpacken allerdings schon. Und so mache ich mich auf den Weg in den Stall, wo die Kühe bereits ungeduldig warten.

»Na, habt ihr gut geschlafen?«, frage ich sie und mache mich daran, die erste von ihnen zu melken. Als ich fertig bin, bringe ich die Milch weg und kümmere mich anschließend um die Hühner. Die Eier, die sie gelegt haben, müssen eingesammelt werden.

»Moin!«, ruft Elsa mir zu, als ich den Hühnerstall wieder verlasse. Sie ist dabei, die Körbe, die wir für die Obsternte brauchen, aus dem Schuppen zu holen. Als ich sie damit sehe, wird mir klar, wie viel heute zu tun ist. Oh Mann.

Nachdem ich die Eier im Lagerraum einsortiert habe, treffen wir uns vor dem Haus. »Im Laden ist schon alles so weit fertig, die Kunden können kommen«, berichtet Elsa mir. »Na ja, ich hoffe, es kommen auch wirklich ein paar.«

»Perfekt. Und ja, das hoffe ich auch«, lobe ich sie und strecke mich. Es tut gut, die Sonne auf der Haut zu spüren.

Piet gesellt sich mit einer Tasse Kaffee in der Hand zu uns. »Moin, habt ihr gut geschlafen?«, fragt er, und ich nicke, obwohl die Nacht mal wieder unruhig war.

»Na ja, geht so. Sind die Bestellungen fertig?«

»Jap, heute geht es auch zum alten Herrn Rhode.« Er stöhnt demonstrativ. »Lasse kann es echt gut mit ihm. Ich mag ihn auch, aber er ist schon anstrengend.«

»Da musst du jetzt wohl oder übel durch«, entgegnet Elsa fröhlich.

Sie und ich helfen Piet noch, die Bestellungen in den Lieferwagen zu verladen, damit er losfahren kann. Mama übernimmt heute Morgen den Hofladen, während Elsa und ich uns auf den Weg in den Obstgarten machen, um verschiedene Beeren zu ernten. Eigentlich alles machbar, allerdings wären wir mit Lasse und Piet an unserer Seite deutlich schneller.

Nachdem Elsa und ich zwei Stunden lang Brombeeren, Johannisbeeren, Blaubeeren und auch schon den ersten Sanddorn gepflückt haben, treffen wir uns mit Mama und Katharina im Hofcafé zu einem späten Frühstück. Es duftet nach frischem Gebäck, zudem haben wir hausgemachte Konfitüre aus unserem eigenen Obst vor uns stehen. Alles *made by Elsa*. Vor allem der für die Küstenregionen so typische Sanddorn ist bei unseren Kunden und Gästen sehr begehrt. Elsa zaubert die verschiedensten Köstlichkeiten daraus.

»Ist Astrid schon ins Krankenhaus gefahren? Sie holt Lasse ab, oder?«, fragt Katharina, während sie sich eine Scheibe Brot mit Elsas leckerem Apfel-Sanddorngelee bestreicht.

»Ja, gleich heute in der Früh, aber ich weiß nicht, wie lange es dauert und was danach passiert. Es steht ja eine Reha im Raum«, antwortet Mama und rührt sich Zucker in den Kaffee. »Zum Glück geht es Lasse besser als erwartet. Dennoch wird er sicher für mehr als sechs Wochen ausfallen.«

»Das ist wirklich Mist.« Katharina wirkt bedrückt. »Er hat sich so viele Gedanken gemacht. Gerade im Moment, wo so viel Hilfe auf dem Hof gebraucht wird.«

Ich winke ab. »Das bringt jetzt nichts. Darüber soll er sich keine Gedanken machen. Hauptsache, er wird wieder fit.«

Nachdem wir gefrühstückt haben, gehen Elsa und ich wieder hinaus in den Garten, Mama bleibt mit Katharina im Laden. Ich stecke mir die Kopfhörer ins Ohr, rufe meine Playlist auf und bin voll in meinem Element. Genau wie Elsa. Routiniert ernten wir weiter verschiedene Beeren.

Nach einer Weile kommt Mama zu uns und winkt aufgeregt mit beiden Armen. Ich schalte die Musik aus, ziehe die Airpods aus dem Ohr und sehe sie fragend an. »Alles okay? Ist irgendwas?« Kurz bekomme ich echt Panik. Elsa legt noch eine Handvoll Beeren in ihren Korb, ehe sie ebenfalls ihre Kopfhörer herausnimmt.

»Da ist jemand gekommen«, berichtet Mama. »Der Mann wollte zu Piet, doch der ist noch unterwegs. Er sagt, er heißt Hendrik Feddersen und ist die neue Aushilfe oder so. Weißt du etwas darüber?«

Erst schüttele ich den Kopf, aber dann fällt es mir wieder ein. »Ach, doch. Piet hat eine Anzeige für eine Arbeitskraft aufgegeben. Das wäre ja megagut, wenn das jetzt schon klappen würde. Ich komme gleich mal mit«, sage ich und sehe zu Elsa. »Du hältst hier die Stellung?«

»Klar.«

»Er scheint jedenfalls ein netter Kerl zu sein«, meint Mama, während wir zusammen den Weg nach oben zum Hof gehen. »Wobei er nicht gerade aussieht wie jemand, der schon mal auf einem Hof gearbeitet hat.«

Ich zucke lachend mit den Schultern. »Wie soll so jemand denn aussehen? Das ist bestimmt ein Student, was ja egal ist. Hauptsache, er packt mit an.«

»Ja, warten wir einfach mal ab. Wie gesagt, freundlich wirkt er auf alle Fälle, und er ist äußerst … na ja, attraktiv.« Sie sieht mich grinsend an.

»Mama! Ein Student ist doch zu jung für dich!«

»Nicht für mich, aber vielleicht für dich …«

»Ich habe doch keine Zeit für Männer – und keinen Nerv. Und er kann noch so hübsch sein, das ist kein Einstellkriterium«, mache ich zudem deutlich.

»Nein, aber wenn ein Mann schön anzusehen ist, ist das auch nicht verkehrt.« Sie zwinkert mir zu.

Währenddessen nähern wir uns dem Mann, der vor dem Laden wartet und sich interessiert umsieht. Okay, auf den ersten Blick muss ich schon zugeben, dass Mama recht hat. Er hat helle Haare, ist gut gekleidet und hat ein verschmitztes Grinsen auf den Lippen. Ehrlich gesagt sieht er wirklich aus wie ein Student. Aber Piet wird sich schon etwas dabei gedacht haben. Apropos, mein Bruder hätte uns auch Bescheid sagen können, dass jemand kommt, um sich vorzustellen. Doch vermutlich hat er es in der Hektik einfach nur vergessen.

»Moin«, begrüße ich ihn, als ich vor ihm stehen bleibe. »Ich bin Lina Sörens, und das ist meine Mama Inga, die Sie ja schon kennengelernt haben.«

Er sieht mich an, und sein Blick ist irgendwie merkwürdig. Habe ich etwas im Gesicht? Aber nun räuspert er sich.

 32

»Moin, Entschuldigung. Freut mich, ich bin Hendrik. Es ist doch okay, wenn ich Du sage?«

Als ich nicke, streckt er mir seine Hand hin, und ich ergreife sie. Sein Händedruck ist angenehm, nicht zu fest und auch nicht zu lasch. Seine hellen blauen Augen liegen auf mir, während sein Lächeln noch etwas breiter wird.

»Ich gehe mal wieder zurück in den Laden«, sagt Mama. »Wir sehen uns dann?«

Während sie sich auf den Weg in den Laden macht, blickt Hendrik sich erneut um. »Das ist wirklich ein schöner Hof«, sagt er. »Ein Traum, so echt und malerisch. Und wie auf den Fotos.«

Welche Fotos meint er? Ach, bestimmt hat Piet welche zusammen mit der Stellenanzeige gepostet.

»Ähm, ja. Danke, wir geben unser Bestes«, entgegne ich.

»Nun, ich bin jedenfalls voller Tatendrang und bereit, zu helfen und anzupacken. Wenn ich schon hier sein darf.«

Bei dem Wort *anzupacken* mustere ich seine Finger, die aussehen, als ob sie noch nie in der Erde gewühlt hätten. Oh Lina, nur keine Vorurteile!

Als Nächstes fällt mein Blick auf seine sauber polierten Turnschuhe. Er trägt allen Ernstes weiße Schuhe? Auf einem Bauernhof?

»Schöne Schuhe«, sage ich und deute auf seine Füße. »Aber die werden nicht so sauber bleiben, wenn du sie hier anziehst.«

Er streicht sich lachend durch die Haare. »Ja klar, ich werde mich schon noch umziehen. Das ergibt ja auch Sinn. Ich wollte nur einen guten Eindruck machen.«

Ich beschließe, es dabei zu belassen, und nicke nur, zumal er jetzt in die Hände klatscht.

»Aufregend ist das, oder?«, fragt er.

»Ja, also … es geht so.«

»Klar, ich bin ja neu in der Rolle. Aber ich habe schon einiges über die Landwirtschaft gehört. Und mittendrin zu sein, ist schon noch mal was anderes. Was wartet denn alles auf mich?«

Ich unterdrücke ein Seufzen. Er hat wohl echt keine Ahnung, was ihn erwartet. »So einiges. Hier gibt es immer viel zu tun. Zum Beispiel das Melken der Kühe, die Obsternte, die Pflege der Tiere, die Arbeit im Laden und im Café, Auslieferungen …«

Er lässt sich davon jedoch nicht aus der Ruhe bringen. »Das klingt alles super. Die Arbeit in der Natur, die frische Luft – das wird bestimmt großartig und idyllisch! Und ich bekomme endlich mal mehr Farbe im Gesicht.« Grinsend reckt er den Daumen nach oben.

»Diese Einstellung kann schon mal nicht schaden, Hendrik. Mal sehen, wie idyllisch du die Arbeit hier in ein paar Tagen noch findest.«

Er lacht. »Willst du mir die Sache etwa ausreden?«

»Nein, nein, alles gut, ich freue mich ja über deine Hilfe.«

»Ich freue mich auch, dass ich helfen darf.« Er atmet tief durch. »Die Luft ist echt beeindruckend frisch. Und das Meer ist gleich da vorne, oder? Ich liebe das Meer. Ist schon wieder zu lange her. Das letzte Mal war ich auf Malle, aber das ist etwas anderes.«

»Das stimmt. Und es liegt nur ein Fußweg zwischen unserer Grundstücksgrenze und dem Strand.«

»Wie schön, das pure Inselglück – oder Küstenglück. Aber jetzt genug geschwärmt. Wie geht es weiter? Ich stehe dir zu Diensten.« Tatkräftig schiebt er die Ärmel seiner schicken Jacke nach oben.

Lustig ist er ja schon.

»Du möchtest loslegen? Okay. Wir müssen allerdings erst noch das mit dem Vertrag und die übrigen Formalitäten erledigen«, wende ich ein.

»Ja, klar. Wobei Piet meinte, er würde das dann noch klären.«

 34

»Piet ist aber gerade nicht da, er fährt Bestellungen aus, also … Egal, ich zeige dir jetzt erst mal den Hof und das Zimmer, in dem du übernachten kannst. Später ist mein Bruder dann sicher auch wieder da, und wir können alles Weitere besprechen. Aber gut, dass du gleich mit anpacken willst. Gerade ist hier wirklich Land unter.«

Zur Bekräftigung nickt er mehrmals. »Klar, so machen wir es.«

»Also gut, dann ganz offiziell willkommen auf dem Syltseehof. Meine Schwester Elsa ist gerade noch im Obstgarten, wo wir heute verschiedene Beeren ernten. Meine Mama hast du ja schon kennengelernt.« Ich blicke mich um. »Siehst du, da drüben ist das Café«, sage ich und zeige zu den beiden Tischen vor dem Laden, wo Mama gerade einem älteren Ehepaar Kaffee und Kuchen serviert.

Als sie uns bemerkt, hebt sie die Hand. »Möchten Sie nicht erst noch einen Kaffee?«, ruft sie Hendrik zu.

Er lächelt breit. »Ein Käffchen? Also, dazu sage ich nicht Nein.«

Ein Käffchen? Oh Mann, das geht ja schon gut los.

»Mama, wir haben echt keine Zeit«, wende ich ein, aber sie winkt ab.

»Lass ihn doch erst mal ankommen, Lina. Dann kann ich ihm auch gleich den Laden zeigen. Hol du doch inzwischen mal Elsa, damit sie unseren Neuzugang ebenfalls begrüßen kann.«

Ich rolle innerlich mit den Augen. »Gut, dann machen wir eben jetzt Pause. Ich sage Elsa Bescheid.«

Hendrik hebt bedauernd die Schultern und geht zu Mama hinüber, während mir nichts anderes übrig bleibt, als mich auf den Weg zu Elsa in den Obstgarten zu machen.

»Und, wie ist er?«, will sie wissen, als ich vor ihr stehe.

Ich ziehe die Stirn in Falten. »Na ja … ich hoffe, Piet hat sich etwas dabei gedacht, Hendrik einzustellen. Hoffentlich verursacht er nicht noch mehr Arbeit, als wir ohnehin schon haben.«

»Darf ich dir vielleicht ein paar Beeren anbieten zur Beruhigung?« Sie deutet auf den Korb mit den Brombeeren, die sie soeben gepflückt hat.

»Haha, sehr witzig! Weißt du, was er gerade macht? Er trinkt mit Mama ein *Käffchen*. Kommst du bitte mal kurz mit, dann lernt ihr euch gleich kennen.«

»Klar.« Sie zieht ihre Handschuhe aus und stopft sie in die Tasche ihrer Schürze. »Ein Käffchen, wie süß. Jetzt bin ich wirklich neugierig. Was macht er denn für einen Eindruck?«

»Sagen wir es mal so, man würde so jemanden nicht auf einem Bauernhof vermuten.«

Sie kichert. »Damit machst du mich nur noch neugieriger. Also, gehen wir?«

Er hat es wirklich getan

Als wir den Hofladen betreten, sitzen Hendrik und Mama an der Theke. Beide haben eine dampfende Tasse Kaffee vor sich und plaudern angeregt miteinander.

»Da seid ihr ja«, ruft Mama uns zu, als sie uns entdeckt. »Setzen wir uns doch ein bisschen raus an die Sonne, dort können wir auch in Ruhe reden.« Sie deutet zu Elsa. »Ach, Hendrik, das ist übrigens Elsa, meine Jüngste.«

Elsa mustert ihn interessiert. »Moin, freut mich. Du bist also die neue Aushilfe?«

Er grinst. »Ja, kann man so sagen.«

»Hendrik meinte gerade, er sei sehr motiviert, und er freut sich, hier zu sein. Das ist doch toll«, erzählt Mama, die sich tatsächlich begeistert anhört. Dann steht sie auf und gibt Hendrik ein Zeichen, ihr nach draußen zu folgen.

»Der ist doch echt schnuckelig«, raunt Elsa mir zu und stupst mich leicht an.

Anstatt darauf zu antworten, frage ich sie nur: »Willst du auch einen Kaffee?«

»Jap.«

Ich brühe zwei Tassen Kaffee für sie und mich auf, und als ich damit nach draußen trete, sitzen die drei bereits zusammen am Tisch.

»Wir sind wirklich froh«, sagt Mama gerade. »Im Moment brauchen wir nämlich dringend Hilfe. Lasse, einer unserer wichtigsten Mitarbeiter, hat sich das Bein gebrochen.«

»Oh, der Arme. Das ist schlimm. Aber es geht ihm schon besser, oder?« Hendrik setzt eine betretene Miene auf und beißt in einen der buttrigen Friesenkekse, die Elsa regelmäßig backt. Mama hat sie wohl mit nach draußen genommen. »Mmh, die sind echt zum Niederknien. Was ist das?«

Elsa strahlt. »Das sind Friesenkekse, die backe ich mehrmals in der Woche.«

»Richtig gut. Was ist da drin? Ist das typisch für Sylt?«

»Ja, sie zählen zu den Spezialitäten der Region hier. Sind aber super einfach: Butter, Zucker, Mehl, Vanillezucker, Speisestärke, Eier und gehackte Mandeln. Und dann wird der Teig einfach nur zu einer Rolle geformt, in Scheiben geschnitten und gebacken.«

»Sehr cool. Nun, ich bin gespannt, was ich alles zu tun bekomme, und hoffe, ich kann Lasse gut ersetzen. Für mich ist das sehr wichtig«, meint Hendrik. »Vermutlich soll ich auch mal hier im Laden und im Café helfen? Wann geht es denn morgens immer los? Kann man ausschlafen, oder muss man schon um sieben auf der Matte stehen?«

»Also, bei uns geht es um fünf oder sechs Uhr morgens los, Hendrik«, erkläre ich ihm mit ernstem Blick, worauf er etwas verlegen wirkt.

»Ah klar, kein Problem. Ist auch mal eine neue Erfahrung für mich, auf die ich mich freue.«

Eine neue Erfahrung, auf die er sich freut? Na gut, er weiß natürlich noch nicht, wie das hier alles ist.

In diesem Augenblick fährt Piet mit dem Lieferwagen auf den Hof. Nicht weit von uns entfernt hält er an und steigt aus. Er winkt und kommt dann zu uns her.

»Moin, da komme ich ja im richtigen Moment. Ich brauche auch einen Kaffee und Kekse. Herr Rhode war heute so

38

was von anstrengend«, erzählt er, während er sich zu uns setzt. »Langsam bewundere ich Lasse, wie er das immer hinbekommt. Bitte nicht falsch verstehen, ich mag den alten Herrn gern, aber wenn man wenig Zeit hat, ist es schon eine Herausforderung, sich aus dem Gespräch zu stehlen.«

Mama steht auf und legt Piet ihre Hand auf die Schulter. »Ich hole dir mal schnell einen Kaffee.« Sie verschwindet im Laden, und Piet wendet sich Hendrik zu.

»Hallo. Und Sie sind …?«

»Ich bin Hendrik, ich …«

»Ja, natürlich.« Piet schlägt sich mit der flachen Hand gegen die Stirn. »Hendrik Feddersen. Entschuldigung, ich stand kurz auf dem Schlauch. Wir waren ja per Mail in Kontakt. Das ging aber schnell.« Er reicht Hendrik die Hand. »Und, wie war die Anreise aus München?«

Aha, er ist also aus München.

»Entspannend, wirklich, und ich freue mich schon sehr. Das wird eine aufregende Zeit. Und es ist ja auch eine tolle Chance für den Hof.«

Moment, was meint er bitte damit? Ich verstehe nicht so recht. Warum ist er eine Chance für den Hof?

»Ja, absolut«, antwortet Piet, während ich noch immer versuche, alles irgendwie zusammenzubekommen.

»Ähm, mal eine komische Frage, aber was meint ihr? Inwiefern soll es eine Chance für den Hof sein, dass Hendrik die neue Aushilfe hier ist? Das verstehe ich nicht ganz.«

Ich kneife die Augen zusammen und mustere Piet, der auf einmal ziemlich nervös wirkt. Irgendwas ist an dieser Sache merkwürdig. Dann blicke ich fragend zu Elsa, die mit den Schultern zuckt, genau wie Mama. Okay, ich bin nicht die Einzige, die gerade auf dem Schlauch steht.

Mit einem Mal lacht Hendrik. »Na ja, es ist schon eine große Ehre, als Schauplatz für die Dreharbeiten ausgewählt worden zu sein. *Bilderfilms* ist zwar eine relativ neue, dennoch bereits etablierte Produktionsfirma. Die Filme und

Serien, die gedreht werden, laufen zur Prime Time, dadurch wird der Syltseehof ganz sicher große Aufmerksamkeit erfahren. Und das wird sich bemerkbar machen, zumal ja die Vergütung auch nicht zu verachten ist.«

Er wirkt total begeistert, während ich das Gefühl habe, als hätte mir jemand einen Tritt verpasst. Mein Puls geht schneller, denn schlagartig verstehe ich, was hier los ist. »Dreharbeiten? Du bist keine Aushilfe?«

Hendrik zuckt mit den Schultern. »Ähm, also nicht direkt, aber schon, weil …«, beginnt er, doch ich lasse ihn gar nicht ausreden, sondern wende mich Piet zu.

»Du hast es ernsthaft gemacht? Einfach so?«, platzt es aus mir heraus.

Er hebt abwehrend die Hände. »Lass uns das doch unter vier Augen besprechen. Kommst du mal bitte kurz mit?«

Eigentlich habe ich keine Lust. Aber mein Bruder steht bereits auf, und mir bleibt keine andere Möglichkeit, als ihm ins Innere des Ladens zu folgen.

»Du hast dich mit dem Hof für diese Dreharbeiten beworben, obwohl du wusstest, dass ich dagegen bin«, sprudelt es sogleich aus mir heraus, ohne dass ich mich vergewissert habe, ob die Tür zum Laden tatsächlich geschlossen ist. Doch meine Emotionen kochen nun dermaßen über, dass ich einfach nicht mehr an mich halten kann.

»Ja, ich gebe zu, das habe ich. Aber jetzt sei nicht sauer. Betrachte lieber mal die Möglichkeiten, die sich daraus ergeben. Das ist doch der Wahnsinn. Ich meine, wer hätte das gedacht? Die Antwort kam total schnell. Ich habe erst mit der Produktion geredet, dann mit Hendrik, und der Vertrag ist auch gut. Wir wurden ausgewählt, was für ein Hammer …« Er redet und redet, doch mir ist gerade alles egal.

Ich winke ab. »Das ist so ein Quatsch. Ich hatte dir gesagt, dass ich damit nicht einverstanden bin, und du hast es dennoch gemacht. Und was ist mit der Stellenanzeige? Die hast du nie abgeschickt, oder?«

Er legt den Zeigefinger an die Lippen. »Mensch, Lina, nicht so laut, das hören die draußen doch! Und nein, das habe ich nicht«, raunt er mir zu. »Aber mal im Ernst, wenn du ehrlich bist, musst du zugeben, dass die Idee gut ist. Am Strand meintest du doch, dass du nicht weißt, was wir machen sollen. Und ich dachte, ich weiß es schon. Ab und an braucht man nun mal einen Schubs. Von wegen tauchen und so.«

»Ich weiß nicht, was ich sagen soll, außer dass ich dich gleich ganz tief und lange untertauchen werde!« Entschlossen tippe ich ihm auf die Brust. »Und überhaupt, das ist mehr als nur ein Schubs. Wir brauchen eine Aushilfe und keinen … was weiß ich. Jedenfalls niemanden, der zu wissen glaubt, was gut für uns ist.«

Wieder legt Piet den Finger an seine Lippen, weil ich wohl zu laut bin.

»Hör auf damit«, sage ich. »Ob es alle hören können, ist mir total egal, Piet! Tatsache ist, ich bin so was von sauer auf dich.«

Er seufzt. »Ich verstehe ja, dass du dich überfahren fühlst. Aber jetzt beruhige dich mal. Er hilft uns schon. Und es ist auch etwas anderes als … Du weißt, was ich meine.«

»Er hilft uns schon? Piet, wir stecken mitten in der Saison, haben so viel Arbeit und müssen dazu noch den Ausfall von Lasse verkraften – und du machst so etwas. Als ob nicht alles schon schlimm genug wäre.« Ich seufze und flüstere: »Wir haben Schulden!«

»Das weiß ich, doch die können wir mit dem Geld von der Filmproduktion tilgen. Schon mal daran gedacht?«

»Wenn wir nach deren Pfeife tanzen!«

»Ach was.«

»Bist du dir da so sicher? Klar sagt der Kerl, dass es eine Chance für uns ist, aber er weiß doch gar nichts über uns. Und ob er am Ende wirklich hilft? Wer weiß, was ihm noch alles einfällt. Oder der Produktionsfirma …«

»Wir haben viel Arbeit, und er möchte auf dem Hof mithelfen und sich dadurch auf seine Rolle vorbereiten. Es passt doch alles super zusammen. Das wird schon klappen. Ich dachte echt, du freust dich.« Piet wirkt tatsächlich geknickt.

»Warum sollte ich mich denn freuen? Gerade nach dem letzten Mal.«

»Weil … na ja, weil es wirklich genial ist. Eine super Chance. Ganz einfach. Und nur weil diese eine Sache Mist war, ist nicht alles Mist.« Er fährt sich durch die Haare. »Tut mir leid. Ja, du wolltest es nicht, aber jetzt ist es nun mal so, und wir sollten das Beste daraus machen. Hendrik wird gut mit Arbeit eingedeckt, also komm schon! Lina, ich brauche dich dafür, du musst den Vertrag auch unterschreiben.« Etwas leiser fügt er hinzu: »Und mal ehrlich, es sind zehntausend. Es ist eine Chance, glaub mir.«

Ich sehe meinen Bruder an, der es wohl tatsächlich ernst meint. »Zehntausend?«, hake ich nach, und er nickt. »Gut, ja, die können wir schon gebrauchen. Aber was, wenn sie alles verändern wollen? Du weißt, was Papa immer gesagt hat und was passiert, wenn man sich nicht daran hält.«

»Das weiß ich, trotzdem dürfen wir nicht so verkopft sein. Das ist ein wichtiger finanzieller Puffer für uns.«

Ich seufze tief und gebe schließlich widerwillig nach. »Gut«, murmele ich. »Wenn ihr das mit der Unterkunft erledigt habt, soll Hendrik in den Obstgarten kommen. Da gibt es viel zu tun, und er kann gleich mal zeigen, was er draufhat.«

»Okay, danke Lina. So machen wir es«, stimmt Piet sichtlich erleichtert zu.

Dennoch habe ich das Bedürfnis, noch eine Sache klarzustellen. »Wenn er sich allerdings blöd benimmt oder nur Mist baut, fliegt er. Wirklich. Wir haben für so etwas keine Zeit, Geld hin oder her.« Ich sage es einfach, weil ich nicht dastehen möchte, als hätte ich kampflos aufgegeben. Ja, das mit dem Geld ist ein Argument. Aber alles andere … Zumal ich es erst glaube, wenn die Summe auf unserem Konto ist.

Piet lächelt. »Ja, dann fliegt er. Ist abgemacht. Aber er bleibt zumindest bis zu den Dreharbeiten.«

Gemeinsam gehen wir wieder nach draußen. Als wir an den Tisch treten, sehen uns alle fragend an.

»Na, alles geklärt?«, will Hendrik jetzt auch noch wissen, und ich werfe ihm einen genervten Blick zu.

Ich habe keine Lust, etwas zu antworten, deshalb wende ich mich Elsa zu. »Kommst du? Wir müssen weitermachen«, sage ich mit einem leicht strengen Unterton.

»Ja, natürlich.« Sie nickt und steht auf. Als wir außer Hörweite der anderen sind, bleibt sie stehen und sieht mich an. »Alles okay?«

Ich schüttele den Kopf. »Warum hat Piet das einfach gemacht?«

»Ach komm, das wird schon.«

»Etwas anderes bleibt uns ja nicht übrig«, murre ich und habe auf einmal wieder dieses merkwürdige Gefühl im Bauch, das ich eigentlich nicht mehr haben wollte. Wollen wir mal hoffen, dass es sich nicht bestätigt.

Manchmal muss man nur
mutig genug sein, um in
die Tiefe zu tauchen.
Wie soll man sonst
einen Schatz finden?

Wie ein Apfel

»Willst du nicht doch darüber reden?« Irgendwann hält Elsa wohl die drückende Stille nicht mehr aus. Sie steht gerade auf den Zehenspitzen und streckt sich, um ein paar etwas weiter oben hängende Früchte zu erreichen.

»Worüber denn reden? Dass ich sauer bin, weil Piet uns einfach bei diesem Instagram-Aufruf angemeldet hat? Dass er mich, nein, uns alle angelogen hat und uns in den Rücken gefallen ist? Oder was meinst du genau?«

Sie schluckt. »Ja, lass es raus. Und versteh mich nicht falsch, ich kann deine Wut schon nachvollziehen …«

»Danke!«, falle ich ihr ins Wort, denn ich kann mir sehr wohl vorstellen, was jetzt kommt. Ein Aber.

Und tatsächlich, da ist das Wörtchen schon. »*Aber* auch wieder nicht. Denn mal ehrlich, das wird sicher toll. Dreharbeiten bei uns auf dem Hof, das ist doch was. Wir haben so viele Möglichkeiten, um es für uns positiv zu nutzen. Diesmal wirklich. Wir können bekannter werden, neue Kunden und Gäste gewinnen und vielleicht manches von dem, was wir an Ideen im Kopf haben, realisieren. Ich meine, Geld gibt es doch, oder?«

»Ja, Piet sagte etwas von zehntausend.«

»Na also. Und wenn der Hof im Fernsehen gezeigt wird, erfährt er viel mehr Aufmerksamkeit, das kann schon einiges bringen. Wir haben einen größeren Puffer, und am Ende kriegen wir vielleicht sogar den Onlineshop gewuppt. Und dieser Hendrik scheint doch auch ganz okay zu sein. Gut, etwas schnöselig, aber er hat trotzdem gesagt, dass er mit anpacken will, oder?«

»Klar hat er das. Allerdings versteht er doch gar nicht, wie ernst das hier ist. Er will sich auf eine Rolle vorbereiten, für uns hingegen ist es die pure Realität. Und alles, was wir mal an Ideen im Kopf hatten, brachte uns nur Ärger ein, weil ich … « Ich schlucke. »Weil ich so blauäugig war.«

»Es war nicht deine Schuld, Lina!«

»Doch, das war es.«

»Jetzt hör schon auf. Der Kerl war ein Schwindler.«

»Und ich wäre nicht auf ihn reingefallen, wenn ich auf Papas Leitspruch gehört hätte, hier alles so zu erhalten, wie es ist. Nein, ich dachte mit einem Mal, es besser machen zu können.«

Sie sieht mich ernst an. »Wie gesagt, das ist vorbei. Und am Ende macht Hendrik sich besser, als wir jetzt denken.«

Ich hebe die Schultern und lasse sie wieder fallen. »Vielleicht. Wir werden ja sehen, wie er sich anstellt. Ich habe Piet gesagt, er bekommt eine Chance, und wenn er sich nicht beweist, fliegt er, so leid es mir tut. Einen Klotz am Bein können wir auf keinen Fall gebrauchen. Und auch niemanden, der immer alles besser weiß.«

»Okay, dann kann er sich jetzt gleich mal beweisen. Da ist er.« Sie deutet mit der freien Hand zum Hof hinüber.

Hendrik und Piet kommen gerade auf uns zu. »So, und das hier ist der Obstgarten«, höre ich Piet sagen. »Gerade sind verschiedene Beeren reif, außerdem haben wir ein paar Bäume mit Frühäpfeln. Aber die Ernte ist nur ein Teil der Arbeit in der Sommersaison.«

Als die beiden vor uns stehen bleiben, hebe ich den Blick, und Piet sieht mich lächelnd an. »So, Hilfe naht,

Schwesterherz.« Doch sein Lächeln erweicht mich nicht, genauso wenig wie die Bezeichnung *Schwesterherz.*

»Habt ihr alles erledigt mit der Unterkunft und so?«, frage ich stattdessen.

Piet nickt. »Jawohl, ich habe Hendrik schon sein Zimmer und den Hof gezeigt und ihm auch grob erklärt, was bei uns immer so ansteht. Jetzt kann er euch ein wenig zur Hand gehen, er ist bereit.«

Ich mustere Hendrik einen Moment. Er hat sich umgezogen, trägt eine dunkelblaue Arbeitshose und ein weißes Shirt, dazu Arbeitsschuhe – sicher welche von Piet.

»Also, was soll ich machen?«, will er wissen. Er reibt sich die Hände, als wollte er mir damit zeigen, mit wie viel Tatkraft er an die Arbeit gehen wird.

Mir bleibt nichts anderes übrig, als es so anzunehmen. »Okay. Eigentlich ist es gar kein Hexenwerk: einfach die reifen Beeren von den Sträuchern pflücken und dann behutsam in einen Korb legen. Du musst darauf achten, ob die Beeren einwandfrei sind, und die angeschlagenen oder matschigen Früchte aussortieren.«

»Klingt logisch.« Er grinst.

Elsa drückt ihm einen leeren Korb in die Hand und erklärt ihm noch einmal kurz, was zu tun ist. Na, da bin ich mal gespannt, denke ich, während ich mich wieder meiner Arbeit zuwende.

Wenigstens beginnt Hendrik gleich, die Beeren vom Strauch zu pflücken. Ab und zu werfe ich einen Blick in seine Richtung, doch bisher scheint es ganz normal zu laufen. Okay, es wird schon alles, denke ich. Schließlich stecke ich mir wieder die Kopfhörer ins Ohr, lausche der Musik und versuche, alles um mich herum zu vergessen.

Die Zeit vergeht, und irgendwann tippt mir jemand auf die Schulter. Es ist Hendrik. Ich bin schon einen Strauch weiter als er und stoppe schnell die Musik. »Was ist?«, frage ich, worauf er auf seinen Korb deutet, der bereits fast bis oben gefüllt ist. Daneben steht ein etwas kleinerer Korb mit deutlich weniger Inhalt – vermutlich die aussortierten Früchte.

»Ich habe schon einen ganzen Korb fertig. Und ein paar aussortiert. Wie geht es jetzt weiter?«

»Du kannst einen zweiten Korb pflücken.«

Er nickt. »Okay, super, dann mache ich das mal. Eine Sache wäre da allerdings noch.«

Ich hebe eine Braue. »Klar, was ist?«

»Wusstest du wirklich nicht, dass ich komme?«

Ich schüttele den Kopf. »Nein, ganz und gar nicht«, gebe ich zu, und er wirkt etwas betroffen.

»Das tut mir leid.«

»Du kannst ja nichts dafür«, sage ich, weil es ja tatsächlich so ist.

»Bist du noch sehr sauer?«

»Na ja, ein wenig, denn so war das nicht abgemacht«, stelle ich die Situation für mich klar.

Er räuspert sich. »Das verstehe ich, aber dein Bruder meint es nur gut. Und mal ehrlich, euer Hof ist wirklich toll. Das Haus wirkt so heimelig, beinahe wie in den Filmen, die ich von der Insel kenne. Das Reetdach, das Meer, der Wind, die Sonne …«

»So ist eben die Insel«, antworte ich. »Wunderschön.«

»Also mach dir keine Gedanken, diese Filmproduktion wird sicherlich nur positive Auswirkungen haben. Und die Crew ist auch echt nett und unkompliziert, du wirst sehen.«

Ich seufze. »Okay, ich habe es auch nicht so gemeint. Aber für mich ist das nicht nur Spaß oder ein Abenteuer. Wie gesagt, wir brauchen hier wirklich Hilfe – du weißt ja, dass Lasse ausgefallen ist. Deswegen war ich auch so wütend.«

»Klar, alles gut. Ich verstehe das und werde mein Bestes geben. Versprochen!« Hendrik blickt mich ernst an, und ich bin tatsächlich versucht, ihm zu glauben. Kurz versinke ich im Blau seiner Augen. In der Tat wirkt er ernst und zu allem bereit.

»Okay, solange du mithilfst und deine Arbeit erledigst, ist es in Ordnung, doch davon muss ich mich erst noch überzeugen«, sage ich nun schon ein wenig sanfter. »Wo ist Elsa eigentlich hin?«

»Deine Schwester meinte, sie hätte eine Idee für ein Rezept, das sie ausprobieren muss. Sie hat einige der aussortierten Beeren mitgenommen.«

Die Sonne ist warm, und ich wische mir über die Stirn. »Ah, okay. Ja, Elsa kann wirklich toll kochen und backen. Meistens kann sie es kaum erwarten, endlich loszulegen.«

»Na, wenn das Ergebnis so lecker wird wie die Kekse vorhin …« Er lächelt. »Also gut, dann machen wir mal weiter.«

Kurz überlege ich mir, ob es vielleicht besser wäre, erst noch die vollen Körbe ins Lager zu bringen, und ich entscheide mich spontan dafür. »Warte, es ist zu heiß. Wir bringen doch lieber erst die Früchte rüber ins Lager, da ist es kühler. Danach nehmen wir die leeren Körbe wieder hierher zurück. Kannst du die Körbe tragen? Solange du das machst, warte ich am Laden auf dich.«

Er mustert die Körbe. Vier sind es insgesamt. Jetzt werden wir ja sehen, ob er wirklich anpacken kann.

»Ja, natürlich. Das bekomme ich hin«, antwortet er locker.

Während er sich daran macht, die Körbe ins Lager zu bringen, gehe ich zum Laden und lasse mich auf der Bank vor der Tür nieder, von wo aus ich eine gute Sicht auf das Geschehen auf dem Hof habe.

Mama serviert gerade zwei älteren Damen, die an einem Tisch im Freien sitzen, Tee und Gebäck, dann kommt sie zu mir her und reicht mir ein Glas Wasser, wofür ich wirklich dankbar bin. Einen Moment lang genieße ich es, die Wärme der Sonne im Gesicht zu spüren und dabei etwas Kühles zu trinken. Eine leichte Brise, wie sie meistens auf Sylt herrscht, trägt den salzigen Duft des Meeres in meine Nase. Ja, es wird schon alles werden. Irgendwie.

Doch ich rieche auch noch etwas anderes. Kuchen und eine fruchtige Note. Scheint so, als ob Elsa mit ihrem Backversuch schon recht weit gekommen ist. Ich bin gespannt auf das Ergebnis.

»Na, hast du dich wieder beruhigt? Alles gut bei dir?«, fragt Mama, die inzwischen neben mir Platz genommen hat.

Ich atme tief ein und lasse die Luft dann langsam wieder entweichen. »Ich wollte nicht gemein sein, wirklich nicht. Aber ich hatte Piet gesagt, dass ich das mit dem Filmdreh nicht möchte, und er hat es trotzdem gemacht – mit dem Ergebnis, dass wir jetzt einen Schauspieler hier haben. Gut, er scheint zwar motiviert zu sein, aber …«

»Aber es macht dir auch Angst, ich weiß.«

Ich schlucke. »Schon. Und dieser Hendrik, mal ehrlich, er denkt, es ist Spaß, dabei ist es für uns bitterer Ernst. Überlebenswichtig sozusagen.«

Sie lächelt. »Ach Liebes, Piet hat es nur gut gemeint, wirklich, und ich denke, das weißt du auch. Ich muss sagen, ich finde die Idee nicht schlecht. Hendrik scheint doch eigentlich nett zu sein, und er ist bereit, mit anzupacken. Was hältst du davon, wenn wir heute Abend alle zusammen essen?«

»Ich weiß nicht …«

»Ich schon. Also sag ihm auch Bescheid. Um sechs Uhr, ja?«

Widerwillig nicke ich, woraufhin Mama aufsteht und zurück in den Laden geht.

Gerade kommt Hendrik mit zwei vollen Körben aus dem Obstgarten. Ich muss gestehen, dass ich kurz auf seine Muskeln starre, die sich beim Tragen der Körbe an seinen Oberarmen anspannen. Mist, was ist mit mir los?

 50

Er schafft es tatsächlich, zwei Körbe, die so groß sind, dass man sie mit beiden Händen anfassen muss, auf einmal zu tragen. Eigentlich nicht schlecht. Eigentlich. Denn wenn man die Körbe so aufeinanderstellt wie er, zerdrückt man natürlich einen Teil der Früchte. Oh Mann.

»Wohin sollen die Körbe jetzt?«, will er wissen und keucht dabei etwas.

Ich stehe auf und gehe ihm voran ins Lager, wo wir das Obst zumindest für kurze Zeit aufbewahren können. Hendrik folgt mir.

Nachdem er die beiden Körbe im Lager auf dem Boden abgestellt hat, strahlt er mich an. »Ich hole jetzt noch die anderen beiden.«

Ich nehme eine Handvoll Beeren aus einem der Körbe heraus. »Ja, aber bitte nicht aufeinanderstapeln. Die sind schon ziemlich zerdrückt, siehst du.«

Hendrik mustert die Früchte in meiner Hand. »Okay, danke, ich achte darauf.«

Ehe ich etwas antworten kann, geht er schon wieder los, holt den dritten und dann zuletzt noch den vierten Korb.

»Und jetzt?«, fragt er anschließend.

»Wir müssen eine Leiter mit hinausnehmen. Jetzt sind die Frühäpfel an der Reihe. Die kleine Leiter, die wir schon draußen haben, reicht dafür nicht aus. Die da oben an der Wand ist es. Kannst du sie holen?« Ich deute darauf.

»Klar, kein Problem, ich mache das schon.« Er streckt sich nach der Leiter und versucht, sie von der Wand zu heben. Kurz ruckelt es, und einer der Kartoffelsäcke, die unterhalb der Leiter im Regal stehen, fällt zu Boden.

Schnell stellt Hendrik die Leiter ab, und beinahe gleichzeitig gehen wir in die Knie, um den Sack aufzuheben. Mit einem Mal sind wir uns ziemlich nah. Viel zu nah. Hendrik hebt den Sack schließlich auf und stellt ihn ins Regal zurück.

»Wir … wir brauchen noch etwa eine Stunde mit den Äpfeln«, erkläre ich ihm und sehe ihn ein wenig von unten an. »Danach kannst du dich um andere Dinge kümmern. Wir haben einiges im Hofladen und auch am Strand zu erledigen. Um sechs gibt es dann Abendessen. Mama möchte, dass du heute mit uns isst.«

»Danke, das ist sehr nett«, antwortet er. Ja, das ist es.

»Schon. Aber in Zukunft musst du dich selbst darum kümmern. Wenn du von hier aus in den Ort hineingehst, kommst du relativ bald zu einem Supermarkt. Also teile dir die Zeit, die du hast, gut ein.«

War ich jetzt zu streng? Eigentlich möchte ich das gar nicht sein. Aber ich muss ihm doch auch bestimmt sagen, wie es hier abläuft.

Seine Augen suchen meine, und ich schlucke. Sie sind wirklich ziemlich blau.

»Ich gehe schon mal vor«, sage ich schnell und wende mich ab, um seinem Blick zu entkommen. Ich verlasse das Lager und mache mich wieder auf den Weg in Richtung Obstgarten. Nun ist der erste Baum mit den Frühäpfeln an der Reihe.

Von Weitem sehe ich hinüber zum Hofladen, wo Elsa einer Gruppe jüngerer Frauen gerade Kuchen serviert. Sie winkt mir zu, ich winke zurück, dann gehe ich weiter.

Kurze Zeit später hat Hendrik mich eingeholt, und als wir den Apfelbaum erreicht haben, an dem wir nun weitermachen, legt er die Leiter auf dem Boden ab.

»So, und jetzt?«, fragt er.

»Na ja, was macht man schon mit einer Leiter? Ich bin gespannt, ob du von selbst draufkommst.«

Er grinst. »Schon klar. Wird erledigt.«

Wir arbeiten eine Weile stumm nebeneinander. Ich pflücke die Äpfel vom unteren Bereich des Baumes, während Hendrik auf der Leiter steht und die etwas höher hängenden Früchte erntet.

Okay, bisher macht er sich ganz gut, denke ich mir und mustere ihn möglichst unauffällig.

»Mache ich denn alles richtig?«, will er auf einmal wissen und reißt mich damit aus meinen Gedanken.

»Ähm … ja, klar.«

»Gut, ich sollte schon authentisch wirken in meiner Rolle.«

»Die Rolle, Äpfel zu ernten?«

»Ja, aber nicht nur das. Ich muss mich einfühlen können, damit die Zuschauer den Eindruck bekommen, ich sei wirklich ein Hofarbeiter. Deswegen bin ich auch so gern Schauspieler. Man kann so viele verschiedene Charaktere verkörpern.«

Ich seufze. »Ich weiß, das klingt jetzt hart, doch es ist nie dasselbe, wie wenn man wirklich in einem Leben steckt. Da kannst du noch so ein guter Schauspieler sein.«

»Möglich, aber man kann sich trotzdem anpassen.« Er hebt den Apfel, den er gerade gepflückt hat, in die Höhe. »Weißt du, das Leben ist wie ein Apfel: Manchmal ist es süß und saftig, manchmal sauer und hart. Doch am Ende wird alles gut.«

»Oh, wie niedlich.« Ich verziehe das Gesicht.

»Findest du nicht?«

»Absolut nicht. Das Leben ist viel zu komplex und facettenreich, um es auf einen Apfel zu reduzieren, und es wird auch nicht immer alles gut. Man hofft es, aber …«

»Also, ich finde den Vergleich romantisch«, beharrt er, und ich lache auf.

»Wer findet denn so etwas romantisch?«

»Offensichtlich ich.« Er zwinkert mir zu.

»Ich hoffe, das soll keine Anmache sein. Du willst wohl mit mir flirten? Oder nur merkwürdigen Small Talk führen?«

»Flirten? Unsinn, ich flirte doch nicht«, entgegnet er, und doch zwinkert er mir erneut zu. »Ich wollte nur die Stimmung auflockern, und das hat ja geklappt.«

»Du bist echt verrückt. Ernsthaft.« Ich blicke auf meine Armbanduhr. »Ich muss mal eben was erledigen. Kommst du bitte in etwa einer Stunde in den Laden? Aber vorher solltest du noch die Äpfel ins Lager bringen, ja?«

»Okay, das mache ich.«

»Super, danke.«

Schließlich mache ich mich auf den Weg. Zuerst möchte ich Piet suchen und ihn fragen, was in diesem Vertrag steht. Zum Glück finde ich ihn im Stall, wo er gerade Heu ausstreut.

Mit verschränkten Armen schaue ich ihm eine Weile zu, ehe ich ihn anspreche. Ich bin nicht mehr ganz so wütend, was er aber nicht gleich merken soll. »Piet?«

Er dreht sich zu mir um. »Hey, Sonnenschein. Schön, dich zu sehen. Na, wie läuft es mit Hendrik?«

»Ach, bisher ist es gar nicht so schlimm.«

»Super. Wusste ich es doch.«

Ich atme tief durch. »Ich möchte gern den Vertrag sehen. Zeigst du ihn mir bitte?«

»Klar, komm mal mit.« Er stellt den Rechen ab, und ich folge ihm ins Büro. Dort startet er den Laptop und öffnet die E-Mail, die er von der Produktionsfirma bekommen hat.

Ich lese alles aufmerksam durch und finde darin Informationen über die geplanten Dreharbeiten, die vorgesehene Dauer der Produktion und weitere Details, die für den Film relevant sind. Auch die Vergütung ist festgelegt.

»Hm, alles schön und gut, aber hast du das hier auch gelesen?«, frage ich und deute auf ein paar spezielle Punkte am Ende des Vertrags. »Die Produktionsfirma kann darauf bestehen, bestimmte Bereiche des Hofs umzugestalten und anzupassen. Dies kann beispielsweise das Hinzufügen von Möbeln, das Ändern der Farbgestaltung oder das Anbringen von speziellen Dekorationen umfassen. Eine Liste findet sich im Anhang dieses Vertrags«, lese ich.

»Ich weiß, ich habe den Vertrag ebenfalls gelesen«, antwortet Piet. »Aber wo siehst du da ein Problem?«

»Wir werden hier natürlich nichts verändern, der Hof bleibt, wie er ist. Kläre das mal bitte mit denen, sonst unterschreibe ich den Vertrag nicht. Echt nicht, Piet.«

Er seufzt. »Lina, also wirklich. Überleg doch mal, sie benötigen höchstens etwas Platz, um ihr Equipment unterzustellen oder … Schau dir die Liste mal an.« Er schluckt und sieht mich ernst an. »Ich weiß, du hängst immer noch sehr an Papa, so wie wir alle. Doch so geht es nicht weiter, das ist dir sicher auch selbst klar.«

Mein Herz klopft plötzlich heftig. »Was meinst du?«, frage ich, auch wenn ich es genau weiß.

»Ach, komm schon, Lina.«

Ich zucke mit den Schultern. »Ich habe dir gesagt, wie ich dazu stehe. Kläre erst mal ab, was sie wirklich wollen, dann reden wir weiter. Du kennst meine Meinung zu allem. Ich gehe jetzt zu Elsa.« Schnell stehe ich auf, denn mehr habe ich nicht zu sagen. Und ich möchte auch nicht mehr dazu sagen. Vorerst.

Als ich aus der Tür treten will, ruft Piet jedoch noch einmal nach mir. »Lina?«

»Ja?«

»Veränderungen sind nicht immer schlecht. Alles verändert sich, jeden Tag und …«

Ich hebe die Hand. »Wie gesagt, du kennst meine Meinung«, entgegne ich nur noch, dann verlasse ich das Büro.

Die Chefin wird sauer

Als ich den Hofladen betrete, duftet es herrlich nach frisch gebackenem Obstkuchen, und mir läuft beinahe das Wasser im Mund zusammen. Ich weiß genau, was meine Schwester vorhat. Denn wenn es etwas gibt, dem ich absolut nicht widerstehen kann, dann sind es die süßen Leckereien, die Elsa produziert.

Ich durchquere den Laden und gehe weiter in die Küche, wo Elsa an der Arbeitsplatte steht und eine weiße Glasur auf einen Kuchen streicht.

Sie blickt über die Schulter zu mir und zwinkert mir zu. »Na, riechst du es? Springt dein Herz schon vor Freude? Möchtest du mir sagen, dass ich die beste Schwester der Welt bin?«

Ich atme tief ein und lasse den Duft, der im Raum hängt, auf mich wirken. »Ich muss schon sagen, das ist ein genialer Schachzug«, sage ich mit einem Lächeln. »Du weißt, ich liebe deine Kreationen. Und ja, du bist die beste Schwester der Welt!«

Sie lacht. »Das weiß ich, und deshalb dachte ich mir, ich backe mal schnell einen Beerenkuchen, damit du dich wieder ein bisschen beruhigst. Deine grummelige Laune ist ja nicht auszuhalten. Wirklich. Dabei bist du überhaupt nicht so. Der arme Piet.«

»Der arme Piet? Meine Laune ist im Keller. Kann ich jetzt vielleicht ein Stück …«, frage ich und will nach dem Kuchen greifen, aber Elsa schlägt mir auf die Finger.

»Nichts da, den gibt es erst zum Nachtisch. Du musst dich also noch ein bisschen gedulden. Die Glasur muss ohnehin noch trocknen. Aber Vorfreude ist ja bekanntlich die schönste Freude.«

Ich mache ein gespielt beleidigtes Gesicht. »Bist du dir wirklich sicher, dass du dieses Risiko eingehen willst? Ich meine, ich könnte ja wieder sauer werden.«

Doch ich kann die Fassade nicht länger aufrechterhalten, und wir fangen beide an zu lachen.

»Also bekomme ich ein Stück?«

»Nö.«

»Elsa! Das ist ja die reinste Folter.«

Sie kichert. »Tja, das Leben ist hart. Und, was treibt Hendrik gerade so? Lebt er überhaupt noch, oder hast du ihn bereits in den Dünen verscharrt?«

»Nein, die Gelegenheit hatte ich leider noch nicht.«

»War es so schlimm? Ich finde, er hat es bisher ganz ordentlich gemacht.«

»Gut, ich gebe zu, es war ganz okay.« Ich verdrehe die Augen ein wenig, was Elsa allerdings entgeht, weil sie gerade die leere Schüssel, in der sie die Glasur zubereitet hat, ins Spülbecken stellt.

»Na, das ist doch schon mal was«, meint sie.

»Aber wir müssen erst noch sehen, wie es weitergeht. Die Produktionsfirma will tatsächlich ein paar Änderungen vornehmen, so wie ich es mir schon dachte.«

»Okay, und die sind so aufwendig?«

»Finde ich schon, doch das soll Hendrik euch selbst sagen.«

»Hm. Und wo ist er jetzt?«, will sie wissen.

»Noch im Obstgarten. Wenn er fertig ist, kommt er hierher.«

Plötzlich stürmt Katharina in die Küche, und ihre grünen Augen funkeln vor Aufregung. »Hört mal, Mädels, ist das nicht Hendrik Feddersen, der da auf einem der Apfelbäume hängt?«

»Ähm, ja, das ist Hendrik«, antworte ich, worauf sie sich die Hand vor den Mund schlägt.

»Oh mein Gott, ich habe diesen Film mit ihm gesehen, da ist er ziemlich heiß. Über ihn wird so viel berichtet.«

Nun werde ich doch ein bisschen neugierig. Ich für meinen Teil habe zuvor noch nie etwas von Hendrik gehört.

»Jetzt klärt mich doch mal auf, warum ist er hier?«, hakt Katharina nach.

»Auf unserem Hof wird ein Film gedreht.« Elsa ist es jetzt, die Katharina alles berichtet.

Während Elsa erzählt, wird Katharinas Blick immer schwärmerischer. »Was? Wirklich? Wow! Und der Kerl ist ganz schön schnuckelig.«

Elsa nickt. »Ja, ich finde auch, dass er gut anzusehen ist.«

Katharina tritt ans Fenster und blickt hinaus. »Dort drüben kommt er mit einem Korb«, sagt sie. »Dieser knackige Hintern! Und das verschwitzte Shirt klebt fast an ihm. Sexy!«

Ich rolle mit den Augen. »Könnt ihr euch mal bitte beruhigen? Besonders du, Katharina. Er ist hier, um bei der Arbeit zu helfen. Nur das ist wichtig.«

»Ja, klar, aber ein Hingucker ist er schon auch.«

Katharina und Elsa beginnen, den Tisch fürs Abendessen zu decken, und ein paar Minuten später betritt Hendrik die Küche. »So, die Äpfel sind im Lager«, verkündet er und wirkt dabei sogar ein wenig fröhlich. »Was kann ich jetzt machen?«

»Ähm, also …«

»Du könntest eben noch die Hühner füttern«, kommt Elsa mir zuvor.

Katharina hebt eine Hand. »Ich zeige Hendrik, was er wissen muss«, sagt sie und bedenkt ihn mit einem verführerischen Augenaufschlag. »Ich bin übrigens Katharina, ich helfe hier immer mal wieder aus.« Lächelnd reicht sie ihm die Hand, dabei streicht sie sich auch noch durch die Haare.

Innerlich verdrehe ich erneut die Augen. Das kann ja heiter werden.

»Freut mich.« Er nimmt Katharinas Hand und schüttelt sie. »Ich war zwar schon bei den Hühnern, aber …«

Sie winkt ab. »Das macht nichts, ich zeige dir einfach noch mal alles. Außerdem bin ich neugierig wegen dem Dreh und allem.«

»Klar, ich erzähle dir gern was darüber.«

»Aber vergiss nicht, dabei deine Arbeit zu erledigen«, rufe ich ihm hinterher. »Hast du auch die Leiter aufgeräumt?«

Hendrik dreht sich noch einmal zu mir um. »Das vergesse ich sicher nicht«, entgegnet er freundlich und mit einer Seelenruhe. »Und das mit der Leiter mache ich natürlich auch noch. Dann also bis nachher.«

Als ich dann Hendrik und Katharina nachsehe, wie sie sich auf den Weg in Richtung Hühnerstall machen, bekomme ich auf einmal einen Schubs in die Seite.

»Du bist wirklich unmöglich, das muss ich dir schon sagen«, rügt mich Elsa. »*Vergiss die Arbeit nicht. Hast du die Leiter aufgeräumt? Meine Güte!*«

»Was denn?«, verteidige ich mich. »Ist doch so. Nicht dass er denkt, er kann hier wie ein Gockel herumrennen und alle verrücktmachen. Außerdem soll er nicht glauben, dass wir ihn mit Samthandschuhen anfassen, nur weil er Schauspieler ist.«

Elsa kommt nicht mehr zum Antworten, weil auf einmal lautes Hupen ertönt. »Oh, das sind sicherlich Astrid und Lasse. Lass uns nachsehen, wie es ihm geht.« Sie marschiert einfach los, und ich folge ihr.

Als wir aus dem Laden treten, steigt Lasse gerade aus dem Auto aus. Astrid hilft ihm. Sein Bein ist eingegipst, und er benutzt Krücken.

»Wie geht es dir, Lasse?«, frage ich.

Er legt den Kopf schief. »Alles okay, das wird schon wieder. Bin gut verpackt. Und ich habe ja meinen Schatz, der mir hilft.«

Astrid seufzt. »Wir kriegen es hin, wenn der Sturkopf sich fügt und die Sache ernst nimmt. Vor allem muss er auf die Ärzte hören und die Reha auch tatsächlich machen.«

»Jaja, Liebes.« Er bedenkt Astrid mit einem liebevollen Blick, ehe er sich wieder mir zuwendet. »Tut mir echt leid, Lina. Ich weiß ja, wie dringend ihr gerade Hilfe braucht.«

Ich schüttele den Kopf. »Mach dir keine Gedanken. Wirklich nicht. Hauptsache, es geht dir danach wieder gut. Aber du wirst uns schon fehlen.«

In diesem Moment kommen Hendrik und Katharina auf uns zu. Katharina umarmt Lasse vorsichtig. »Mensch, wie geht es dir denn? Schön, dass du wieder da bist«, sagt sie.

»Das wird schon wieder, muss ja«, antwortet er und sieht dann Hendrik an. »Moin.«

»Hallo, ich bin Hendrik, ich helfe jetzt hier aus.« Er reicht Lasse die Hand.

»Und ich bin Lasse, das ist meine Frau Astrid. Du bist also mein Ersatz?«

»Zumindest versucht er es gerade«, erkläre ich.

»Das kriegst du schon hin, Bursche.«

»Mal sehen«, murre ich, und prompt blicken alle zu mir. »Ist doch wahr. Wir müssen erst mal abwarten, wie es sich entwickelt.«

»Hendrik ist nämlich keine richtige Aushilfe«, verrät Katharina nun, worauf Lasse uns fragend ansieht.

»Nicht? Was ist er dann?«

»Er ist Schauspieler und bereitet sich hier bei uns auf seine Rolle vor, in der er einen Arbeiter auf einem Bauernhof spielt«, berichtet Katharina schon weiter.

Ich hebe rasch die Hand. »Das war nicht meine Idee, sondern Piets«, stelle ich klar. »Im Internet wurde ein Hof gesucht, auf dem die Dreharbeiten stattfinden, und Piet hat sich darauf beworben. Und nein, ich war nicht damit einverstanden.«

Lasse grinst. »Echt? Aber warum denn nicht? Das ist doch richtig toll. Du wirst sehen, das wird schon.« Er wendet sich meiner Mama zu. »Zu schade, dass wir schon losmüssen. Ich liebe ja deinen Eintopf, Inga.«

Sie lächelt. »Den bekommst du auch noch, wenn du wieder da bist.«

»Ich freue mich auch schon darauf«, meint Hendrik. »Also dann alles Gute, Lasse. Und auch dir, Astrid. Ich muss jetzt noch die Leiter aufräumen, sonst wird die Chefin sauer.«

Ich höre wohl nicht recht. Meint er damit mich? »Was? Die Chefin wird nicht sauer, aber es gehört einfach zur Arbeit auf einem Hof, danach auch wieder alles aufzuräumen.«

Lasse lacht. »Na, das scheint ja spaßig zu werden mit euch.«

»Ja, superspaßig.« Entschlossen verschränke ich die Arme vor der Brust.

»Ach komm, was hast du gegen ihn? Er scheint doch nett zu sein.«

Ich beschließe, mich nicht weiter in diese Diskussion einzulassen, sondern winke einfach ab. »Also, dann melde dich mal und pass auf dich auf, ja?« Ich umarme Lasse noch kurz und sehe anschließend zu Elsa. »Kommst du bitte mit? Wir müssen in den Laden, die Kassenabrechnung wartet. Außerdem muss ich den Dienstplan für morgen aufstellen.«

Ohne ein weiteres Wort drehe ich mich um und gehe ins Haus, Elsa folgt mir. Meine Gedanken kreisen. Warum tun alle so, als ob ich so gemein wäre? Niemand ist auch nur ansatzweise skeptisch. Sogar Lasse findet die Idee mit der Filmproduktion gut.

Als ich die Küche wieder betrete, fällt mein Blick auf den frisch gebackenen Kuchen. »Mmh«, murre ich, doch Elsa stellt sich zwischen mich und das Gebäck.

»Untersteh dich!«, ruft sie.

»Wenn ich nicht jetzt gleich ein Stück bekomme, dann …«

»Dann?«

»Ach bitte, Elsa, sei nicht so fies. Der Tag war echt aufreibend, und ich habe mich so zusammengerissen.«

»Bis zum Nachtisch musst du schon noch warten.« Sie sieht mich ernst an.

»Bitte, ich brauche jetzt was.«

Sie seufzt. »Also gut, dann nimm dir ein Stück.«

Das lasse ich mir nicht zweimal sagen. Ich hole ein Messer aus der Schublade und schneide mir ein ordentliches Stück Kuchen ab. Das brauche ich jetzt für meine Seele. Genüsslich beiße ich hinein. »Oh mein Gott, das ist ja himmlisch«, seufze ich.

»Das freut mich.« Elsa grinst. »Ich habe mal wieder eine geheime Zutat hineingegeben. Aber die verrate ich natürlich nicht, sonst ist sie ja nicht mehr geheim.«

»Hast du eigentlich schon mal was von diesem Hendrik gesehen?«, will ich nun wissen. »Katharina hat ihn ja immerhin erkannt.«

Elsa stupst mich mit dem Zeigefinger in die Brust. »Aha, da ist also doch jemand neugierig.«

»Was heißt neugierig? Ich würde nur einfach gern wissen, was das für einer ist.«

»Na ja, er ist auf alle Fälle sehr begehrt. Die Frauen lieben ihn, weil er so charmant ist.«

Ich muss an seinen Spruch mit dem Apfel denken. Charmant fand ich den ja nicht gerade. »Und woher weißt du das? Ich dachte, du kanntest ihn auch nicht?«

»Hab ich auch nicht, aber man muss ja nur gezielt auf Instagram suchen oder googeln.«

»Auf Instagram. War ja klar, dass er da ist. Bestimmt hat er viele Follower.«

»Ja, schon einige.«

In diesem Augenblick klingelt die Glocke im Laden, und Frau Gerston, eine ältere Stammkundin, kommt herein. Mist, ich wollte doch das Stück Kuchen essen, aber das muss jetzt wohl oder übel warten. Und das nur, weil ich mich mit Hendrik beschäftigt habe, was ich eigentlich gar nicht wollte. Es wird Zeit, dass ich mich wieder auf das Wesentliche konzentriere.

Meine Kampfeslust ist geweckt

»Seid ihr so weit? Das Essen ist fertig.« Kurz bevor wir mit den Abschlussarbeiten im Laden fertig sind, taucht Mamas Kopf an der Tür zur Küche auf.

»Wir sind schon so gut wie da, ich muss nur noch eben die Kasse fertig machen«, antworte ich.

»Dann beeil dich, sonst wird es kalt.« Mama geht zurück in die Küche, gefolgt von Elsa, die die wenigen Kuchenstücke mitnimmt, die heute vom Verkauf übrig geblieben sind.

Ich tippe noch schnell die letzten Zahlen in die Kasse. Als ich fertig bin, sehe ich mir das Ergebnis an und seufze. Ja, es könnte deutlich besser sein. Natürlich haben wir viele Kunden, und einige von ihnen, so wie Frau Gerston, kommen beinahe täglich zu uns in den Hofladen. Dennoch kommt nicht so viel dabei herum, wie ich es mir für uns wünschen würde. Für uns alle.

Ist die Idee mit den Dreharbeiten womöglich doch nicht so mies? Ich kann mich ja noch nicht so recht damit anfreunden, aber vielleicht würde es uns doch weiterhelfen.

Die Neugier gewinnt nun endgültig die Oberhand. Ich gebe Hendriks Namen in Google ein und bekomme prompt einiges angezeigt, unter anderem zwei Fotos, auf denen er in der Tat nicht viel anhat. Ohne dass ich es will, mustere ich seinen nackten Oberkörper etwas genauer. Okay, er sieht schon gut aus. Dann lese ich die Überschriften der angezeigten Suchergebnisse.

Hendrik Feddersen: So anziehend wirkt er ...
Hendrik Feddersen: Hat er drei Brustwarzen?

Drei Brustwarzen? Steht das ernsthaft dort?

Hendrik Feddersen: Schon wieder eine neue Affäre!
Herzensbrecher Hendrik Feddersen – darum liegen ihm die Frauen zu Füßen ...
Hendrik Feddersen: reicher Junge oder ernsthafter Schauspieler?

Was heißt hier »reicher Junge«? Neugierig rufe ich den Artikel auf, in dem es darum geht, dass Hendrik offenbar aus einer wohlhabenden Familie stammt. Von wegen das Leben ist manchmal süß und manchmal sauer – für ihn ist es doch immer süß. Ich hatte mir ja bereits so was Ähnliches gedacht. Klar mag er heute schon motiviert sein. Aber bald werden wir nur Ärger mit ihm haben, weil er jemand ist, der immer alles bekommt.

Ich will gerade weiterlesen, als mein Handy klingelt. Es ist Jane, meine beste Freundin. Ich habe ihr von der Sache mit dem Filmdreh noch nichts erzählt, weil ich nicht wirklich die Gelegenheit dazu hatte. Und auch jetzt habe ich praktisch keine Zeit zum Telefonieren, schließlich warten schon alle mit dem Essen auf mich.

Und was mache ich, während die anderen warten? Ich google nach Hendrik. Wobei es vielleicht auch gut war, denn wenigstens weiß ich jetzt, mit wem ich es zu tun habe. Mit einem verwöhnten Sohn aus reichem Hause, der die Frauen um den Finger wickelt. Sicher denkt er, dass er das auch hier machen kann. Aber das kann er vergessen.

Ich klicke den Artikel weg und schreibe Jane schnell eine Nachricht in WhatsApp.

Ich: *Melde mich nachher. Das Essen steht auf dem Tisch. Ist bei dir alles gut?*

Ich schicke die Nachricht ab, und Jane liest sie sofort.

Jane: *Super, melde dich dann. Arbeitest du heute Abend in der Bar? Falls ja, könnten wir uns doch dort treffen.*

Ja, die Bar. Von meinem kleinen Geheimnis, dass ich ab und zu abends dort aushelfe, damit noch etwas mehr Geld in den Syltseehof fließt, weiß nur Jane. Aber heute habe ich frei. Eigentlich wollte ich ja früh ins Bett, doch es würde mir auch mal guttun, mit meiner Freundin zu reden.

Ich: *Nein, ich habe frei. Aber wie wäre es, wenn wir uns trotzdem treffen?*

Ganz ehrlich, ich hätte schon Lust, heute mal rauszukommen und mit Jane über alles zu reden.

Jane: *Ja, super gerne. Wann passt es dir? Ich hole dich ab.*

Ich: *Acht Uhr?*

Sie schickt mir einen nach oben gestreckten Daumen, auf den ich mit einem winkenden Smiley antworte. Dann stecke ich das Handy ein und mache mich auf den Weg zum Essen.

»Da bist du ja endlich. Setz dich«, sagt Mama und deutet auf meinen Platz. Ich liebe diesen Duft von Mamas Eintopf, der aus Kartoffeln, Möhren, Sellerie, mehreren Kohlsorten, Zwiebeln, Fleisch sowie Würstchen besteht und mit Salz, Pfeffer, Lorbeerblättern und Majoran abgeschmeckt wird.

»Das riecht so gut«, sage ich, während ich mich setze.

Mein Magen grummelt. Ich habe nun wirklich ganz schön Hunger und vergesse für kurze Zeit den Stress und auch die Tatsache, dass es mir eigentlich nicht passt, dass Hendrik da ist. Unsere Blicke treffen sich. Er sitzt neben Katharina, außerdem sind Piet und Elsa und natürlich Mama anwesend. Irgendwie spüre ich, dass mein Magengrummeln nicht nur vom Hunger kommt. Hendrik und die ganze Sache mit dem Filmdreh machen mich schon auch nervös. Und ebenso das, was ich gerade über Hendrik gelesen habe, wobei ich noch nicht weiß, was mich konkret so sehr daran ärgert. Ob es nur deswegen ist, weil Piet das alles über meinen Kopf hinweg eingefädelt hat, oder ob mich Hendrik als Person nervt. Gut, bislang war er ja schon nett. Oh Mann. Doch jetzt möchte ich erst mal essen und mich nicht auch noch damit beschäftigen.

»Also dann, schlagt zu«, sagt Mama. Während ich mir meinen Teller fülle, wendet sie sich Hendrik zu. »Wenn wir schon mal so schön zusammensitzen, muss ich dich jetzt doch ein paar Dinge fragen, denn ehrlich gesagt sind wir alle ziemlich neugierig. Erzähl doch mal, wie das mit den Dreharbeiten ablaufen wird.« Sie sieht ihn erwartungsvoll an.

Darauf bin ich aber auch gespannt.

»Nun, es ist so. Ich habe jetzt eine Woche Zeit, mir alles genau anzusehen und mich auf die Dreharbeiten vorzubereiten.«

»Ist das eigentlich normal, dass ein Schauspieler schon vor Drehbeginn vor Ort ist?«, will ich wissen, und er schüttelt den Kopf.

»Nein, aber es war mir sehr wichtig. Wie schon gesagt, ich wollte mich wirklich in die Rolle einfühlen. Und als ich mit Piet gesprochen habe und er mir sagte, dass ihr eine Aushilfe braucht, habe ich angeboten, das zu verbinden.«

Aha. So war das also.

»Hat sich die Produktion schon wegen des Vertrags mit dir in Verbindung gesetzt?«, fragt er Piet.

Mein Bruder nickt. »Ja, das hat sie. Ach, und damit ihr alle Bescheid wisst: Man hat mir für den Dreh einen groben Ablaufplan geschickt. Ich zeige ihn euch morgen mal in Ruhe. Lina, du hast ja schon einen Blick darauf geworfen.«

»Ja, das habe ich. Und ich habe dir auch gesagt, was du noch klären musst«, erinnere ich ihn.

»Was gibt es denn zu klären?«, fragt Mama interessiert.

»Es geht um ein paar Details, was man hier auf dem Hof verändern muss. Aber es ist kein großes Ding«, erklärt Hendrik. »Der Hofladen wird sicher als Location genutzt, ebenso einige der anderen Räume. Die sind dann für ein paar Tage blockiert und werden auch ein wenig umgestaltet. Die Leute von der Produktion haben mich gebeten, vor Ort schon mal alles abzuchecken, wenn ihr wisst, was ich meine.«

Aha, kein großes Ding. Die Worte stoßen mir sofort übel auf. Doch, mein Lieber, das ist schon ein großes Ding. Vor allem, wenn man auf die Einnahmen angewiesen ist.

»Das ist ja spannend. Dann bist du also auch eine Art Kundschafter«, meint Katharina. Mir wird schlecht, wenn sie es so sagt.

»Jetzt mal langsam«, gehe ich dazwischen. »Hier soll aber nichts verändert werden. Und wenn du irgendwas abcheckst, wie du es bezeichnest, dann musst du das mit uns besprechen.«

»Klar, und bisher habe ich ja auch noch nicht viel gesehen. Ich dachte nur …« Er sieht mich an. »Also, der Zaun zwischen dem Laden und den Ställen könnte schon ein bisschen Farbe vertragen, oder? Und noch ein paar solche Details. Ich denke, das stand sicher auch auf der Liste.«

Piet nickt. »Ja, Lina und ich haben uns das auch schon mal kurz angeschaut.«

»Und übrigens, bevor ich es vergesse«, ergänze ich, »hier kann auch nichts blockiert werden, der Hofalltag muss normal weitergehen. Wir können uns keinen Verdienstausfall leisten. Im Gegensatz zu anderen hier am Tisch brauchen wir das Geld.«

Bei meinem letzten Satz sieht Hendrik mich fragend an.

»Das wird schon.« Mama tätschelt kurz meine Hand, dann spricht sie wieder Hendrik an. »Und mit wem drehst du? Du wirst ja im Film sicher auch eine Partnerin haben.«

»Ja, allerdings. Vielleicht habt ihr schon von Emilia Schierz gehört?«

Sofort weiten sich Elsas Augen. »Echt jetzt? Emilia Schierz? Ist das nicht diese bekannte Influencerin?«, ruft sie ganz begeistert. »Das ist ja krass. Die ist übrigens sehr hübsch.«

»Ja, genau«, antwortet Hendrik.

Ich hingegen habe keine Ahnung, wer das sein soll. Und es ist mir auch egal. Aber ich kann mir schon denken, in welcher Verbindung Hendrik zu ihr steht.

Katharina schmachtet Hendrik jetzt voller Bewunderung an. »Wow. Seid ihr nur im Film oder auch in echt ein Paar?«, will sie wissen, und Hendrik grinst vielsagend.

»Katharina, also wirklich. So etwas fragt man doch nicht«, tadelt Mama sie prompt.

Ich löffele meinen Eintopf in mich hinein und versuche, mir nicht anmerken zu lassen, wie sehr mich diese ganze Situation nervt. Die anderen tun ja alle so, als wäre diese Filmsache die Sensation schlechthin. Dabei haben wir hier nur einen Möchtegernschauspieler sitzen.

Verlegen senkt Katharina den Blick. »Sorry, ich war eben neugierig. Man liest ja so einiges.«

»Schon gut«, antwortet Hendrik, aber so recht beantwortet hat er die Frage damit noch nicht.

»Und wie bist du dazu gekommen, Schauspieler zu werden?«, will Elsa jetzt von ihm wissen.

»Das war schon immer ein großer Wunsch von mir. Und das hier wird meine erste große Hauptrolle. Bislang hatte ich nur kleinere Nebenrollen. Ich bin froh, jetzt diese Chance zu bekommen, und dieses Projekt ist mir wirklich sehr wichtig. Man möchte ja als Schauspieler auch ernst genommen werden.«

»Das ist bestimmt nicht einfach«, antworte ich und habe Mühe, die Ironie in meiner Stimme zu verbergen. »Ach, stimmt es eigentlich, dass deine Eltern sehr wohlhabend sind?«

Er wirkt sichtlich überrascht, jedoch nicht im Positiven. »Ich weiß zwar nicht, was das zur Sache tut, aber …« Er seufzt. »Ja, meine Eltern sind ganz gut betucht. Doch ich habe mit dem Unternehmen nicht wirklich was zu tun, da ich mich ja für einen anderen Weg entschieden habe. Trotzdem wurden daraus schon unschöne Schlagzeilen gemacht, weshalb ich den Künstlernamen Feddersen verwende.«

»Das ist ja wirklich interessant. Und mit den Schlagzeilen meinst du so was wie: *Reicher Junge oder wirklicher Schauspieler? Wurde Hendrik Feddersens Ausbildung vom Papa finanziert?*«, rutscht es mir heraus, was ich sogleich bereue. Jetzt merken nämlich alle, dass ich nach ihm gesucht habe.

Elsa sieht mich streng an, und auch Piet mustert mich stirnrunzelnd.

»Zum Beispiel, ja«, antwortet Hendrik. »Und woher weißt du das?«

»Ich habe nachgesehen, wollte nur wissen, wer du bist.«

Er nickt mit ernster Miene. »Und jetzt denkst du also schlecht von mir?«

Okay, direkt ist er ja.

»Ich denke gar nichts. Ist doch gut, ich meine, da öffnen sich bestimmt viele Türen. Und wenn ich etwas denke, dann nur, dass es sicher toll ist, wenn man mit Geld so vieles erreichen kann.«

»Lina!«, ruft Mama entsetzt, während mich Hendrik mit offenem Mund anstarrt.

»Ist doch so.« Ich hebe die Schultern. »Schwer hat man es mit einer wohlhabenden Familie im Rücken gewiss nicht.«

Während Hendrik mich noch immer wortlos mustert, räuspert sich Mama. »Wovon handelt dieser Film eigentlich?«, fragt sie betont interessiert, sicher um Hendrik zu besänftigen und das Gespräch auf ein anderes Thema zu lenken.

Hendrik schluckt sichtbar, dann räuspert er sich und beginnt zu erzählen. Natürlich wird es eine Liebesgeschichte sein. Mir ist das eigentlich egal, weshalb ich auch gar nicht richtig zuhöre, sondern stumm weiteresse, während die anderen anschließend darüber diskutieren. Jedenfalls bin ich erleichtert, dass dieses Thema dann auch durchgekaut ist.

»Also, ich kann nur für mich sprechen, aber ich freue mich sehr darauf«, sagt Mama, worauf die anderen beipflichtend nicken.

Als es nun kurz still ist, nutze ich die Gunst der Stunde. »Ja, alles sehr gut. Aber um mal auf etwas wirklich Wichtiges zu kommen: Ich habe vorhin noch einen Dienstplan erstellt«, erzähle ich. »Morgen früh geht es weiter mit der Arbeit. Die restlichen reifen Früchte müssen geerntet und die Tiere versorgt werden. Ich habe auch festgelegt, wer die Schichten im Laden und die Auslieferungen übernimmt …«

»Danke, Schwesterherz, du hast uns ja den Plan schon geschickt«, unterbricht mich Piet.

»Gern geschehen. Schließlich muss das ja irgendjemand machen«, antworte ich und lege mein Besteck weg.

Inzwischen sind alle mit dem Eintopf fertig, und Elsa verteilt jetzt den Kuchen, den ich wirklich genieße. Ich schaffe es sogar, die anderen so lange auszublenden, bis Elsa Hendrik allen Ernstes fragt, ob er gern süße Äpfel mag. Ich werde ihr definitiv nie mehr etwas erzählen.

Als ich meinen Kuchen gegessen habe, stehe ich auf und stelle den Teller in die Spüle. »Danke, das Essen war sehr gut. Und der Kuchen auch, wie immer«, sage ich und sehe in die Runde. »Ich bin dann mal weg. Es ist ja alles so weit geklärt. Und ihr wisst auch, was ihr zu tun habt.« Bei meinen letzten Worten bedenke ich sowohl Piet als auch Hendrik mit einem mahnenden Blick.

Während ich die Küche verlasse, bekomme ich noch mit, dass nun allgemein ein wenig Aufbruchstimmung herrscht. Nachdem auch Elsa ihren benutzten Teller in der Spüle abgestellt hat, folgt sie mir.

»Wohin willst du denn?«, fragt sie, als sie mich draußen im Flur einholt.

»Ich bin noch verabredet, aber wir sehen uns ja morgen«, antworte ich.

»Ach ja? Was hast du denn vor?«

»Ich treffe mich mit Jane.«

»Okay.« Sie nickt. »Das vorhin am Tisch war übrigens echt fies.«

»Was meinst du?«

»Na, wie du Hendrik hast auflaufen lassen. Komm schon, Lina.«

»Ich habe doch nichts Böses gesagt«, verteidige ich mich. »Aber mal ehrlich, er ist ein reicher Kerl, der sich hier auf seine Rolle vorbereitet. Also bitte. Er wird uns keine Hilfe sein, glaub mir. Und dann noch dieser Spruch, dass es kein großes Ding ist. Ich habe absolut keinen Bock auf so was.«

»Du kannst aber nicht deinen Frust wegen dieser anderen Geschichte auf ihn abladen. Er will dem Hof doch nichts Böses.«

»Wirklich? Das werden wir erst noch sehen.«

Sie seufzt. »Na gut, dann also viel Spaß mit Jane.«

Waren das jetzt Vorwürfe? Vermutlich.

Doch ich komme nicht dazu, länger darüber nachzudenken, denn mein Handy klingelt. Es ist Jane.

»Hey Lina«, begrüßt sie mich. Irgendwie wirkt sie ein wenig kleinlaut.

»Hey, bist du schon unterwegs zu mir?«

»Na ja, darum geht es. Es tut mir so leid, aber … Kalle hat sich gemeldet. Gerade als ich mich auf den Weg zu dir machen wollte.«

Oh Mann, ich weiß genau, was das heißt. Dennoch frage ich: »Du versetzt mich also?«

»Lina, nein. Versetzen klingt so hart. Ich würde die Sache mit ihm schon gern klären, wir hatten ja in letzter Zeit so unsere Differenzen. Wäre das okay?«

Ich kenne ja das ganze Hin und Her zwischen Kalle und Jane und kann meine Freundin auch irgendwie verstehen. Die beiden sind jetzt seit gut zwei Jahren in einer Art On-Off-Modus. Anstrengend. Sie können nicht miteinander, aber auch nicht ohneeinander. Und das Schlimmste daran ist: Kalle denkt, dass Jane immer auf Abruf bereitsteht. Was sie ja auch tut.

»Na schön«, antworte ich schließlich. »Ich habe mich zwar echt auf ein Bier mit dir am Strand gefreut, aber dann holen wir das eben nach.«

»Das machen wir, ich verspreche es.« Sie klingt nun wirklich erleichtert. »War es denn heute so anstrengend? Und wie geht es Lasse?«

»Anstrengend, ja. Ach, ich weiß gar nicht, wo ich anfangen soll. Lasse wurde heute aus dem Krankenhaus entlassen, fällt jedoch wie erwartet weiterhin aus und muss jetzt dann auch noch zur Reha. Ansonsten eben der übliche Stress: die Tiere, die Ernte, der Laden. Und als ob das nicht schon genug wäre, hat mein lieber Bruder noch den Vogel abgeschossen. Er hat sich mit dem Hof einfach für Filmdreharbeiten beworben, und jetzt haben wir einen Möchtegernschauspieler hier. Er heißt Hendrik Feddersen und …«

Nachdem ich ihr alles berichtet habe, meint sie: »Wow, das ist ein starkes Stück. Mir tut es so leid. Du hast dich so

73

gefreut, mal rauszukommen, und jetzt lasse ich dich hängen.«

»Schon gut, dann gehe ich eben früher ins Bett. Das tut mir auch mal gut.«

»Aber findest du die Sache mit dem Dreh wirklich so schlimm? Ich meine, es klingt schon interessant. Und dieser Hendrik … Ich habe nebenbei mal nach ihm gegoogelt, er sieht echt nett aus. Okay, es gibt ein paar Schlagzeilen, trotzdem ist das doch eine gute Chance für euch«, gibt sie zu bedenken.

»Na ja, ich bin davon noch nicht so ganz überzeugt.«

»Klar, das verstehe ich. Ist ja gerade auch alles viel für dich. Schlaf am besten mal eine Nacht drüber, morgen ist es dann bestimmt besser.«

»Vielleicht ist es ganz gut, wenn ich jetzt einfach in mein Bett verschwinde«, stimme ich ihr zu. »Morgen muss ich ja früh raus.«

»Gut so. Auch wenn ich mich schon etwas schlecht fühle …«

»Das solltest du auch«, sage ich lachend. »Nein, im Ernst, das brauchst du nicht. Ich lege mich jetzt hin. Also dann, bis morgen.«

Wir legen auf, und ich bleibe noch einen Moment stehen, um nachzudenken. Dann beschließe ich, nicht sofort in meine Wohnung, sondern vorher noch kurz ans Meer zu gehen.

Während ich den Strand entlangspaziere, atme ich die salzige Sylter Luft ein und versuche, den Kopf klar zu bekommen. Vielleicht ist ja doch alles halb so wild, denke ich mir und genieße das Meer und das letzte Glitzern der Sonne, die sich nun bald für heute verabschiedet. Das Meeresrauschen klingt wohlig in meinen Ohren, und ich betrachte die Buhnen, die im Abendlicht beinahe malerisch wirken.

Was war das nur für ein Tag. Ich ziehe mir die Schuhe aus, fühle den Sand unter meinen Fußsohlen und gehe zielstrebig auf das Wasser zu, das sogleich meine Zehen umspült. Niemals möchte ich dieses Leben missen. Und ich werde alles tun, damit es so bleibt.

Auf einmal zucke ich zusammen, denn Hendrik steht neben mir.

»Hey«, sagt er und sieht mir fest in die Augen.

»Hey«, antworte ich. Keine Ahnung, was er von mir will. Hat er mich verfolgt? »Ähm, ist irgendwas? Brauchst du etwas?«

Er verschränkt die Arme vor der Brust und deutet mit dem Kopf zu den Holzpfählen. »Hübsch. Was ist das?«

»Das sind Buhnen, eigentlich zum Schutz der Küste. Aber deswegen bist du doch nicht hier, oder?«

»Um ehrlich zu sein, nein. Ich wollte mit dir reden.«

»Ach ja? Und worüber?«

»Vielleicht darüber, warum du vorhin so auf Angriff warst?«

»Ich war nicht auf Angriff.«

»Doch, das würde ich schon sagen. Und ich frage mich, warum. Ich weiß, du bist nicht begeistert, mich hier zu haben, aber ich fand das vorhin echt unpassend. Deine Kommentare über meine Familie und den reichen Sohn, der ein bisschen schauspielern will.«

Ich zucke mit den Schultern. »Und, wo ist das Problem? So habe ich es auch im Internet gelesen. Und deine Familie ist ja wohl reich, oder?«

»Schon, doch du hast es so hingestellt, als ob ich nur deswegen Schauspieler wäre und diese Rolle bekommen hätte. Ich sage es dir jetzt ganz direkt: Nur weil du genervt bist von allem und jedem, brauchst du nicht so herablassend zu sein und schon gar nicht so über mich zu urteilen.«

Das hat gesessen. Damit habe ich nicht gerechnet.

»Ich bin nicht herablassend«, entgegne ich, obwohl ich von seiner direkten Art schon etwas überfahren bin.

»Doch, das war ziemlich herablassend.«

Ich rolle mit den Augen. »Okay, gut. Was soll ich jetzt sagen? Tut mir leid, dass du es so schwer hast, armer Hendrik Feddersen? Ich dachte, das Leben ist wie ein Apfel, mal süß, mal sauer. Kommst du etwa jetzt schon an deine Grenzen?«

Er hebt eine Braue. »Unglaublich. Mal im Ernst, nur weil du anscheinend keine Freude am Leben hast und eine engstirnige, griesgrämige, verbitterte Frau bist, brauchst du nicht so über mich zu urteilen.«

Wow, das trifft mich jetzt aber richtig. Ich will noch etwas erwidern, doch er wendet sich bereits ab und lässt mich einfach stehen.

»Ich und griesgrämig? Keine Freude am Leben? Er hat ja wohl überhaupt keine Ahnung«, rufe ich empört, als ich etwas später Jane am Telefon habe.

Auf dem Weg zurück in meine Wohnung habe ich ihr geschrieben und sie gefragt, ob sie einen Moment Zeit für mich hätte. Und ich war erleichtert, als gleich darauf mein Handy klingelte.

»Das ist schon hart, ja«, antwortet sie. »Aber hast du wirklich zu ihm gesagt, dass er nur wegen des Reichtums seiner Eltern Schauspieler sei?«

»Nicht direkt.«

»Aber indirekt.«

»Okay, das war nicht nett«, gebe ich zu. »Ich bin eben einfach vorsichtig und habe keine Lust, jemanden hier zu haben, der alles besser zu wissen glaubt.«

»Aber was weiß er denn besser?«

»Er meinte ganz salopp, es sei doch kein großes Ding mit dem Dreh und den Veränderungen, die nötig sind.«

»Ich weiß, was für einen Kopf du dir immer machst«, meint sie, fügt dann jedoch ganz ehrlich hinzu: »Andererseits war das schon hart von dir.«

»Vielleicht, doch ich habe so ein merkwürdiges Gefühl ... Ach, ich weiß auch nicht.«

»Inwiefern?«

»Dass er ... na ja, dass er hier noch wirklich für Ärger sorgen wird. Warum das so ist, kann ich dir gar nicht genau sagen, jedenfalls ist es kein positives Gefühl.«

»Das bedeutet aber noch lange nicht, dass du ihm gegenüber so fies sein musst. Du solltest da echt klüger vorgehen. Und wenn dann irgendwas ist, okay. Allerdings nicht schon im Voraus.«

Langsam spüre ich mein schlechtes Gewissen. Hat Jane etwa doch recht? Auch Elsa fand es schon nicht gut, und Piet wird es sicher genauso sehen.

»Oh Mann, ja, vielleicht war ich doch etwas drüber«, gestehe ich und atme tief durch. Dann wechsele ich lieber das Thema. »Was ist eigentlich mit Kalle? Sollte er nicht schon da sein?«

»Frag lieber nicht, er hat abgesagt.«

»Oh, das tut mir leid.«

»Mir nicht mehr. Das war es jetzt«, antwortet Jane entschlossen. »Ich hätte mich einfach gleich mit dir treffen sollen.«

»Ich finde es gut, dass du es so siehst. Wie gesagt, du wirst jemanden finden, der wirklich zu dir passt.«

»Ja, bestimmt, irgendwann. Aber was machen wir jetzt mit dir?«

»Keine Ahnung. Nichts?«

»Vorschlag: Wie wäre es, wenn du die Sache noch klärst, bevor der Tag morgen mit Spannungen beginnt? Geh hin, entschuldige dich bei Hendrik und sag, dass du ihm eine Chance gibst.«

Ja, vielleicht wäre das wirklich besser.

Ich seufze tief. »Okay, dann mache ich das eben.«

»Sehr gut. Du wirst sehen, du fühlst dich danach viel besser«, ermutigt sie mich.

»Also gut, ich melde mich wieder. Okay?«

»Okay, viel Erfolg!«

Dann legen wir auf, und ich verlasse die Wohnung noch einmal, um Hendrik zu suchen. Also gut, ich werde mich bei ihm entschuldigen, dann haben wir die Sache geklärt. Alles auf null. Keine Vorurteile. Er kann ja nichts dafür, dass ich so misstrauisch bin. Und ich möchte auch gar keinen Stress.

Gerade hebe ich die Hand, um an seine Zimmertür anzuklopfen, da höre ich ihn drinnen sprechen. Er scheint allein zu sein, denn eine zweite Stimme vernehme ich nicht. Wahrscheinlich telefoniert er.

Ich beschließe, umzukehren und dann eben morgen mit ihm zu reden. Doch irgendetwas hält mich zurück, vor allem, als ich ihn jetzt lachen höre. Klar kenne ich den Spruch von dem Lauscher an der Wand, aber ich kann nicht anders und lehne mich mit dem Ohr gegen die Tür. Da Hendrik nicht gerade leise spricht, kann ich nun auch verstehen, was er sagt.

»Ja, klar. Der Hof ist wirklich schön, man könnte viel mehr daraus machen. Aber …«

Man könnte also viel mehr daraus machen. Aha.

»Etwas altbacken, das muss ich zugeben. … Ich weiß, dass ich unbedingt hierherwollte. … Ja, ich denke schon, dass man da noch was richten kann.«

Man wird da noch was richten können? Nun werde ich erst recht misstrauisch, vor allem als mir einfällt, wie er über die Sache mit dem Zaun gesprochen hat.

Was in aller Welt geht hier vor sich? Gespannt lausche ich weiter.

»Du meinst diese Lina? Die ist echt griesgrämig und absolut nicht … Nein, jetzt hör doch mal zu. Die Frau hat keine Freude am Leben, ernsthaft. Sie ist richtig fies, sollte wohl mal wieder … Genau.« Er lacht. »Das kann schon sein, aber wenn sie mir alles kaputtmacht? … Na gut, ja, ich bekomme das schon noch hin. Du hast recht, wäre ja gelacht, wenn ich sie nicht um den Finger wickeln könnte.«

Seine Worte sind wie eine Ohrfeige. Okay, ich bin also fies, und der Hof ist altbacken. Warum ist er dann hier? Vorhin hatte ich tatsächlich ein schlechtes Gewissen. Ich bin ja so unfassbar dumm.

»Keine Ahnung, die regt sich gerade gefühlt wegen allem auf. Als ob das so viel Arbeit ist. Ein bisschen die Tiere versorgen, Obst ernten, die Kunden bedienen. … Ich weiß gar nicht, was sie hat. Aber gut, jeder ist unterschiedlich belastbar, du sagst es. … Ja eben, man muss auch was aus den Dingen machen. Das wird schon.«

Ich spüre Wut in mir – oder ist es Kampfeslust? Er denkt also, das alles hier ist ein absoluter Klacks? Dass er mich um den Finger wickeln und hier etwas verändern kann? Das werden wir ja sehen.

Warte nur ab, Hendrik Feddersen, du wirst dir noch wünschen, diese Rolle niemals angenommen zu haben.

Ich wollte ja nett sein

»Moin, Elsa«, rufe ich, als ich am nächsten Morgen den Hofladen betrete. Der Duft von frischem Gebäck hüllt mich ein. »Wann bist du denn aus den Federn gehüpft?«

»Moin, Schwesterherz.« Elsa hat sich bereits ihre Schürze umgebunden und begrüßt mich mit einer herzlichen Umarmung. »Kurz nach vier. Ich hatte so eine tolle Idee für Muffins und konnte dann nicht mehr schlafen. Und na ja, da sind sie.« Sie deutet auf eine Platte mit Muffins, von denen eindeutig dieser köstliche Duft ausgeht, der mir schon beim Hereinkommen in die Nase gestiegen ist.

»Die sehen super aus. Was ist da drin?«

»Brombeeren, Eierlikör, weiße Schokolade – und eine geheime Zutat.« Lachend beugt sie sich über den Tresen.

»Du und deine geheimen Zutaten …«

»Wie war es denn bei dir gestern Abend?«, will sie wissen, und ich lege den Kopf schief.

Tja, wie war es? Erst hat mich Hendrik zur Rede gestellt und es geschafft, dass ich tatsächlich ein schlechtes Gewissen bekam. Doch dann habe ich das Telefonat belauscht, in dem er sein wahres Ich offenbarte.

Ich erzähle jedoch nichts von alldem, sondern winke einfach ab. »Nichts Besonderes. Aus dem Treffen mit Jane wurde nichts. Sie hatte mal wieder etwas mit Kalle zu besprechen. Das heißt, er wollte sie sehen, hat sie dann aber wie so oft versetzt. Jetzt ist sie endgültig von ihm geheilt.«

»Oh, die Arme.« Elsa wirkt ehrlich bedrückt. »Dabei hat sie so viel Liebe verdient. Aber wenigstens weiß sie jetzt, was er für ein Kerl ist, das hoffe ich zumindest.«

»Ja, das hoffe ich auch.«

»Und was hast du stattdessen gemacht?«

»Ach, ich bin früher ins Bett, das war auch okay. Gestern war es sowieso schon aufregend genug, und ich war ziemlich angespannt.« Kurz überlege ich, ob ich ihr nicht doch von Hendriks Telefonat berichte, lasse es dann aber sein. Ich möchte die ganze Sache erst noch weiter beobachten.

»Wirklich? Du und angespannt? Das ist mir gar nicht aufgefallen.« Sie grinst und hebt einen der Muffins hoch.

»Sehr witzig. Und du hattest recht, ich werde heute versuchen, mich nicht so aufzuregen.«

»Trotzdem brauchst du jetzt etwas für deine Nerven, noch ehe der Tag so richtig losgeht, oder? Ich sehe es dir an.«

»Dazu sage ich nicht Nein.« Gierig greife ich nach dem Muffin, doch sie zieht ihn weg. »Stopp, nicht so schnell. Erst musst du mir noch eine Frage beantworten: Wirst du dich heute wirklich besser benehmen und Hendrik eine Chance geben? Oder war das nur so dahergesagt?«

»Ich habe mich doch gerade ganz deutlich ausgedrückt. Dennoch werde ich ein Auge auf alles haben.« Noch immer spielt sie mit dem Muffin vor meiner Nase herum, und ich weiß, worauf sie jetzt wartet. Deswegen füge ich hinzu: »Also gut, ich verspreche, mich heute zu bessern. Wolltest du das hören?«

Sie wiegt den Kopf hin und her. »Na schön, ich will dir mal glauben. Möchtest du auch einen Kaffee?«

»Ja, bitte.«

Elsa stellt den Muffin auf einem Teller ab. Dann geht sie zur Kaffeemaschine, gibt die goldbraune Flüssigkeit in eine

Tasse, schäumt Milch dazu auf und reicht mir schließlich alles.

Als ich in den Muffin beiße, seufze ich genießerisch auf. Die Säure der Beeren harmoniert wunderbar mit dem süßen Schokoladen- und Eierlikörgeschmack. So unsagbar lecker und saftig. »Ein Traum, wirklich«, schwärme ich. »Ich liebe es so sehr.«

Elsa strahlt. »Danke. Ich hoffe, unsere Kunden werden sie auch lieben, aber das werden wir ja nachher sehen. Es würde uns wirklich guttun, wenn mal ein paar mehr Leute kämen. Wie wollen wir heute die Schichten aufteilen? Machst du zusammen mit Piet die Auslieferungen, so wie du es in der Mail vorgesehen hast?«, fragt sie, doch ich habe bereits einen anderen Plan.

»Gut, dass du es ansprichst, ich habe mir dazu auch noch mal Gedanken gemacht. Die Bestellungen kann ja eigentlich auch Hendrik übernehmen. Ich werde mit ihm fahren, dann kann Piet das restliche Obst ernten.«

Elsa hebt verwundert eine Augenbraue. »Wirklich? Du willst mit Hendrik fahren?«

»Klar, er muss ja mal überall reinschnuppern. Und wie gesagt, dann kann Piet sich in aller Ruhe um die Ernte kümmern.«

»Ich weiß ja nicht, was du gerade vorhast und warum du unbedingt mit Hendrik fahren möchtest. Aber okay.«

Dumm ist meine kleine Schwester nicht, das muss ich schon sagen.

Ich nehme einen Schluck von meinem Kaffee. »Also wirklich, was soll ich denn vorhaben? Ich habe doch gesagt, ich werde mich bessern. Also gebe ich Hendrik eine Chance, ihn dabei auch besser kennenzulernen.«

Aber Elsa scheint es mir noch nicht ganz abzunehmen. »Hm, und was …«

Glücklicherweise verstummt sie nun, denn Hendrik betritt den Laden. »Moin«, murmelt er und wirkt dabei etwas verschlafen. Ach, der Arme. So früh aufstehen zu müssen, ist bestimmt eine ziemliche Umstellung.

»Moin. Na, alles gut?«, fragt Elsa mit einem Lächeln.

Auch ich begrüße ihn und lächele ihn gezielt an. Von wegen Griesgram und so – er wird sich noch wundern.

Hendrik stellt sich zu uns an die Theke. »Da bin ich und melde mich um Punkt sechs Uhr zum Dienst.«

»Du siehst recht müde aus«, sage ich. »Schon schwer, so früh aufzustehen, oder?« Mist, ich muss mir diesen schnippischen Tonfall verkneifen. Er soll nicht merken, wie angefressen ich bin.

Doch er schüttelt den Kopf. »Ach, so wild ist es auch wieder nicht.«

»Kaffee?«, fragt Elsa.

»Dazu sage ich nicht Nein, den habe ich wohl echt nötig.« Sein Blick fällt auf die Muffins. »Das ist wohl der Grund für diesen köstlichen Duft hier, oder?«

»Jap, Brombeermuffins mit Eierlikör. Möchtest du einen?«

Stirnrunzelnd sehe ich meine Schwester an. »Er bekommt einfach so einen Muffin, während ich dafür tausendmal vor dir niederknien musste? Ist das wirklich dein Ernst?«

Elsa stemmt die Hände in die Hüften. »Das ist ja wohl was anderes. Hendrik ist unser Gast.«

»Jaja, von wegen Gast, er ist unser Mitarbeiter.«

Elsa stellt ihm einen Muffin und eine Tasse Kaffee hin. Hendrik nimmt einen Schluck daraus, dann beißt er genüsslich in den Muffin. Sofort schließt er die Augen und seufzt. »Was ist das denn? Das ist … einfach der Wahnsinn.«

Das Strahlen in Elsas Gesicht könnte kaum breiter sein. »Wie lieb von dir.«

»Nein, wirklich, ich habe noch nie so leckere Muffins gegessen. Ich wusste gar nicht, dass die so unfassbar saftig sein können. Einfach himmlisch. Dafür solltest du … ja, dafür solltest du einen Preis gewinnen. Gibt es da keine Wettbewerbe oder so?«

Elsa wird ganz rot auf den Wangen. So ein Schleimer. Glücklicherweise geht in diesem Moment die Tür auf, und Piet kommt herein.

»Moin. Na, alles gut bei euch?«

Hendrik grinst. »Jetzt schon. Deine Schwester hat mir mit diesem Muffin gerade den Morgen versüßt. Ich habe ihr gesagt, sie sollte dafür einen Preis bekommen.«

»Das sage ich auch immer, doch dafür müsste sie erst mal an einem Backwettbewerb teilnehmen. Allerdings traut sie sich nicht, vielleicht demnächst ja mal«, entgegnet Piet.

Elsa schüttelt den Kopf. »Ach, so gut bin ich auch wieder nicht. Aber danke.«

»Verkauft ihr diese Köstlichkeiten wirklich nur hier im Laden?«, will Hendrik jetzt wissen. »Oder beliefert ihr auch andere Gastronomiebetriebe – Hotels oder Cafés zum Beispiel?«

Elsa räuspert sich. »Na ja, wir beliefern nur ein paar Stammkunden täglich. Ich hatte aber schon mal die Idee, das Ganze zu erweitern oder einen Onlineshop einzurichten.«

»Das wäre doch eine gute Sache. Warum habt ihr es noch nicht gemacht?«

»Weil es etwas kostet und einen Riesenaufwand mit sich bringt«, mische ich mich ein. »Das Design, die Lagerhaltung der Produkte, der Versand ...«

»So aufwendig ist das nicht, dafür aber schon lukrativ«, meint Hendrik. »Ich kenne mich mit diesen Online-Dingen ein bisschen aus, falls wir mal darüber reden wollen.«

Ich spüre einen Stich im Magen. Der altbackene Hof und der Experte Hendrik. Doch ich wollte mich ja zusammenreißen.

»Klar, gerne«, antwortet Elsa.

Hendrik sieht mich an. »Oder bist du dagegen, Lina?«

Das hat gesessen. »Ich bin nicht dagegen.«

»Doch, das bist du«, sagt Piet jetzt auch noch, und ich werfe ihm einen bösen Blick zu.

»So ist das nicht, aber … Ach egal, wir müssen jetzt mal loslegen. Und nachher auch die Waren ausliefern. Apropos, ich möchte dich heute auf die Auslieferungstour mitnehmen, Hendrik. Was meinst du dazu?«

»Du? Mich?«, fragt er erstaunt.

Auch Piet mustert mich ein wenig misstrauisch.

»Warum denn nicht?«, verteidige ich mich. »Du musst ja alles mal mitbekommen. Und du, Piet, kannst dich dann ungestört um die Ernte kümmern. Elsa ist den Vormittag über hier im Hofladen, und Mama wird ihr in der Küche zur Hand gehen. Das klingt doch gut, oder?«

»Nun ja. Hendrik, was sagst du dazu?«, will Piet jetzt von ihm wissen.

»Natürlich, klar. Das finde ich gut, Lina. Ich freue mich echt.«

Ich stoße einen langgezogenen Seufzer aus. »Gut, dann sind wir uns ja einig. Muss heute viel für die Auslieferungen verpackt werden?«

Piet schüttelt den Kopf. »Nein, nur das Übliche.«

»Super, ich bin schon gespannt«, antwortet Hendrik. »Da fällt mir ein, ich sollte vielleicht noch im Detail wissen, was ihr hier alles verkauft.« Er blickt sich im Laden um.

Elsa gibt ihm bereitwillig Auskunft. »Wir haben unsere Hofeier, Milch, unser eigenes Obst, Gemüse, dann noch Marmelade, Gebäck …«

»Das ist schon mal eine gute Auswahl. Darauf kann man aufbauen.«

Fängt er jetzt ernsthaft wieder damit an?

»Ihr wisst doch, wie viel immer zu erledigen ist«, argumentiere ich. »Zudem kostet es Geld.«

»Na ja, man muss eben richtig investieren.«

Ich winke ab. Toll, Hendrik hat es geschafft, schon am Morgen Unruhe zu stiften. Na warte. »Also, können wir uns jetzt bitte mal um das Wesentliche kümmern? Piet, könntest du noch den Stall ausmisten, bevor du dich an die Obsternte machst? Hendrik, du solltest die Hühner füttern und die Eier einsammeln, danach übernehmen wir beide die Auslieferungen. Und der Zaun muss heute auch noch überprüft werden. Elsa, du bereitest hier im Laden alles vor, ich schließe kurz die Strandkörbe auf und stelle dann die Auslieferungen zusammen.«

»Okay.« Piet nickt. »Wir sollten auch mal darüber reden, was wir noch für die Dreharbeiten auf Vordermann bringen müssen. Vielleicht haben wir ja später mal irgendwann Zeit. Ich konnte schon ein paar Dinge mit der Produktionsfirma klären. Hendrik hat übrigens recht wegen dem Zaun und …«

»Ja, das machen wir«, sage ich nur, weil ich gerade überhaupt keine Lust habe, darüber nachzudenken.

Schließlich verlassen wir alle bis auf Elsa den Hofladen und machen uns an die Arbeit.

Wenig später bin ich am Meer, schließe die Strandkörbe auf und stelle die Liegen und Stühle für die Gäste bereit. Das Gespräch mit Hendrik hallt noch immer in meinen Gedanken nach und vermischt sich mit dem Kreischen der Möwen, die über mir ihre Kreise ziehen. Dieser Hendrik – wie eine unerwartete Flutwelle drängt er sich gerade in mein Leben, obwohl er das stürmische Meer der Inselbeziehungen kaum zu kennen scheint. Altbacken. Pffff. Er nervt eindeutig. Warum mischt er sich überall ein? Er hat doch gar keine Ahnung.

Als ich fertig bin, schlendere ich zurück zum Hof, und Elsa hilft mir, die Auslieferungen zusammenzustellen. Dann fege ich noch den Platz zwischen dem Laden und den Stallungen und beobachte Hendrik dabei, wie er eine große Milchkanne mit dem Handwagen zum Haus bringt. Vor dem Laden unterhält er sich mit Elsa, die gerade die Tische im Freien vorbereitet hat. Bald werden die ersten Kunden kommen. Hoffentlich.

Während ich Elsa und Hendrik weiter im Auge habe, taucht Piet neben mir auf. »Na, immer noch auf Angriff?«, fragt er.

Ich hebe die Hand. »Ich bin doch nicht auf Angriff.«

»Oh doch, ich glaube schon. Das gestern war ziemlich fies von dir.«

»Fies war Hendriks Behauptung, dass das alles kein großes Ding ist«, verteidige ich mich. »Und dazu noch seine Ratschläge, wie wir den Hof verschönern könnten.«

»Ach komm, den Zaun wollen wir ja schon lange streichen. Und ich habe gute Neuigkeiten. Das alles übernimmt die Produktionsfirma.«

Ich nicke. Piet hat schon recht.

»Bringst du dann bitte Farbe mit, wenn du nachher mit Hendrik die Auslieferungen machst?«

»Ja, in Ordnung. Aber …«

»Aber was?«

»Der Hof ist aber trotzdem schön. Klar, in den letzten Jahren ist er wirklich etwas heruntergekommen …«

»Siehst du, am Ende ist das mit dem Filmdreh doch nicht schlecht. Also hör auf, Hendrik so anzugreifen. Er hat sich anscheinend sehr dafür eingesetzt, dass die Dreharbeiten hier stattfinden. Das sagte mir dieser Herr Regbert von der Produktionsfirma, als ich mit ihm telefoniert habe. Und wir werden einige Dinge einfach machen. Das ist etwas anderes als mit diesem … du weißt schon.«

»Ja, dieser Ganove, wegen dem wir jetzt so in der Bredouille sind.«

»Absolut. Also, kannst du es versuchen?«

87

»Okay, ich versuche es«, antworte ich und frage mich gleichzeitig, warum Hendrik sich wohl so eingesetzt hat. Hat er am Ende irgendwelche merkwürdigen Absichten? Oh Mann.

In diesem Augenblick kommt Hendrik zu uns her. »Alles geschafft?«, frage ich ihn.

Er streicht sich durch die Haare. »Jap, also das, was eben bislang auf dem Plan stand. Die Hühner sind gefüttert, zudem habe ich die Milch vom Stall hierhergebracht. Fahren wir jetzt?«

Vielleicht wartet er ja auf ein Lob von mir, doch das kann er vergessen. »Und wenn wir schon im Ort sind, besorgen wir gleich Farbe für den Zaun«, berichte ich stattdessen. »Das wurde wohl auch von der Produktion so gewünscht.«

Schließlich beladen wir den Lieferwagen, und als Hendrik neben mir auf dem Beifahrersitz Platz nimmt, mustere ich ihn unauffällig. Er trägt ein helles Shirt, das sich um seine Muskeln spannt. Eigentlich möchte ich ihn nicht so ansehen, weil ich ihn nicht leiden kann und immer noch sauer bin über das, was er gesagt hat. Dennoch tue ich es.

»Alles okay?«, fragt er, und ich zucke zusammen.

»Ja, ich bin nur eben im Kopf die Route durchgegangen.«

»Klar, die Route.« Um seine Mundwinkel zuckt es.

»Man muss ja schließlich wissen, wohin es geht. Unser Plan ist straff.«

Er nickt. »Na, dann solltest du besser mal losfahren.«

Als ob er mich darauf aufmerksam machen müsste.

Ich stecke den Schlüssel ins Schloss, starte den Motor und lenke den Lieferwagen aus dem Hof. Es geht ein Stück durch die Dünen, in der Ferne glitzert das Meer.

Eine Weile schweigen wir, bis Hendrik sich räuspert. »Ich habe ja nicht damit gerechnet, dass du mich mitnimmst«, sagt er.

»Warum sollte ich nicht?«

»Na ja, nach unserer Auseinandersetzung gestern Abend ...«

»Ach, du meinst unser nettes Gespräch am Strand?«

Er lacht. »Das meine ich, ja. Und da ist immer noch so eine latent aggressive Stimmung. Aber ich bin froh, dass du es trotzdem versuchen willst, auch wenn du mich wohl am liebsten in den Dünen aussetzen würdest.«

Ich frage mich, was er jetzt von mir hören möchte. Deswegen antworte ich lieber nichts. Stattdessen blicke ich kurz zu den Dünen, wo sich das Strandgras im Wind wiegt, fast so, als nähme es die Herausforderung an, von der Hendrik gerade gesprochen hat.

»Oh weh, ich wusste es«, bemerkt er. »Da sind deutlich Spannungen zu spüren.«

»Ach ja? Was du nicht alles fühlen kannst. Das liegt bestimmt daran, dass du dich so gut in eine Rolle hineinversetzen kannst.« Kurz sehe ich ihn ernst von der Seite an.

»Ob du es glaubst oder nicht, das kann ich. Vielleicht solltest du es auch mal versuchen. Denkst du wirklich, du bist komplett im Recht?«

»Ich denke gar nichts.«

Er lacht. »Na, ich merke das doch. Dabei habe ich gehofft, es kommt was bei dir an. Komm schon, lass uns doch gut sein.«

Er könnte recht haben. Was hilft es, so angefressen zu sein? Vielleicht wäre es das Beste, Hendrik einfach auf das Telefonat anzusprechen – und fertig.

Mittlerweile haben wir den Ortskern erreicht, der gerade langsam zum Leben erwacht. Die Geschäfte machen sich bereit für den Tag, und obwohl es noch recht früh ist, sind schon einige Leute auf den Beinen, in erster Linie wohl Einheimische. Die Touristen sitzen wahrscheinlich fast alle noch beim Frühstück oder schlafen womöglich sogar noch.

»Wir machen es jetzt so«, erkläre ich Hendrik in einem etwas versöhnlicheren Ton. »Dort drüben in dem Laden besorge ich die Farbe für den Zaun. Und in dem Haus gleich rechts daneben wohnt der alte Herr Rhode, der heute Marmelade, Gebäck und noch ein paar andere Dinge bekommt. Geh du bitte in der Zwischenzeit zu ihm und bringe ihm seine Lieferung. Aber beeil dich, in einer Viertelstunde müssen wir pünktlich weiter.«

Sage ich es ihm jetzt? Mein Plan war ja eigentlich ein anderer. Aber ich will mal nicht so sein. »Und noch etwas. Herr Rhode redet immer ziemlich viel. Also versuche, dich möglichst schnell wieder von ihm loszueisen.«

»Kein Problem, das bekomme ich hin.«

Na, da bin ich mal gespannt.

Nachdem wir aus dem Auto ausgestiegen sind, sieht Hendrik sich interessiert um. »Wirklich schön hier. Nicht zu viel, aber genügend. Hübsch.«

Ich öffne die hintere Tür des Lieferwagens. »Ja, das ist es. Also, hier ist die Lieferung für Herrn Rhode. Er wohnt dort drüben in dem Haus mit der blauen Tür. Ich kaufe inzwischen die Farbe, und wir treffen uns in einer Viertelstunde wieder hier.«

Kurz denke ich darüber nach, Jane in ihrem kleinen Blumenladen zu besuchen, doch erst mal möchte ich die Farbe holen.

Hendrik reckt den Daumen nach oben. »Super, dann also bis gleich.«

Während er mit der Ware auf Herrn Rhodes Haus zugeht, betrete ich das Farbengeschäft. Wobei es eher ein Geschäft für allerlei Nützliches ist und unter anderem eben auch Farbe im Sortiment hat.

Sonni steht hinter dem Ladentisch und begrüßt mich mit einem Lächeln. Sie hilft oft hier aus, und ich mag sie sehr gern.

»Moin, alles gut?«, frage ich sie.

»Jap, richtig schön was los, das macht gute Laune. Genau wie das Wetter. Wie ist es bei euch? Alles okay?«

»Ja, alles in Ordnung. Ich brauche weiße Farbe, unser Zaun sieht wirklich schlimm aus. Hast du da was für mich?«

Sie deutet auf einen großen Eimer. »Das wäre das Richtige. Absolut wetterfest. Wie lang ist der Zaun denn?«

»Ich schätze, so gute dreißig Meter.«

»Oh, dann reicht der Eimer nicht. Zwei sollten es schon sein.« Sonni tippt etwas in die Kasse, und während ich in meinem Portemonnaie krame, sieht sie mich aufmerksam an. »Ich hab da ja was gehört …«, beginnt sie.

»Ja? Was denn?«

»Stimmt es, dass auf dem Hof ein Film gedreht werden soll?«

Woher weiß sie das denn bitte?

»Wie kommst du darauf?«, frage ich überrascht.

»Na ja, Piet war doch beim alten Rhode und hat wohl geplaudert.«

Ich nicke und seufze gleichzeitig. »Ja, es stimmt. Allzu begeistert bin ich allerdings nicht darüber«, gestehe ich.

»Warum denn? Ich finde, das klingt total spannend. Und es ist doch auch kein Nachteil für euch, wenn der Hof im Fernsehen oder im Kino gezeigt wird und dadurch ein bisschen bekannter wird. Das ist doch toll.«

»Ja, mal sehen«, antworte ich. »Was mich gerade ziemlich nervt, ist der Schauspieler, der jetzt schon auf dem Hof ist, um sich auf seine Rolle vorzubereiten. Dabei kommt der Rest der Crew erst in ein paar Tagen.«

»Ein Schauspieler? Wie heißt er denn?«

Erst zögere ich, weil ich nicht weiß, ob ich das verraten darf. Ich tue es dann aber doch.

Sonni schlägt sich die Hand vor den Mund. »Hendrik Feddersen? Ist ja krass.«

»Kennst du ihn?«

»Klar. Gehört seinen Eltern nicht die Schwarzmann Unternehmensgruppe?«

Sie sagt das so, als ob man das wissen müsste.

»Ja? Was macht denn diese Firma?«, frage ich.

»Verschiedenes. Unter anderem ist sie im Immobiliensektor tätig, aber auch im E-Commerce und in verschiedenen anderen Bereichen. Ziemlich bunt gemischt. Hast du das in der Presse nicht mitbekommen?«

»Nein.« Auf einmal wird mir flau im Bauch.

»Es stand doch neulich erst groß in der Zeitung, dass die auch auf Sylt aktiv sind und hier schon einiges aufgekauft haben.«

In mir zieht sich endgültig alles zusammen. Kann es sein, dass Hendrik doch einen Plan hat? Verdammt, dabei habe ich mir vorgenommen, netter zu ihm zu sein. Nun bin ich natürlich erst recht misstrauisch.

Nachdem ich bezahlt habe, verabschiede ich mich von Sonni und verlasse den Laden. Kurz sehe ich noch zu Herrn Rhodes Haustür, dann steige ich in den Lieferwagen und starte den Motor. Ich weiß, ich wollte Hendrik nicht einfach stehen lassen, aber nachdem ich jetzt von Sonni so einiges erfahren habe … Und außerdem ist die Viertelstunde soeben um.

Ich fahre gerade aus der Parklücke, als Hendrik doch noch aus dem Haus stürmt. Mist. Was mache ich jetzt?

»Lina, warte!«, ruft er. Doch ich biege schnell auf die Straße ein und gebe Gas. Im Rückspiegel sehe ich noch, wie Hendrik ein Stück hinter mir herrennt.

Okay, war das jetzt fies? Vermutlich. Aber er wird schon zurechtkommen. Und wenn nicht, dann kann ich leider auch nichts machen.

So wie in einer Muschel
eine Perle verborgen liegt,
können hinter den Wellen
des Lebens unerwartete
Schätze auf dich warten.

So läuft der Hase

Auf dem Weg zurück zum Hof klopft mein Herz heftig. Nach der letzten Auslieferung in der Nähe des Rantumer Hafens habe ich mir einen Moment Zeit genommen, um mit dem Handy nach der Schwarzmann Gruppe zu googeln. Und tatsächlich handelt es sich um ein großes Unternehmen, das unter anderem im Immobiliensektor und im Bereich E-Commerce tätig ist. Ich frage mich, ob doch mehr hinter allem steckt.

Trotzdem hätte ich Hendrik vielleicht nicht einfach stehen lassen sollen. Was ist nur mit mir los? Das gibt sicher Ärger.

Wie es ihm jetzt wohl geht? Er wird bestimmt ausrasten, wenn er wieder zurück auf dem Hof ist, denke ich und bekomme kurz ein flaues Gefühl im Bauch. Soll ich doch noch mal umkehren?

Plötzlich durchzuckt mich ein lauter Knall. Das Auto schlingert, und ich schaffe es gerade noch, es sicher an den Straßenrand zu lenken. Ich drehe den Motor ab, steige aus und entdecke augenblicklich das Desaster: Ein Reifen ist geplatzt.

»Scheiße«, fluche ich und öffne die rückwärtige Tür des Lieferwagens, um das Warndreieck zu suchen. Ich stelle es in einiger Entfernung am Straßenrand auf und gehe zurück zum Auto. Okay, dann muss ich wohl mal Piet anrufen. So ein Ärger.

Ich will gerade die Nummer meines Bruders wählen, da ertönt eine Stimme, die mir nur zu bekannt vorkommt. »Ach herrje, hat da jemand einen platten Reifen?«

Hastig drehe ich mich um. Es ist Hendrik, der auf einem Fahrrad sitzt und mich grinsend ansieht. Unmittelbar vor mir hält er an.

»Wie kommst du denn hierher?«, frage ich erstaunt.

»Na ja, zum Glück war diese Sonni nett und hat mir gezeigt, wo sich der Fahrradverleih befindet, nachdem du mit voller Absicht davongefahren warst. Ich könnte ja jetzt das Rantumbecken mit dem Rad umrunden, meinte der Verleiher.«

»Ich bin nicht davongefahren. Du warst nicht zur vereinbarten Zeit da, und ich musste weiter. Aber mach doch ruhig. Genieße die Natur, dann nervst du mich nicht. Am Kiosk dort gibt es sehr gute Krabbenbrötchen, kann ich nur empfehlen.«

»Sehr witzig. Du hast mich genau gesehen. Als ich dir hinterhergerannt bin, hast du extra noch Gas gegeben.«

»Eine schöne Geschichte hast du dir da ausgedacht, wirklich«, entgegne ich spöttisch.

»Ich denke, die anderen werden mir das schon glauben.«

Ich verschränke die Arme vor der Brust. »Drohst du mir etwa?«

»Das war doch keine Drohung.«

»Gut, was willst du dann von mir?«

»Eine Entschuldigung?« Er deutet auf das Fahrrad, und ich schüttele den Kopf.

»Warum soll ich mich dafür entschuldigen?«

»Okay, dann eben nicht. Also mach's gut, wir sehen uns«, sagt er nur noch, ehe er wieder auf das Fahrrad steigt und davonfährt. So ein Idiot.

»Ist das dein Ernst?«, rufe ich ihm noch hinterher.

Er winkt nur, während ich dastehe und ihn verfluche. Gut, was soll's, denke ich. Schließlich zücke ich mein Handy und rufe Piet an.

»Jetzt schau mich nicht so an. Ich habe gewartet, aber Hendrik ist nicht aufgetaucht, und ich musste dringend los. Die Familie Jansen hat schon auf ihre Lieferung gewartet«, erkläre ich, als ich später zusammen mit Piet in unserem Lieferwagen zurück auf den Hof fahre.

Ich bin wirklich froh, dass Katharina meinen Bruder gleich in ihrem Auto hergebracht hat, damit er den Reifen wechseln kann. Aber natürlich hat er dadurch auch mitbekommen, dass ich Hendrik vorhin stehen gelassen habe. Das Ganze ist ja mal super gelaufen.

Piet wirft mir einen kurzen Blick von der Seite zu und rollt mit den Augen. »Das war wirklich nicht okay, Lina. Warum machst du so etwas? Klar bist du sauer auf mich, aber was ist dein Problem mit Hendrik? Außerdem dachte ich, das Ganze sei geklärt? Hallo, wir brauchen das Geld.«

»Ja, ich weiß. Es ist geklärt, und trotzdem nervt er mich, dieser reiche Schnösel. Mal ehrlich, ist doch so. Wir müssen ihn loswerden, unbedingt, Geld hin oder her. Für diesen Filmdreh muss er doch nicht vorher schon hier sein«, sage ich ernst.

»Unsinn. Solange er mit anpackt, ist es doch okay. Und es ist auch total egal, ob er reich ist oder nicht.«

Ich atme tief durch. »Piet, ich habe erfahren, dass seiner Familie die Schwarzmann Unternehmensgruppe gehört, die anscheinend reihenweise Immobilien aufkauft – auch hier auf der Insel. Und ist es nicht merkwürdig, dass erst vor ein paar Tagen wieder so ein komischer Kerl auf dem Hof aufgetaucht ist? Das ist doch kein Zufall. Ich habe echt ein mieses Gefühl im Bauch.«

 96

Piet schweigt kurz. Vermutlich muss er das, was ich ihm gerade erzählt habe, erst verdauen. Aber dann winkt er ab. »Ach Unsinn!«

»Doch, doch, ich glaube ganz fest, dass da etwas nicht stimmt.«

»Aber du weißt nicht, ob Hendrik wirklich etwas damit zu tun hat, oder?«, gibt er zu bedenken.

»Jedenfalls glaube ich es.«

»Genau. Du glaubst es, weil du dir ein Stück weit auch einredest, dass es so sein muss. Also lass es doch gut sein! Und mal ehrlich, bevor du ihn stehen gelassen hast, hättest du ihn auch fragen können. Man muss es ansprechen, wenn man irgendwelche Bedenken hat, und darf nicht gleich in Panik verfallen. Das ist so kindisch und beinahe wie in einem schlechten Film.«

Kurz fühle ich mich ertappt. War das doch etwas zu fies von mir?

In diesem Augenblick fahren wir auf den Hof ein. Piet parkt den Lieferwagen, und während ich aussteige, entdecke ich Hendrik und Elsa. Die beiden stehen vor dem Laden und scheinen sich über irgendetwas zu amüsieren. Als Elsa mich sieht, verfinstert sich ihr Blick.

»Sei froh, dass Hendrik die ganze Sache doch mit Humor nimmt«, meint Piet und deutet zu den beiden hinüber.

Ich schaue ihn an. »Mit Humor?«

Schon kommt Hendrik auf uns zu. »Na, alles geschafft?«

»Jap, der Ersatzreifen ist erst mal drauf«, berichtet Piet. »Das ist jetzt allerdings nur ein Notreifen. Ich rufe gleich mal die Werkstatt an, damit sie uns einen richtigen Reifen besorgen. Lina, die Farbe hast du aber schon gekauft, oder?«

Wie genervt er klingt. Oh Mann.

»Ja klar, sie ist im Wagen.«

»Ich mache das schon«, sagt Hendrik jetzt auch noch und öffnet die hintere Tür des Lieferwagens, um die beiden Farbeimer herauszuheben.

»War ja klar«, murmele ich.

»So, da ist die Farbe.« Hendrik stellt die Eimer vor uns ab. »Soll ich mir mal den Zaun ansehen? Vielleicht muss man ihn vor dem Streichen auch noch ausbessern.«

Piet nickt. »Ja, danke, das wäre echt super.«

Ich bin etwas erstaunt, dass Hendrik das kann, sage es jedoch nicht.

Als Hendrik mit der Farbe von dannen gezogen ist, wendet sich Piet mir zu. »Wollen wir dann mal die Unterlagen durchgehen, die die Produktionsfirma geschickt hat? Wir sollten uns unbedingt darüber abstimmen.«

Was bleibt mir denn anderes übrig? »Hm«, murre ich und folge ihm ins Haus.

Etwas später sitzen Piet und ich am Küchentisch und gehen die Papiere der Produktionsfirma durch.

»Also, sie schreiben, dass ein paar Blumen an den Fenstern schön wären«, sagt Piet. »Was meinst du? Das ist doch einfach umzusetzen. Oder hast du damit ein Problem?«

Wieder dieser genervte Tonfall.

»Nein, prinzipiell nicht. Übernehmen sie dafür auch die Kosten? Ich könnte dann Jane fragen«, schlage ich vor.

»Ja, das tun sie. Und Jane zu fragen, ist eine gute Idee.«

»Okay, ich schreibe ihr nachher gleich mal eine Nachricht.«

Piet setzt einen Haken auf die Liste. »Als Nächstes geht es darum, dass einige der Crewmitglieder in der Nähe übernachten sollten. Sie bringen zwar eigene Wohnwagen mit, die problemlos vor dem Hof geparkt werden können, allerdings gibt es dort wohl nicht genügend Schlafplätze für alle. Schade, dass wir bislang nur die drei Gästezimmer haben, von denen eines ja bereits durch Hendrik blockiert ist. Aber ich werde Renate von nebenan fragen, vielleicht hat sie in ihrer Pension zufällig noch Zimmer frei. Ich schreibe mir das mal auf. Um den Stromanschluss für die Wohnwagen habe ich mich bereits gekümmert.«

»Das klingt doch gut«, antworte ich und lächele ihn an.

Piet nimmt einen Schluck aus seinem Wasserglas. »Wir sollten sowieso mal darüber nachdenken, die Zimmervermietung an Urlauber im größeren Stil aufzuziehen.«

»Darüber können wir ja bei Gelegenheit mal reden, aber nicht gerade jetzt«, antworte ich ausweichend. »Und was ist mit dem Hofladen? Die Produktionsfirma wird sicher auch da mal drehen wollen, oder?«

»Ja klar. Ich dachte mir, vielleicht könnten wir die Regale und die Waren anders anordnen oder spezielle Dekorationen anbringen, um die Atmosphäre zu verbessern«, schlägt er vor. »Was hältst du davon?«

»Dekorationen? Meinst du zum Beispiel deine Holzsterne? Du hast künstlerisch ja einiges drauf.«

Verlegen sieht Piet mich an. »Ich finde sie schön, und sie würden sich bestimmt gut machen. Das könnten wir schon umsetzen, oder?«

»Ja, das können wir machen, klar.« Ich lächele erneut, aber Piets Blick bleibt ernst.

»Gibst du dich jetzt so freundlich, weil du ein schlechtes Gewissen hast?«, fragt er. »Das solltest du lieber Hendrik gegenüber haben, bei mir bist du da an der falschen Adresse. Ich würde dir eindringlich raten, die Sache aus der Welt zu schaffen.«

»Ach, der …« Ich winke ab. »Egal. Also, was noch?«

Zu meiner Verwunderung geht Piet nicht auf meine letzte Bemerkung ein. Stattdessen kommt er in Bezug auf die Veränderungen jetzt erst so richtig in Fahrt. »Und den Außenbereich sollten wir ebenfalls etwas verschönern, das wollte ja Papa schon immer mal machen«, schlägt er vor. »Reicht die Farbe, die du gekauft hast, eventuell auch für die Fensterläden? Eine Szene soll wohl vor dem Haus stattfinden und romantisch werden.«

Plötzlich fühle ich mich überwältigt von all den Details. »Ja, ich denke schon«, entgegne ich nur.

»Prima. Und was noch wichtig wäre: Das Team braucht etwas Stauraum, und ich dachte, man könnte doch in der Scheune etwas Platz machen.«

»Ist das denn nötig?« Ich klinge angespannter als beabsichtigt.

»Weißt du eine Alternative?«

»Nein, und ehrlich gesagt würde ich …« Meine Stimme zittert jetzt sogar vor Anspannung. Ich setze noch einmal an, um Piet zu sagen, dass mir das alles zu viel ist, doch nun betritt Elsa die Küche und unterbricht uns.

»Kommt ihr beiden bitte mal eben? Ich brauche euch kurz. Oder seid ihr noch nicht fertig?«

»Doch, wir sind fertig«, antworte ich schnell und nutze die Chance, um der Situation zu entkommen. »Piet, wir reden einfach später weiter, das meiste haben wir ja geklärt. Gehen wir?«

Er nickt, obwohl ich merke, dass er gern noch weitergesprochen hätte.

Wir folgen Elsa in den Laden. »Sorry, aber schaut euch mal an, was Hendrik da für eine tolle Idee hatte. Das musste ich euch gleich zeigen«, erklärt sie begeistert.

Hendrik und eine tolle Idee? Okay …

Als wir den Hofladen betreten, steht er da, hat eine Schürze umgebunden und grinst.

»Was ist denn jetzt die tolle Idee?«, frage ich ungeduldig. »Sag nicht, er hat gebacken.«

Hendrik antwortet an Elsas Stelle: »Ich habe darüber nachgedacht, wie ihr den Bestellprozess effizienter gestalten könntet. Wir haben ja heute Morgen über den Onlineshop gesprochen. Die Kunden könnten damit ganz einfach und bequem über das Internet bestellen und ihre Waren direkt zu sich nach Hause liefern lassen. Das würde nicht nur den Verkauf steigern, sondern auch die Kundenbasis erweitern.

Und deswegen habe ich mal etwas gebastelt. Ihr werdet sehen, das ist wirklich nicht aufwendig.« Er dreht den Laptop, der auf dem Tisch steht, um, damit Piet und ich erkennen können, was er gemacht hat.

»Ist das nicht toll? Es ist nur eine erste Idee, aber wir könnten das doch super nutzen«, meint Elsa ganz euphorisch. »Wir könnten zudem einen Bereich im Laden einrichten, der als Bestell- und Informationszentrum dient. Dort könnten immer die neuesten Produkte präsentiert werden, eventuell auch saisonabhängig. Ach, man könnte da so viel machen.«

Piet ist der Erste von uns beiden, der etwas sagt. »Das ist wirklich eine tolle Idee. Wie habt ihr das so schnell hinbekommen?«

»Nun, ich bin ja in diesen technischen Dingen nicht unbewandert«, erklärt Hendrik. »Und mit Shopnex – das ist dieser Anbieter hier – geht das auch ganz einfach. Wir brauchen nur …«

Was passiert hier bitte? In mir dreht sich alles. So war das nicht geplant. So ganz und gar nicht. Ich weiß nicht, warum ich mit einem Mal das Gefühl habe, völlig zusammenzufallen. Oder doch, ich weiß es. Was bildet sich Hendrik eigentlich ein? Was hat er vor?

»Nein«, unterbreche ich ihn, worauf sich schlagartig alle Köpfe in meine Richtung drehen.

Doch zu mehr komme ich nicht, denn Mama betritt nun ebenfalls den Laden. Sofort sprudeln die anderen drei los und berichten ihr von Hendriks Idee. Was ich davon halte, ist ihnen egal.

»Das ist ja wirklich schön«, antwortet sie dann auch noch. Ich schüttele den Kopf, was nicht unbemerkt bleibt. »Lina, was denkst du denn darüber?«

»Was ich denke? Ich frage mich gerade, was das hier soll. Und außerdem habe ich euch doch gesagt, dass wir das nicht hinkriegen.«

»Schon, aber du siehst ja, wie einfach das ist. Ich habe doch zum Beispiel das Logo unseres Hofes entworfen, das wir teilweise schon auf die Etiketten unserer Produkte aufdrucken. Es wäre bestimmt möglich, das auch in den Shop zu integrieren, oder?«, überlegt Piet und sieht dabei zu Hendrik. »Ich dachte immer, so etwas ist schwieriger.«

Schnell hebe ich die Hand. »Stopp. In der Theorie hört sich immer alles prima an, aber habt ihr mal daran gedacht, wie viel Arbeit damit verbunden ist?«

»Es ist jedoch auch eine Chance«, entgegnet Elsa. »Ich verstehe deine Bedenken, Lina, doch in der heutigen Zeit ist es wichtig, mit den Trends Schritt zu halten und unseren Kunden die Bequemlichkeit des Online-Bestellens anzubieten. Wir können trotzdem immer noch persönlichen Kontakt zu denen haben, die lieber im Hofladen einkaufen. Aber so können wir noch viel mehr Leute erreichen – irgendwann vielleicht sogar im ganzen Land. Etwa nach dem Motto: *Von unserem Hof hier am Sandwall zwischen den Meeren versenden wir das Küstenglück.* Das klingt doch gut, oder? Dazu brauchen wir nur ein entsprechendes Warensortiment, das man in einem Paket verschicken kann.« Elsa wird nun richtiggehend euphorisch. »Eines Tages werden wir mit Hendriks Hilfe ganz groß in den Online-Handel einsteigen. Du sagtest ja, du hilfst uns dabei, oder?«

Hendrik nickt. »Klar, das habe ich euch doch versprochen.«

Ich starre ihn an. »Das hast du dir ja schön ausgedacht, hier alle auf deine Seite zu ziehen. Und wenn du schon alles so toll weißt, dann sag mir bitte eines: Wo sollen die zusätzlichen Waren, die wir brauchen, gelagert werden? Wie soll das funktionieren? Wer kümmert sich darum?«

»Wir kriegen das schon hin, und Platz haben wir auch genug. Also mal im Ernst …«, will Piet mich beruhigen, doch ich werde immer wütender.

»Kapiert ihr denn nicht, was er da macht?«, presse ich hervor. »Er kommt hierher mit seinem Film und will alles verändern. Und wer weiß, was er sonst noch ausheckt. Und ihr merkt nicht mal, dass …«

»Was?« Etwas Herausforderndes liegt in Piets Blick.

»Dass das alles total bescheuert ist. Ich habe genau gehört, was du gesagt hast, Hendrik. Zum Beispiel dass hier alles heruntergekommen ist. Und außerdem habe ich herausgefunden, dass deiner Familie die Schwarzmann Gruppe gehört, die hier auf der Insel alles aufkaufen will.«

»Was?«

»Tu doch nicht so! Ich weiß nicht, was du vorhast, aber das hier kommt mir mehr als merkwürdig vor. Das sollte es uns allen. Wir wissen doch, was passieren kann. Und deswegen habe ich dich auch stehen gelassen. Weil ich glaube, dass du ein falsches Spiel spielst. Bist du überhaupt Schauspieler? Ich bin mir da jedenfalls nicht mehr so sicher.«

Hendrik hebt abwehrend beide Hände. »Das ist doch absoluter Quatsch.«

»Lina, jetzt komm mal runter, okay?«, fordert Piet mich auf, aber ich möchte nicht runterkommen.

Alle sehen mich nun auf eine Weise an, als wäre ich bescheuert. Verstehen sie denn nicht, was hier abgeht? Wohin der Hase läuft?

»Ach, wisst ihr was? Macht doch euren Kram allein, ich bin raus!«, rufe ich und rausche aus dem Laden.

Frieden - ein bisschen zumindest

»Was denkt er sich bitte dabei?«, rufe ich völlig aufgebracht ins Telefon.

Nach dem unsäglichen Gespräch im Laden habe ich einfach den Lieferwagen genommen und bin damit planlos kreuz und quer über die Insel gefahren. Dass ich nur mit einem Notreifen unterwegs war, war mir in diesem Augenblick egal. Ich wollte nur eines: weit weg von allen Hendriks und Filmdrehs dieser Welt zu sein.

Mittlerweile ist es Abend geworden, und ich habe mich unweit der Bar, in der ich hin und wieder arbeite, in den Sand gesetzt. Zum Glück kann ich jetzt endlich mit Jane am Telefon sprechen. Den ganzen Tag über war sie in ihrem Laden zu beschäftigt gewesen, weil sie den Blumenschmuck für eine große Hochzeit liefern durfte. Und nun berichte ich ihr in allen Einzelheiten, was heute alles passiert ist. Was ich von Sonni erfahren habe, dass ich Hendrik stehen gelassen habe und Piet sauer auf mich war. Dass mir diese ganze Sache mit Hendrik merkwürdig vorkommt und ich mit den Änderungswünschen der Filmproduktion überfordert bin. Und dass schließlich Hendriks Vorschlag mit den Online-Bestellungen das Fass zum Überlaufen gebracht hat.

»Das klingt echt nicht gut«, meint Jane nachdenklich, als ich geendet habe.

»Sage ich doch.«

»Trotzdem war es nicht okay, dass du Hendrik einfach stehen gelassen hast. Du hättest ihn gleich mit deinem Verdacht konfrontieren müssen.«

Ich lehne mich zurück und hebe ein wenig den Kopf, um mir die Abendsonne ins Gesicht scheinen zu lassen. »Wir waren schon mal so blauäugig und haben deswegen beinahe alles verloren. Das wissen sie doch. Wie können sie mir jetzt nicht glauben?«

»Dann redet miteinander, wirklich.«

Auf einmal entdecke ich Hendrik in einiger Entfernung von mir. Er sieht sich suchend um.

»Mist, Hendrik ist da«, flüstere ich und versuche, mich klein zu machen.

»Ehrlich?«

»Ja, aber ich habe absolut keine Lust auf ihn.«

»Das ist doch *die* Gelegenheit, die Sache zu klären. Jetzt sei mal stark und erwachsen.«

Ich schlucke. »Nein, ich verstecke mich jetzt in dem Strandkorb hinter mir.«

Rasch stehe ich auf und schleiche zu dem schützenden Korb hinüber. Doch es ist zu spät, denn noch ehe ich ihn erreiche, hat Hendrik mich entdeckt. Ich tue jedoch so, als hätte ich es nicht bemerkt, und lasse mich auf das weiche Polster plumpsen.

»Lina, also wirklich!«

»Ich habe nun mal keine Lust auf ihn«, entgegne ich bestimmt.

Vorsichtig linse ich hinter dem Strandkorb hervor und stelle glücklicherweise fest, dass Hendrik die Bar betreten hat. Durch die gläserne Eingangstür sehe ich ihn am Tresen stehen und mit Björke, dem Besitzer der Bar, sprechen.

»Jetzt redet er mit Björke«, flüstere ich ins Telefon.

»Dann geh doch hin!«

»Meinst du?«

»Ja, das meine ich.«

Aber ich wende mich ab und blicke wieder aufs Meer. »Er soll abhauen, ich möchte einfach meine Ruhe vor ihm haben.«

»So wird das alles nichts«, versucht Jane es noch einmal, doch ich rücke nicht von meiner Meinung ab.

»Er will dem Hof schaden, Jane, verstehst du das nicht? Ich weiß noch nicht, was er vorhat, aber ich lasse mich sicher nicht …«

»Hey.«

Ich halte abrupt inne, denn auf einmal steht Hendrik vor mir.

»Was ist los?«, ruft Jane.

»Ich muss jetzt auflegen, bis später«, antworte ich schnell und beende das Gespräch. Mit zusammengekniffenen Augen mustere ich Hendrik. »Was willst du hier?«

»Was denkst du denn, was ich will? Anscheinend glaubst du ja, dass ich dem Hof schaden möchte. Piet hat mir alles gesagt, auch das, was man dir über mich erzählt hat.«

Ich schlucke. »Und was hast du dazu zu sagen?«

»Dass es Unsinn ist!« Er hebt die beiden Bierflaschen hoch, die er in der Hand hält. »Eine davon ist für dich, wenn du möchtest. Ich gebe zu, es ist auch eine Art Versöhnungsversuch. Es muss doch zwischen uns nicht so sein, wie es ist, oder?«

»Nein, aber …«

»Aber du willst mich nicht hier haben. Du denkst ernsthaft, ich will dir was Schlechtes, und hast infrage gestellt, dass ich wirklich Schauspieler bin.«

Ich zucke mit den Schultern. »Na ja, alles deutet darauf hin.«

»Darf ich mich setzen, Sherlock?« Er zeigt auf den Platz neben mir im Strandkorb.

Ich überlege kurz und rücke dann etwas zur Seite. »Na schön, aber nur wenn du mir erklärst, wie es wirklich ist.«

»Okay. Also …« Er atmet tief durch. »Was ich gestern zu dir gesagt habe in Bezug auf dein Leben und so, das war nicht in Ordnung von mir. Aber ich war sauer, weil du meintest, ich sei ein reicher Kerl, der nur ein Hobby sucht, einen Zeitvertreib. Zumindest gefühlt. Dafür entschuldige ich mich.«

Wie versprochen hält er mir eine der Bierflaschen hin. Soll ich oder soll ich nicht? Und dann greife ich einfach danach. »Na schön, Entschuldigung angenommen – zumindest dafür. Was aber noch nicht erklärt, warum du am Telefon so über mich gesprochen hast. Dass du mich auch noch kriegen wirst, dass der Hof altbacken ist und all das.«

Kurz wirkt er nachdenklich. »Tut mir leid, dass du das gehört hast. Es war nur dumm dahergeredet. Ich war einfach noch sauer, und dazu zieht mich mein Bruder, mit dem ich da telefoniert habe, dauernd damit auf, dass dieses Filmbusiness nur Quatsch ist und dass ich mich endlich wieder mit meinen Eltern vertragen soll. Ich wollte ihm eigentlich ehrlich sagen, wie ich mich fühle, doch als er mich fragte, warum ich das alles tue, wollte ich stark wirken.«

»Ihr streitet? Deine Eltern und du?«

»Oh ja, ziemlich sogar. Sie verstehen nicht, warum ich das mit der Schauspielerei mache. In ihren Augen verplempere ich mein Leben.« Er schluckt. »Und es ist ganz gewiss nicht so, dass ich alles in den Schoß gelegt bekam. Ich habe selbst dafür gearbeitet.« Er sieht mich an. Irgendetwas ist da in seinem Blick, das mir sagt, dass da noch so viel mehr ist.

»Das tut mir leid«, antworte ich ehrlich. »Die Familie ist so wichtig, und mit den Menschen, die man liebt, Streit zu haben, ist schlimm.«

»Deswegen war ich ja auch so angefressen. Und um auf die Sache mit dem Unternehmen zu kommen: Ich habe keine Ahnung davon. Ja, meinen Eltern gehört die Schwarzmann Gruppe. Doch es ist kein schlechtes Unternehmen. Oft investieren sie in andere Firmen, um diese zu retten. Und ich wusste auch nicht, dass einer der Vertreter bereits hier war. Wobei ich mir gar nicht sicher bin, ob er wirklich etwas mit der Schwarzmann Gruppe zu tun hat. Das alles ist ein großes Missverständnis.«

Ich weiß nicht, ob ich ihm glauben soll. »Wirklich? Du wusstest nichts davon?«

»Ich schwöre es dir, Lina! Also, Entschuldigung angenommen?«

»Na schön, angenommen. Und ich entschuldige mich umgekehrt für meine Aussage und dafür, dass ich dich stehen gelassen habe«, entgegne ich.

Er lächelt. »Ebenfalls angenommen. Frieden?« Er hält mir seine Hand hin, und ich ergreife sie.

»Na gut, Frieden. Wobei ich aber noch nicht weiß, ob ich dir wirklich glauben kann.«

»Okay, dann lass es uns doch herausfinden.«

Da sitze ich also neben Hendrik im Strandkorb und blicke mit ihm über das Meer. Ich nehme einen tiefen Schluck aus meiner Flasche und spüre, wie das kühle Bier meine Kehle hinabrinnt.

»Du weißt also nicht, ob ich die Wahrheit sage?«, fragt Hendrik.

»Ja. Woher soll ich das auch wissen?«

Er nickt nachdenklich. »Ich bin echt erschrocken, als du so einfach weggefahren bist. Damit habe ich nicht gerechnet. Doch jetzt verstehe ich es zumindest ein wenig. Du warst wütend.«

»Sehr. Ich wollte es eigentlich auch nicht«, gebe ich zu.

»Dann hat sich das Auto einfach von Zauberhand bewegt?«

»Sehr witzig. Nein, aber nachdem Sonni mir das über dich und deine Familie erzählt hatte, habe ich mich kurzfristig umentschieden.«

»Super.« Er sieht mir fest in die Augen. »Man hätte ja auch mal reden können, oder?«

»Ja, ich weiß.«

»Dann machen wir das jetzt«, bestimmt er. »Ich habe echt keinen Bock auf Stress. Zum Glück habe ich dich gefunden.«

»Und woher wusstest du, dass ich hier bin?« Aber ich kann es mir schon denken. »Elsa, oder?«

»Jap. Nachdem du weg warst, waren alle ziemlich durch den Wind. Was du rausgehauen hast, hat doch alle verunsichert, und ich musste es Piet genauso erklären wie Elsa und deiner Mama. Elsa meinte dann, ich müsste das unbedingt auch mit dir klären und dass du deine Gründe hättest. Sie liebt dich sehr, alle lieben dich sehr.«

Ich bin schon gerührt, das muss ich zugeben. »Ja, so ist sie. Wobei sie bestimmt trotzdem sauer auf mich ist.«

Er winkt ab. »Ich denke, das renkt sich schnell wieder ein.«

»Und dann bist du auch noch mit diesem Online-Zeug um die Ecke gekommen. Da war ich echt aufgewühlt. Es fühlte sich an, als ob du ...«

»Als ob ich den Hof zerstören oder ihn übernehmen will?«

»Ja. So ist es.« Ich bin froh, dass es jetzt raus ist.

»Ist schon okay. Tut mir leid, aber du sollst wissen, dass ich nicht dein Feind bin.« Hendrik sieht mich ernst an. »Deine Familie ist nett, und das Letzte, was ich möchte, ist, dem Hof zu schaden. Es sollte auch nicht so rüberkommen, dass ich den Hof blöd finde. Er ist wirklich unglaublich schön. Klar, ein paar Macken gibt es immer.«

»Ich weiß natürlich auch, dass einiges gemacht werden muss. Und auch, dass ich wegen des Shops und allem unfair war. Aber ...«

»Aber du hattest deine Gründe?«

»Ja, Schulden«, gestehe ich jetzt ganz ehrlich.

»Schulden?«

»Genau. Nach Papas Tod haben wir Mist gebaut. Da ist auch jemand hier aufgetaucht und hat uns überredet, in verschiedene Marketingmaßnahmen zu investieren. Als er dann unser Geld in den Fingern hatte, ist er damit abgehauen, ohne dass irgendwas passiert ist. Das hat uns ganz schön runtergezogen, und ich habe mir geschworen, nie wieder auf so etwas hereinzufallen.« Ich hätte nie gedacht, Hendrik gegenüber mal so offen zu sprechen, doch irgendwie habe ich in diesem Augenblick so ein Gefühl, dass es richtig ist.

»Das tut mir leid.« Auch er meint es ehrlich, das spüre ich.

»Ja, das war wirklich heftig. Deswegen hatte ich auch Angst vor der Sache mit den Dreharbeiten und den Veränderungen, die dafür notwendig sind. Und dann hast du auch noch am Telefon gesagt, dass der Hof so mies ist. Ich weiß, der Zaun muss zum Beispiel gerichtet werden – und noch so manches andere. Ich sehe das selbst ja auch.«

»Aber die Firma übernimmt doch die Kosten«, gibt er zu bedenken. »Das ist schon mal positiv. Ich kann dir versichern, dass alles echt ist. Und die Gage ist auch geregelt, also hilft der Deal euch doch.«

»Ja, schon. Aber als ich dann noch gehört habe, dass deine Familie im Immobilienbereich tätig ist, dachte ich sofort, ihr wollt uns den Hof wegnehmen. Da ist einfach vieles wieder hochgekommen.«

»Ich verstehe dich, ganz sicher. Und damit du mir glaubst: Ich möchte auch, dass es funktioniert, denn …« Er schluckt. »Glaubst du an Zeichen?«

Die Frage kommt unerwartet. »An Zeichen? Inwiefern?«

»Keine Ahnung, vom Universum oder so.« Verlegen streicht er sich durch die Haare.

»Ich weiß nicht. Mein Papa hat daran geglaubt und mir immer gesagt, dass es sie gibt. Aber das letzte Zeichen, das ich bekommen habe, war, dass eine Möwe mich angekackt hat«, platzt es aus mir heraus, worauf Hendrik zu lachen beginnt.

»Läuft das hier auf der Insel so? Nach dem Motto: Das bringt Glück?«

»Eigentlich nicht. Also, warum die Frage nach den Zeichen?«, hake ich nach.

»Weil mich euer Hof angezogen hat. Ich habe das nicht im Spaß gesagt. Klingt das verrückt?« Er sieht mich fragend an.

»Ein wenig vielleicht.«

»Okay, das mag sein. Jedenfalls habe ich mich deswegen unheimlich dafür eingesetzt, dass ihr ausgewählt werdet. Wenn es also nicht klappt, was denkst du, wer dann schuld ist? Und das auch noch bei meiner ersten wirklich großen Rolle. Gut, jetzt ist da noch die Sache mit meiner Familie. Keine Ahnung, wie ich das einschätzen soll, doch es hat nichts damit zu tun, wirklich.«

»Das ist echt deine erste große Rolle?« Ein wenig neugierig bin ich ja nun schon.

»So ist es. Ich habe zwar schon in Serien mitgespielt und hatte auch in Filmen kleinere Rollen, aber nie eine richtig große Hauptrolle. Und ich dachte auch nicht, dass ich für so eine Rolle passe.«

»Und wie bist du dazu gekommen?«

»Tatsächlich war der Auslöser ein Brief, den ich in einer Zeitschrift gelesen habe.«

»Ein Brief?«, frage ich erstaunt.

»Ja, ein Leserbrief, in dem es um Sylt und die Liebe zweier Menschen ging. Na ja, und dann wurde ich wirklich für diesen Film angefragt und fand die Idee und die Geschichte schön. Dazu die Umgebung – die Insel und das Meer. Das ist genau das, was die Leute in einer Liebesgeschichte gern sehen möchten.«

»Jaja, die Inselromantik.« Eigentlich will ich gar nicht so zynisch sein, wie sich meine Worte anhören.

Hendrik legt den Kopf schief. »Das sagst du so abwertend. Dabei sind doch gerade solche Filme fürs Herz wichtig.«

»Ach ja?«

»Ja, weil sie zeigen, dass alles gut wird. Ich denke, man unterschätzt das völlig. Mit dieser Art von Geschichten macht man so viele Menschen glücklich. Denn mal unter uns, jeder wünscht sich doch insgeheim ein Happy End.«

»Du auch?«

»Ich auch, klar. Du nicht?«

»Vermutlich. Aber ich weiß nicht, ob ich daran glauben soll.«

Die Musik um uns herum wird lauter. Sicher hat Björke sie aufgedreht, so wie er es meistens macht, wenn die Bar sich auch im Außenbereich füllt.

»Der Barkeeper hat es echt drauf«, meint Hendrik nun. »Er hat mich übrigens gefragt, ob ich hier Urlaub mache. Wie kommt er darauf?«

»Na ja, dass du kein echter Sylter bist, merkt man dir schon an.«

»Ach so, bin ich nicht grummelig genug?«

»Haha. Wir Sylter sind nicht grummelig«, protestiere ich. »Wirklich nicht.«

»Na schön.« Er atmet tief die frische Luft ein, die uns umgibt, und sieht sich um. »Wie auch immer, es hat schon was, am Meer zu sitzen.«

»In München habt ihr doch auch Wasser. Die Isar, oder?«

»Du bist lustig. Das Meer ist schon noch mal was anderes.«

Ich lasse nun ebenfalls meinen Blick über die Umgebung schweifen. »Das stimmt, ich liebe es hier auch. Und ich liebe den Hof, auch wenn die Verantwortung manchmal erdrückend sein kann.«

»Das glaube ich, aber deine Familie ist sicher stolz auf dich. Ich meine, du hältst ja offensichtlich alles zusammen.«

»Gerade sind sie eher sauer und … na ja, mir tut das schon noch weh.«

»Das wird wieder. Bestimmt. Man macht nun mal Fehler, das gehört zum Leben dazu.«

»Hey Lina.« Björke steht auf einmal vor uns. »Da bist du hier und sagst nicht mal Moin?«

»Tut mir leid, ich …«

»Schon gut.« Er zwinkert mir zu. »Und ihr kennt euch?«

»Ja, das ist Hendrik, er ist gerade bei uns auf dem Hof als … Aushilfe«, sage ich, weil alles andere zu weit führen würde.

»Aushilfe? Jaja, ich hab schon gehört, was bei euch los ist.« Björke lacht. »Nichts für ungut, Junge, aber ich hab dir ja vorhin schon gesagt, wie ein Sylter siehst du nicht aus. Ich hoffe, du machst Lina nicht allzu viel Ärger. Sie und ihre ganze Familie können jede Hilfe gebrauchen.«

Hendrik nickt. »Ich gebe mein Bestes.«

»Das will ich hoffen.« Björke sieht nun mich an. »Und am Montag erzählst du mir dann mehr von ihm und dieser Sache, Lina. Ich bin gespannt. Wenn was ist, du kennst dich ja aus. Ich muss dann mal wieder, an der Außenbar brauchen sie mich. Also, dann noch einen schönen Abend euch beiden.«

»Was ist am Montag?«, will Hendrik wissen, als Björke außer Hörweite ist.

»Ich arbeite hier zweimal die Woche abends.« Mist, warum habe ich das jetzt verraten?

Seine Augen werden groß. »Ehrlich? Noch zusätzlich zum Hof?«

»Ja, du Romantiker. Ich habe dir doch erzählt, was war. Wir brauchen das Geld, das ist das Mindeste, was ich tun kann«, erkläre ich ihm.

»Oh Mann. Und die anderen wissen nichts davon?«

»Nein, also binde es ihnen bitte nicht auf die Nase.«

»Klar, mach ich nicht. Steht es denn so schlecht um den Hof?«

»Sagen wir es so, es reicht schon, doch es ist gerade nicht leicht. Und ich möchte alles dafür tun, dass sich unsere Lage wieder bessert. Das Geld hilft im Moment zwar, aber es muss auch in der Zukunft besser werden.«

»Das wird es bestimmt«, ermutigt Hendrik mich. »Und jetzt, nachdem du auch weißt, dass mit dem Dreh alles funktioniert, wird es sicher noch besser.«

»Ich hoffe es.«

Wieder schweigen wir für ein paar Augenblicke. In meine Gedanken versunken blicke ich hinaus aufs Meer. Auch Hendrik scheint noch über unser Gespräch nachzudenken, denn auf einmal meint er: »Weißt du, ich bin froh, dass wir miteinander geredet haben. Es fühlt sich jetzt etwas leichter an. Du bist nämlich schon ein harter Brocken.«

Ich grinse. »Du aber auch.«

»Vielleicht, weil wir beide wissen, was wir wollen, und für das kämpfen, was wir lieben.«

»Das ist ja mal ein Kompliment.«

»Ehrlich gesagt, ja, das ist es.«

Mein Bier ist leer, Hendriks Flasche ebenso.

»Wir sollten uns mal auf den Weg zurück machen«, sage ich. »Morgen ist wieder einiges zu tun. Der Zaun muss zum Beispiel gestrichen werden. Hast du heute schon damit angefangen?«

»Nein, aber ich habe ihn mir vorhin zusammen mit Piet noch angesehen.«

»Oh Mann, Piet. Ich habe morgen einiges mit ihm und den anderen zu klären.«

»Das wird schon. Ich denke, sie sind nicht sehr sauer. Und in der Zwischenzeit fange ich dann schon mal mit dem Streichen an. Deal?«

Ich atme tief durch und muss lächeln. »Okay. Deal.«

»Super. Ich bringe die Flaschen kurz zurück, bin gleich wieder da«, meint er, und ich sehe ihm nach, wie er zur Außenbar geht und Björke unsere leeren Flaschen in die Hand drückt. Dieser winkt mir noch zu, während Hendrik wieder zurückkommt.

115

Der Wind weht sanft, es wird kühler, und doch ist es noch angenehm. Irgendwie fühle ich mich nun leichter.

»Um noch mal auf den Film zurückzukommen. Um was geht es da eigentlich genau?«, frage ich neugierig, als wir uns auf den Weg zurück zum Hof machen. Ich weiß ja bislang nur, dass es eine Liebesgeschichte zwischen einem Hofarbeiter und der jungen Bäuerin ist.

»Also, da ist dieser Kerl, gut aussehend, eigentlich ein totaler Stadtmensch. Keine Ahnung, wen du jetzt vor deinem geistigen Auge hast.«

»Hm, Matthias Schweighöfer vielleicht?«

»Also bitte!« Gespielt entrüstet schüttelt Hendrik den Kopf. »Ich mag ihn, aber …«

»Du kennst ihn?«

»Vielleicht haben wir uns schon mal auf der Berlinale getroffen …«

»Angeber!« Ich boxe ihn leicht in die Seite.

»Willst du jetzt mehr über den Film hören oder nicht?«

»Ja, erzähl.«

»Also, seine Mutter möchte, dass er das echte Leben kennenlernt, und schickt ihn zum Arbeiten auf einen Bauernhof auf Sylt. Allerdings ist die Besitzerin des Hofes nicht begeistert davon.«

»Der Arme. Lass mich raten, wie es weitergeht. Sie merkt, dass der Kerl unzuverlässig ist, und fährt mit ihm aufs Meer hinaus. Dort wirft sie ihn ins Wasser«, spekuliere ich.

Hendrik hebt entsetzt die Hände. »Also wirklich, nein. Einmal darfst du noch raten.«

»Gut. Dann also Happy End und so, die beiden verlieben sich ineinander.«

Sein Blick ruht auf mir, und ich spüre eine gewisse Wärme, die mein Inneres erfüllt. Okay, was ist los mit mir? Noch heute Morgen mochte ich Hendrik überhaupt nicht – und jetzt …

»Sich zu verlieben ist doch schön«, meint er. »Oder warst du noch nie verliebt?«

Wir sehen uns intensiv an.

»Doch, klar. Ist schon etwas her, aber ... ja. Und du? Wobei, du verliebst dich sicher jede Woche neu.«

»Glaubst du das wirklich?«

»Ach, komm schon, mach mir nichts vor. Du lernst so viele Menschen kennen, hast auf jeden Fall viel mehr Möglichkeiten als ich.«

»Vielleicht. Aber Liebe ist doch noch mal etwas anderes. Gibt es denn hier keinen netten Insulaner?«

Was soll ich dazu sagen? »Bestimmt gibt es den, aber ... Ich hab keine Zeit für Dates.«

»Wann war denn dein letztes Date?«

»Du fragst mich was. Vor einem Jahr vielleicht«, antworte ich ganz ehrlich. »Und bei dir? Ach, da brauche ich gar nicht zu fragen, du Frauenheld.«

»Das hast du sicher auch gegoogelt, oder? Aber so, wie es überall dargestellt wird, ist es nicht. Mein letztes Date war vor vier Wochen, allerdings nur zum Kaffee.«

»Klar, zum Kaffee ...« Ich kann nicht anders, als ironisch zu sein.

»Wirklich und tatsächlich. Und zwar mit meiner Filmpartnerin Emilia.«

»Stimmt ja, Emilia.« Ich nicke. »Elsa meinte, sie sei eine bekannte Influencerin.«

»Das ist richtig. Du hast doch bestimmt auch schon nach ihr gegoogelt.«

»Nein, ehrlich nicht. Ist sie hübsch?«

»Na ja, würde ich jetzt sagen, dass sie hässlich ist, wäre das gelogen.«

»Stehst du auf sie?«

Er lacht auf. »Also, ich muss sagen, ihr auf dem Hof seid schon ziemlich neugierig. Erst diese Katharina und jetzt du ...«

»Es interessiert mich eben.«

»Ach, und warum? Wärst du dann eifersüchtig? Das wäre zu schade, ein erneutes Drama, nachdem wir doch gerade anfangen, uns zu verstehen.«

Mittlerweile haben wir den Hof erreicht. Ich bleibe stehen und drehe mich zu Hendrik um. »Nein, aber du sollst ja hier alles ordentlich erledigen und nicht deiner Libido verfallen.«

»Ach so, darum geht es? Du bist besorgt um mich?« Er klingt amüsiert.

»Absolut.«

»Und ich dachte schon, du stehst auf mich. Zumindest ein klitzekleines bisschen.«

»Sicher nicht. Eher werden die Möwen noch zu Vegetariern, als dass ich Interesse an dir habe. Sei froh, dass wir wenigstens Frieden geschlossen haben.«

»Puh! Dann kann ich ja beruhigt schlafen, ich hatte schon ein wenig Angst«, antwortet er, worauf ich ihn erneut in die Seite boxe.

Sein Lachen erfüllt die Luft zwischen uns, und ich kann nicht anders, als mitzulachen. Es ist in diesem Moment so unbeschwert und tut gut. Ja, so gut.

»Das steht dir«, sagt er mit einem Mal, und ich sehe ihn fragend an.

»Was denn?«

»Wenn du lachst.« Seine Worte sind leise, und in seinem Blick ist irgendetwas, das mich anzieht.

Schnell schüttele ich den Kopf. »Oh mein Gott, du bist echt furchtbar. Würde ich auf so was stehen, dann würde ich es ja fast süß finden.«

»Doch zum Glück ist das nicht so, richtig?« Sein Blick sucht meinen. Unsere Augen treffen sich.

»Richtig. Aber soll ich dir was sagen? Es hat wirklich gutgetan. Ehrlich gesagt vermisse ich schon die Zeit, in der ich einfach tun konnte, was ich wollte. Dates haben, ausgehen, an nichts denken, nicht diese Verantwortung haben, diesen Druck«, gestehe ich.

»Was würdest du denn gern tun, wenn du könntest?«

Die Frage trifft mich unvorbereitet. Ich schlucke und versuche, mich zu sammeln. »Na ja, vielleicht mal wieder einen Ausflug machen, mich frei fühlen. Ich war ewig nicht mehr einfach so auf der Insel unterwegs. Normale Dinge eben, ohne Zeitdruck, das ist bei mir kaum möglich. Aber du kannst das ja machen. Das Rantumbecken ist echt schön, der Hafen ist schnuckelig, in Hörnum ist auch einiges los und in Westerland sowieso. Wobei du auch zu viel zu tun hast, dafür sorge ich.«

»Zu schade, ich war nämlich noch nie hier.« Er sieht mich an, und seine nächsten Worte überraschen mich. »Aber mal im Ernst, ich glaube dir alles, was du erzählt hast. Diesen Druck spüre ich auch. Ich weiß, es ist nicht zu vergleichen mit dem, was du hier leistest, doch ich möchte auch, dass es funktioniert und dass meine Eltern stolz auf mich sind. Und das vorhin habe ich ehrlich gemeint. Ich helfe dir, weil ich mir wünsche, dass es mit dem Hof klappt. Es ist mir wichtig, so wie dir auch.«

Ich nicke. »Wirklich? Das würde ja heißen, dass du auf mich angewiesen bist.«

»Und du irgendwie auf mich. Wenn man es so sieht, brauchen wir einander.« Er legt den Kopf schief, und ich muss lachen.

»Das klingt aber schräg.«

»Oh Mann.« Er fährt sich durch die Haare. »Da mache ich mich nackt vor dir und du …«

»Was? Nackt?« Sofort habe ich das Foto, das ich bei Google gefunden habe, vor meinem geistigen Auge. Mein Blick gleitet kurz zu seiner Brust.

»Was ist?«

Ich schüttele rasch den Kopf. »Nichts, überhaupt nichts.«

»Du nimmst mich gar nicht ernst.«

»Doch, doch, nur …«

»Ich kann es mir denken. Du hast das Bild gesehen, oder? Bei Google?«

Ich kann ein Grinsen nicht unterdrücken. »Tut mir leid, ja, daran musste ich gerade denken. Hast du wirklich … also …«

»Komm, sprich es schon aus!«

»Okay, hast du wirklich drei Brustwarzen?«

»Tja, das wüsstest du wohl gern.«

»Ein wenig schon.«

»Möchtest du mal nachsehen?«

»Nein. Quatsch!«

»War ja nur ein Angebot.« Seine Mundwinkel zucken. »Du würdest hinter das Geheimnis kommen und hättest mich noch mehr in der Hand.«

»Dann will ich es wissen.«

»Na schön.« Langsam hebt er sein Shirt hoch. Ganz langsam …

»Nein, lass es lieber bleiben«, rufe ich mit einem Mal und streiche mir verlegen die Haare zur Seite, die der Wind mir ins Gesicht geweht hat. Schnell versuche ich, vom Thema abzulenken. »Gut, dann danke für den Abend. Und für unseren Pakt.«

»Ach, wir haben jetzt also einen Pakt?«

»Das würde ich schon sagen. Du hilfst mir, ich helfe dir.«

»Abgemacht. Ich werde alles tun, was gut für den Hof ist«, versichert er mir.

»Okay, und ich werde alles dafür tun, dass es auch für dich klappt.«

Hendrik greift nach meinen Händen und hält sie ein wenig zu lange fest. Was passiert hier gerade? Nun kommt er ganz nah zu mir her, und ehe ich mich versehe, legt er die Arme um mich und zieht mich an sich.

»Wofür … war das denn?«, frage ich, als er mich wieder loslässt.

»Wir alle brauchen ab und zu mal eine Umarmung, oder? Ich habe gerade eine gebraucht.«

Ich weiß nicht, was ich darauf antworten soll. »Gern geschehen«, entgegne ich daher nur, obwohl ich weiß, dass so viel mehr zu sagen wäre. »Aber nicht dass du jetzt denkst, wir sind … na ja, Freunde oder so.«

»Nein, natürlich nicht.«

»Sehr gut. Und du kannst auch morgen nicht ausschlafen. Um sechs geht's los!«

Er lacht. »Sechs Uhr, kein Problem. Wie gesagt, wir tun alles, damit es klappt.«

Dann wendet er sich ab und geht in Richtung seines Zimmers davon, während ich dastehe und meinem Herzschlag nachspüre.

Oh Mann, eigentlich will ich ihn überhaupt nicht leiden können, und doch tue ich es in diesem Moment. Aber gut, wir haben einen Pakt. Für uns beide ist die Sache wichtig. Und das Herzklopfen hat auch nichts zu bedeuten. Ganz sicher nicht.

Wenn das nur mal gut geht.

nein, ich mag ihn nicht

Der Wecker reißt mich aus dem Schlaf, und ich fühle mich schwer wie ein Stein. Der Traum, den ich hatte, war so real und steckt noch tief in meinen Gliedern. Ich rieche noch immer den Wind, spüre, wie Hendriks Arme mich umfassen. Und ich fühle den Kuss auf meinen Lippen.

Himmel! So haben wir nicht gewettet. Wir haben uns versöhnt, wollen beide das Beste für den Hof – und dann so was. Oh mein Gott, habe ich das wirklich geträumt? Dass ich Hendrik geküsst habe? Das kann ja heiter werden. Doch ich will nicht zu viel daran denken.

Wichtig ist, dass wir Frieden geschlossen haben – vorerst. Soll heißen, ich muss mir heute über ganz andere Dinge Gedanken machen. Zum Beispiel darüber, wie ich mich mit meinen Geschwistern wieder vertrage. Also rolle ich mich aus dem Bett und gehe keuchend ins Bad. Meine Augen sind schwer, weshalb ich beschließe, mich rasch zu duschen.

Als ich fertig bin, ist es halb sechs. In der Hoffnung, dass Elsa schon wach ist – was sie vermutlich ist –, mache ich mich auf den Weg in die Küche, wo ich mir einen Kaffee zubereiten werde.

Als ich die Küche betrete, brennt dort schon Licht, und sofort umfängt mich der Duft von frischem Gebäck. Elsa ist also doch wach. Zum Glück. Ich möchte mit ihr reden, die Sache klären, mich entschuldigen. Hoffentlich ist sie wegen gestern nicht allzu sauer auf mich.

»Moin, kleine Miesepeterin. Na, alles gut?«, begrüßt sie mich, während sie gerade ein Blech mit Muffins aus dem Backofen holt.

Ich streiche mir verlegen eine Haarsträhne hinters Ohr. »Moin. Ja, alles gut. Und wegen gestern … Es tut mir sehr leid. Ich möchte nicht streiten, wirklich nicht mehr. Und ich habe das alles nicht so gemeint.«

Sie kommt lächelnd zu mir her und drückt mich. »Ich doch auch nicht, niemand von uns will streiten. Ich habe mir echt Sorgen gemacht, du warst so sauer. Aber ich habe auch den Grund dafür verstanden. Du musst unbedingt in Zukunft mehr mit uns reden und darfst nicht immer alles in dich hineinfressen.«

Ich bin wirklich erleichtert. »Ja, ich weiß, und du brauchst dir auch keine Sorgen zu machen. Hendrik und ich haben uns ausgesprochen. Er meinte, dass …«

»Ich weiß, er hat Streit mit seinen Eltern und wusste wirklich nichts davon. Das hat er uns gestern noch erzählt.«

»Okay. Und wie lange bist du schon wieder wach?«, frage ich.

Elsa grinst. »Zu lange. Aber ich dachte, ich backe gleich heute Morgen diese Muffins. Das Rezept hatte ich schon seit ein paar Tagen im Kopf.« Sie deutet auf das Blech, das sie zum Abkühlen auf die Arbeitsplatte gestellt hat.

»Die sehen super aus«, lobe ich sie.

Meine Schwester geht jedoch nicht darauf ein, sondern fragt nur: »Willst du einen Kaffee?«

»Ja, unbedingt. Ich muss dringend wach werden.«

»Mach ich dir. Und du erzählst mir inzwischen, was gestern Abend sonst noch war.« Sie kann ihre Neugier kaum verbergen.

»Was meinst du mit *sonst*?« Ich gebe mich unwissend, um sie noch ein wenig länger zappeln zu lassen.

»Na ja, ich habe euch beide gesehen. Unten vor dem Haus. Und glaub mir, ich habe *alles* gesehen.«

»Wie? Wen hast du gesehen?«

»Dich und Hendrik, und ihr habt euch umarmt! Jetzt möchtest du ja sicher auch einen dieser leckeren Muffins probieren, oder?«

Elsa kennt mich wirklich gut. Mir läuft tatsächlich schon das Wasser im Mund zusammen. Ich greife nach einem Muffin, doch sie zieht das Blech von mir weg.

»Na, na, na. Also, warum hat er dich umarmt, hm? Raus mit der Sprache.«

Man kann in diesem Haus wirklich nichts tun, ohne dass es irgendjemand mitbekommt. »Na schön«, seufze ich gespielt laut. »Ich erzähle es dir, also gib schon her.«

Lachend setzt sie einen Muffin auf einen Dessertteller und reicht ihn mir. Dann füllt sie Kaffee aus der Maschine in ein Glas, schäumt Milch auf und stellt schließlich den frisch aufgebrühten Latte Macchiato vor mich hin. »Okay, damit habe ich meinen Teil der Abmachung erfüllt. Jetzt bist du dran. Also, was ist da zwischen euch passiert?«

Vorsichtig beiße ich ein kleines Stückchen von dem noch warmen Muffin ab. »Mmh, einfach himmlisch. Wie gesagt, Hendrik und ich haben uns ausgesprochen, und es war wirklich ganz schön«, gebe ich zu.

»Ganz schön, soso.« Elsa nimmt grinsend einen Schluck von ihrem Kaffee, den sie sich gemacht haben muss, bevor ich gekommen bin. »Ich dachte gestern schon, ihr küsst euch gleich.«

»Unsinn«, entgegne ich, muss allerdings wieder an den Traum von heute Nacht denken. Und augenblicklich spüre ich, wie meine Wangen rot werden.

»Unsinn, jaja. Warum wirst du dann so rot? Ihr habt euch doch geküsst, oder?«

»Was? Nein!«

Elsa zieht den Teller mit meinem angebissenen Muffin von mir weg. »Lina Sörens, ich kenne dich, du wirst rot, wenn dich etwas wirklich beschäftigt. Also, raus mit der Sprache – oder ich esse den Rest deines Muffins auf.«

»Wir haben uns nicht geküsst, wirklich nicht.«

»Ach ja? Warum bist du dann rot geworden?«

»Ich … ich habe nur heute Nacht davon geträumt, ihn zu küssen, okay? Und jetzt gib den Muffin her. Das ist schon peinlich genug.«

»Oha. Und wie war's?«

»Nicht real«, rufe ich.

»Das mag schon sein, aber ich habe da so ein Gefühl. Als ob irgendwas in der Luft liegt.«

»Sicher kein Kuss!«, antworte ich bestimmt. »Wir haben uns versöhnt, das ist doch auch was. Ehrlich gesagt ist das noch viel mehr wert.«

»Ja, da bin ich wirklich erleichtert.«

Ich sehe Elsa an. »Aber mal was ganz anderes: Warum schaust du so spät am Abend noch aus dem Fenster?«

»Ich konnte nicht schlafen. Mir ist so vieles im Kopf herumgegangen, und ich habe mir Sorgen um dich gemacht.«

»Was dachtest du denn, was passiert ist?«, will ich wissen.

»Keine Ahnung, irgendwie … Mir geht es einfach besser, wenn ich weiß, dass alle, die ich liebhabe, zu Hause sind.«

»Das verstehe ich. Aber auch du brauchst die Dinge nicht mit dir allein auszumachen.«

Sie lächelt. »Ich weiß. Ach, um noch mal auf die Umarmung zurückzukommen: War sie schön? Schöner als ein Kuss?«

»Der Kuss war im Traum, und das gestern Abend war eine normale freundschaftliche Umarmung. Sie ist eigentlich nur passiert, weil Hendrik und ich jetzt einen Pakt haben.«

Ich komme nicht dazu, ihr mehr darüber zu erzählen, denn nun betritt Hendrik die Küche, und ich zucke zusammen. Hoffentlich hat er meine letzten Worte nicht gehört.

»Moin«, murmelt er und wirkt noch ziemlich verschlafen. Er setzt sich zu uns an den Tisch. »Ich melde mich mal wieder um Punkt sechs Uhr zum Dienst.«

Elsa lacht. »Kaffee?«

»Jap, unbedingt. Und hier duftet es schon wieder so lecker.«

»Möchtest du einen Muffin?«

»Auch unbedingt.«

Elsa hält ihm die Muffins hin, die sie mittlerweile zum Abkühlen auf ein Gitter gestellt hat, und Hendrik nimmt sich einen davon. Während sie ihm anschließend einen Kaffee aufbrüht, wendet er sich mir zu und grinst mich an.

»Müde?«, frage ich.

»Nein, gar nicht. Ich bin fit wie ein Turnschuh.«

»Das hoffe ich für dich, wir haben nämlich einiges zu tun.«

»Das habe ich schon vermutet.«

Elsa stellt den Kaffee vor ihm ab. Hendrik nimmt den ersten Schluck und seufzt genüsslich. »Ah, da wird man gleich viel wacher.«

»Was habe ich da gerade gehört? Ihr habt euch versöhnt und einen Pakt geschlossen?«, fragt Elsa ihn nun.

»Ja, das haben wir. Hat Lina es erzählt? Wir alle für den Hof.«

Wie aufs Stichwort betritt mein Bruder nun den Laden.

»Moin. Wer ist alles für den Hof?« Piets Blick fällt auf mich. »Oh, Sonnenschein, auch wieder da? Schon gute Laune versprüht am frühen Morgen?«

»Haha, sehr witzig«, entgegne ich und sehe Hendrik an. »Aber zum Glück ist jetzt alles geklärt, oder?«

»Ja, wir haben uns versöhnt, alles okay.«

Piet nickt. »Das ist gut. Wenn nun schon alle hier versammelt sind – wie sieht es heute mit der Planung aus?«, will er wissen. »Ich werde jedenfalls später die Bestellungen ausfahren. Da ist ja auch noch die Sache mit der Liste, was wir für die Produktionsfirma umsetzen müssen. Und deine Unterschrift, Lina …«

Ich hebe die Hand. »Es ist okay, wir kriegen das schon hin. Ich unterschreibe. Wir können hier einiges renovieren und haben keine Kosten, das ist doch eine Chance.«

»Wirklich?« Piet hebt ein wenig ungläubig die Augenbrauen.

»Ja, wirklich. Wir wollen alle das Beste für den Hof, und irgendwie wird das schon«, sage ich.

Hendrik steht auf und stellt seine leere Kaffeetasse ins Spülbecken. »Also dann, lasst uns mal loslegen.«

Er verlässt die Küche. Piet folgt ihm, doch ehe er aus der Tür tritt, dreht er sich noch einmal zu mir um. »Was hat er mit dir gemacht?«

»Nichts, ich …«

Er beginnt zu grinsen. »Oha, du magst ihn?«

»Nein, ich mag ihn nicht«, entgegne ich bestimmt, aber Piet grinst nur noch breiter.

»Klar, ganz und gar nicht.«

Das Leben bringt
das zusammen,
was zusammen sein soll.

geheimnis gegen geheimnis

Hendrik stellt den Eimer mit der weißen Farbe, den ich ihn habe tragen lassen, vor dem Zaun ab. Ich lege die Pinsel und das Schleifpapier dazu und sehe ihn an. »So, erst schleifen, dann streichen. Bist du bereit?«

Er grinst. »Jawohl, Chefin! Ich bin so was von bereit.«

»Hör auf damit, ernsthaft. Wir sind jetzt auf einem guten Weg, also übertreib es nicht.«

»Nein, nein, ich sage schon nichts mehr.« Er bückt sich, um den Farbeimer zu öffnen.

Wir haben beschlossen, heute den Zaun zu streichen und vielleicht auch die Fensterläden. Deswegen haben wir uns am Morgen erst einmal aufgeteilt. Während Piet die Auslieferungen vorbereitet hat und dann losgefahren ist, war ich in den Ställen und Hendrik am Strand. Elsa kümmert sich zusammen mit Mama um den Hofladen.

»Okay, dann hör mir gut zu«, sage ich. »Der Hof soll ja glänzen, wenn er schon mal ins Fernsehen kommt. Und deswegen machen wir das hier möglichst perfekt.«

»Natürlich, was denn sonst?« Hendrik sieht zu mir auf, und ich reiche ihm das Schleifpapier.

»Gut, dann leg am besten gleich mal los.«

Die Sonne scheint bereits von einem fast wolkenlosen Himmel, und ich genieße die Wärme. Es ist noch früh am

Tag und daher nicht wirklich heiß, sondern schön angenehm.

Hendrik legt das Schleifpapier an und beginnt, die alte Farbe zu entfernen. »Du hast also gut geschlafen? Und auch was Schönes geträumt?«

Warum fragt er das? Hat Elsa ihm am Ende etwas von meinem Traum erzählt? Aber wann? Quatsch. Oder hat er zufällig etwas mitbekommen?

»Ja, schon. Und du?«

Er grinst. »Ich auch.«

»Warum fragst du?«

»Ach, ich wollte es nur wissen.«

»Na dann.« Wieder erinnere ich mich an den Traum, spüre beinahe seine Lippen auf meinen. Daran darf ich echt nicht mehr denken.

»Es stimmt, was Elsa sagt«, meint er jetzt.

»Was denn?«

»Du wirst gerade ganz rot. Sie hat mir erzählt, dass du rot wirst, wenn du irgendwas verbergen willst, und laut zählst, wenn du wütend bist.«

»Das hat sie dir ernsthaft verraten?« Ich werfe einen Blick in Richtung Hofladen.

»Sei nicht sauer auf sie, ich glaube, es ist ihr einfach herausgerutscht. Sie möchte, dass wir uns auch weiterhin verstehen, und sagte mir deshalb, dass man bei dir nur auf ein paar Dinge achten müsse.«

Ich rolle mit den Augen. »Ich bin doch kein Buch, das man lesen kann. Übrigens ist an diesem Pfosten da noch etwas alte Farbe.«

»Hab ich schon gesehen.« Hendrik lacht. »Da hast du aber mal geschickt das Thema gewechselt.«

»Welches Thema?«

»Was du geträumt hast.«

Entschieden verneine ich. »Ich habe nichts geträumt, zumindest nichts Wichtiges.«

 130

»Und schon wieder wirst du rot. Du hast wohl etwas Unanständiges geträumt?«

»Falls ja, dann sicher nicht von dir«, antworte ich vielleicht ein wenig zu schnell, denn Hendrik grinst jetzt breit.

»Lass mich raten. Du hast doch von Matthias Schweighöfer geträumt?«

»Natürlich nicht!« Ich grinse demonstrativ zurück. »Willst du es wirklich wissen?«

»Klar.«

»Okay, dann halte dich fest. Ich habe von …«

Ich werde unterbrochen, denn Piet ruft nach mir. »Lina, kommst du bitte mal eben?«

»Zu schade«, sage ich zu Hendrik. »Dieses Geheimnis wird wohl immer meines bleiben. Bin bald wieder da. Und du machst inzwischen schön weiter.«

»Machen wir einen Deal? Mein Geheimnis gegen deines? Später?«, schlägt er verschmitzt vor.

»Mal sehen. Ich weiß nicht, wie lange ich brauche. Ich muss auch noch mit Piet über den Vertrag und so reden. Und du weißt ja, so was kann dauern.«

»Das hast du dir schön ausgedacht. Ich wette, du lässt dich erst wieder heute Abend bei mir blicken.«

»Wer weiß, wer weiß.«

Ich winke ihm noch triumphierend zu, dann wende ich mich ab und habe Mühe, das Lachen zurückzuhalten.

Im Laden angekommen, suche ich nach Piet und entdecke ihn in der Küche, wo er mit Mama am Tisch sitzt. Offenbar hat er die Auslieferungen schon erledigt.

»Da kommt ja unser Sonnenschein«, ruft er mir zu, als ich den Raum betrete. »Na, alles gut?«

»Sehr witzig. Lass das mit dem Sonnenschein lieber mal bleiben.«

»Piet, ärgere deine Schwester nicht«, mischt sich Mama ein. »Sie möchte nur das Beste für uns alle und hat das gestern nicht so gemeint.«

»Danke, Mama. Ich möchte auch dir sagen, dass es mir leidtut, wie ich war.«

»Schon gut, Schatz.«

Ich setze mich zu den beiden. »So, dann machen wir uns mal an den Bürokram. Deswegen hast du mich doch gerufen, Piet?«

»Ja, hier hast du erst mal die Liste. Schau sie dir bitte noch mal an. Mal ehrlich, Lina, mit den meisten Punkten kann man sich doch arrangieren«, meint er.

Ich überfliege die Liste und nicke. »Ja, das sieht alles gut aus.«

»Dann fehlt nur noch deine Unterschrift auf dem Vertrag.«

»Gut, das mache ich. Aber ich würde gern mal selbst mit dem Mann von der Produktionsfirma sprechen. Ist das okay?«

Piet nickt. »Klar, ruf ihn doch einfach an, ich gebe dir die Nummer unseres Ansprechpartners. Er leitet die Produktion und ist zugleich auch der Regisseur des Films. Wenn du Fragen hast, ist es wohl am besten, wenn du sie persönlich mit ihm klärst. Jedenfalls freue ich mich, dass du es mittlerweile als Chance siehst.«

»Ja, es ist eine Chance, da stimme ich dir inzwischen zu. Und auch wenn es albern ist, vielleicht war es wirklich ein Zeichen.« Ich weiß selbst nicht, warum, aber ich muss das sagen, weil ich es in diesem Augenblick so fühle.

»Ja, wer weiß.«

Er schreibt mir nun die Telefonnummer eines gewissen Uwe Regbert auf einen Zettel, dann setze ich mich mit dem Vertrag und dem übrigen Schriftverkehr ins Büro und wähle die Nummer, die Piet mir gegeben hat.

Es dauert nicht lange, bis sich ein Mann am anderen Ende der Leitung meldet. »Regbert.«

»Moin, Herr Regbert, mein Name ist Lina Sörens. Ich rufe wegen der Dreharbeiten auf unserem Hof an.«

»Wie schön, Sie jetzt auch mal zu hören.« Die Stimme des Mannes klingt ausnehmend fröhlich. »Und da wir uns bald persönlich kennenlernen werden, sag doch bitte Uwe, ja?«

»Gern, ich bin Lina.«

»Freut mich, Lina. Ich hatte ja bereits mit deinem Bruder Kontakt, ihm habe ich auch den Vertrag und die Liste mit den eventuellen Änderungen zugeschickt. Hendrik ist ja schon vor Ort.«

»Genau«, antworte ich. »Ich bin gespannt, wie es werden wird, und hätte dazu aber noch ein paar Fragen.«

Wir besprechen alles, und Uwe beantwortet mir geduldig meine Fragen. Ich möchte sichergehen, dass die Dreharbeiten den Verkauf nicht stören, und will wissen, ob wir sonst noch auf irgendetwas achten müssen. Zudem bedanke ich mich für die Übernahme der Kosten.

»Danke für deine Zeit«, sage ich am Ende.

»Kein Problem«, entgegnet Uwe. »Wir freuen uns und sind ebenfalls gespannt. Wir haben uns ja wirklich sehr auf Hendrik verlassen. Er hat euren Hof gesehen und war sofort Feuer und Flamme.«

»Ja, das hat er mir erzählt.«

»Schön, dass ihr euch versteht. Du weißt ja vielleicht, dass wir nur eine kleine Produktionsfirma sind und große Hoffnung in diesen Film setzen.«

»Das verstehe ich. Ich bin mir sicher, es wird alles klappen.«

»Bestimmt. Dann sehen wir uns ja bald.«

Als ich auflege, spüre ich Erleichterung. Es war so einfach, die Dinge zu klären. Alles scheint so weit in Ordnung zu sein, und das Honorar, das wir bekommen, ist wirklich fair. Die Überweisung kommt, wenn vor Ort alles passt, was uns auch etwas Luft verschafft.

Was wohl dahintersteckt, dass Hendrik von dem Hof so angezogen war? Immerhin weiß auch Uwe davon. Ich beschließe, Hendrik bei passender Gelegenheit einfach darauf anzusprechen.

Als ich zurück in die Küche komme, sieht Piet mir ein wenig nervös entgegen. »Na, wie war es? Alles geklärt?«, will er wissen.

»Klar, ich unterschreibe. Her damit.«

Sichtlich erleichtert schiebt er mir den Vertrag zu, reicht mir einen Stift, und ich setze meine Unterschrift aufs Papier. Damit ist es besiegelt.

Wenn das mal gut geht, denke ich mir noch kurz. Aber es wird gut gehen. Bestimmt.

Nachdem Piet und ich alles besprochen haben, was noch ansteht, gehe ich zurück zu Hendrik. Ich habe Lust, ihn ein bisschen zu schocken, und bleibe mit gesenktem Blick vor ihm stehen.

»Was ist los? Alles okay?«

Ich schüttele stumm den Kopf.

Er ist bereits dabei, den Zaun zu streichen, und stoppt. »Was ist denn passiert?«

»Ich habe mir alles noch mal angesehen und dann mit Uwe Regbert telefoniert«, berichte ich ihm.

»Und?« Auch er wirkt nun sichtlich nervös.

»Es tut mir leid, aber es fällt alles ins Wasser. Ich … kann das einfach nicht. Hier ist noch so viel zu tun und … ich kann einfach nicht«, stottere ich.

Hendrik richtet sich auf und kommt zu mir her, seine Augen suchen meine. »Kann ich irgendetwas tun? Und was kannst du nicht?«, fragt er sanft.

Inzwischen bin ich kurz davor zu platzen. »Mit jemandem arbeiten, der vielleicht drei Brustwarzen hat«, rufe ich und pruste los.

»Das ist ja … Na warte, Lina Sörens!« Er greift nach mir und zieht mich zu sich heran. Ich spüre seine Finger an meiner Taille und schnappe nach Luft. »Ach, ist da jemand kitzelig?«

»Hendrik, bitte nicht!« Ausgelassen versuche ich, mich aus seinem Griff zu winden, und bekomme dabei den Pinsel zu fassen. »Frieden, bitte, Frieden!«

Hendrik hält inne. »Du willst Frieden?«

Die Luft zwischen uns ist wie elektrisch geladen, und mein Herz schlägt schneller, weil wir uns mit einem Mal so nah sind. Unsere Lippen sind nur noch ein winziges Stück voneinander entfernt.

Um der Situation zu entkommen, tupfe ich schnell mit dem Pinsel einen weißen Farbklecks auf seine Nase. »Gewonnen!«

Er lacht und will mich erneut kitzeln, aber ich hebe den Pinsel hoch. »Schluss, bitte, ich kann nicht mehr.«

»Lina, Lina, du machst mich fertig. Hast du wirklich mit Uwe gesprochen?«

Ich grinse. »Ja, das habe ich. Er war sehr nett. Und ich bin gespannt, wie alles werden wird. Denn ich habe den Vertrag vorhin unterschrieben.«

»Ehrlich?«

»Ja!«

»Du bist echt die Beste. Wer hätte das gedacht?«, antwortet Hendrik euphorisch. Ganz unerwartet beugt er sich vor und küsst mich auf die Lippen. Mein Herz klopft schnell. Viel zu schnell.

Was war das? Wir beide stehen da und sehen uns erstaunt an.

»Das war nur … freundschaftlich«, erklärt er und streicht sich ein wenig verlegen durch die Haare.

Ich nicke. »Vor Freude, oder?«

»Ja, richtige Freude. Und bitte nicht wieder sauer sein.«

»Nein, nein.« Ich räuspere mich. »Aber wenn das alles klappen soll, müssen wir echt noch viel machen. Und der Zaun streicht sich nicht von allein.«

»Das stimmt, also machen wir mal weiter.« Mit einem Lächeln schnappt Hendrik sich den Pinsel und tunkt ihn in die Farbe.

Ich sehe ihm kurz zu, wie er seinen Holzbalken weiter mit Farbe bepinselt. Schließlich hole ich mir selbst einen Pinsel und beginne ebenfalls zu streichen.

Haben wir uns gerade wirklich geküsst? Nein, es war kein Kuss, eher ein Küsschen. Ein Küsschen nur aus Freude. Es hat also nichts zu bedeuten. Überhaupt nichts. Genauso wenig wie der Kuss in meinem Traum, der ja so oder so nicht real war.

»Alles okay?« Hendrik reißt mich aus meinen Gedanken.

»Was? Ja.«

»Worüber denkst du denn nach? Doch nicht etwa über …«

»Was? Nein, es war doch nichts, oder?«

»Okay, worüber dann?«

Ja, worüber dann?

»Über das Drehbuch, ich habe über das Drehbuch nachgedacht. Das würde mich doch mal interessieren.«

»Ach ja? Dieses schnulzige Liebeszeug?«

»Ja, dieses Liebeszeug. Du sagtest doch, es sei gut fürs Herz und so. Und ich möchte schon wissen, was genau hier gedreht wird.«

Er lacht. »Das fällt dir jetzt erst ein, nachdem du unterschrieben hast?«

»Na ja, es wird schon nicht so schlimm sein.«

»Natürlich nicht, sonst würde ich ja nicht mitspielen. Und klar, ich gebe es dir gern zum Lesen. Später dann, jetzt ist es gerade schlecht …« Schmunzelnd sieht er an sich hinab. Seine Kleidung und auch seine Hände sind voller Farbe.

»Vergiss nicht den Fleck auf deiner Nase, der ist besonders schick«, scherze ich.

»Sehr witzig.«

»Und wegen des Drehbuchs: Nur mit der Ruhe, das reicht auch noch morgen oder übermorgen. Aber du kannst mir ja jetzt schon ein bisschen was erzählen, während wir hier streichen.«

»Gern. Was möchtest du denn wissen?«

»Gibt es so etwas wie eine Moral der Geschichte oder so?«

Er überlegt kurz. »Nun, ich würde sagen, dass es sich immer lohnt, sein Herz zu öffnen und für das zu kämpfen, was man liebt.«

»Wie süß.« Ich grinse und verdrehe ein wenig die Augen.

»Okay, nicht süß?«

»Doch, sehr schön.«

Er sieht mich an und hebt den Pinsel.

»Untersteh dich!«

Noch ehe ich zu Ende gesprochen habe, spritzt er schon in meine Richtung. »Du veräppelst mich, Lina.«

»Das tue ich nicht! Es klingt süß, wirklich.«

»Weißt du was? Ich sage nichts mehr, lies doch einfach selbst.«

»Das ist vielleicht besser. Und wie ist dann der Ablauf? Uwe meinte, dass alle am Donnerstag kommen.«

»Ja, laut Plan rücken alle am Donnerstag zeitig an, dann wird aufgebaut. Wobei *zeitig* für dich ja relativ ist«, erklärt er und zwinkert mir zu. »Bis dahin könnten wir schon mal ein bisschen was von dem umsetzen, was mit der Produktionsfirma festgelegt wurde.«

»Das war schon einiges«, sage ich, während ich weiter die Farbe auf dem Holz verteile. »Die Blumen an den Fenstern muss ich noch organisieren, das ist aber kein Problem. Meine Freundin Jane hat einen Blumenladen. Und dann sind da noch verschiedene andere Dinge, die wir im Voraus erledigen können: die Schlafmöglichkeiten herrichten für diejenigen, die hier auf dem Hof übernachten. Ein paar andere kommen nebenan in Renates Pension unter, das hat Piet schon geklärt. Und dann der Einkauf im Großmarkt – schließlich brauchen wir ab Donnerstag erheblich mehr Verpflegung, um alle satt zu bekommen. Solche Dinge eben. Die Dekoration soll erst angegangen werden, wenn die zuständige Crewmitarbeiterin hier vor Ort ist. Und an dem Zaun sind wir ja gerade schon dran.«

»Vielleicht reicht die Farbe auch noch für die Fenster, dann könnten wir die ebenfalls gleich streichen«, schlägt Hendrik vor. »Und wenn nicht, holen wir eben im Ort noch mal einen Eimer, das ist alles machbar.«

»Ich denke auch.«

Ich muss sagen, im Moment fühle ich mich wirklich wohl. Es ist warm, die Sonne scheint, und das Streichen an sich ist sogar ziemlich entspannend. Wer hätte das gedacht?

»Weiß man denn schon, wann der Film ausgestrahlt wird?«, möchte ich jetzt wissen.

»Das kann ein wenig dauern. Nach dem Dreh muss er noch in die Postproduktion. Aber sobald ich Genaueres weiß, sage ich es dir sofort.«

»Dann bin ich mal gespannt auf die Story und das Happy End.«

Er mustert mich, und mit einem Mal liegt etwas in seinem Blick, das ich nicht deuten kann.

»Was schaust du mich denn so an?«

»Verrätst du mir jetzt, was du geträumt hast? Und von wem?«

»Niemals«, antworte ich wie aus der Pistole geschossen.

Er lächelt verschmitzt. »Ich dachte, Geheimnis gegen Geheimnis?«

Ich reibe mir mit dem Zeigefinger über die Nasenspitze. »Ach, ich finde dein Geheimnis schon noch heraus, ohne dir meines zu verraten.«

»So hast du dir das also gedacht? Okay.«

»Und jetzt wird gestrichen. Sonst kannst du deinen Film gleich vergessen.«

 138

»Aye, aye, Chefin.« Er legt eine Hand an seine Schläfe und tut so, als würde er salutieren.

Oh Mann, was ist das nur gerade zwischen uns? Ich weiß es nicht. Jedenfalls fühlt es sich in diesem Moment ziemlich gut an.

Romantische Adern und ein Happy End

Auch in den nächsten Tagen verstehen Hendrik und ich uns gut, sodass wir auf dem Hof alles prima hinbekommen. Was so eine Aussprache doch bewirken kann. Gut, ab und zu ärgern wir einander schon noch ein wenig.

Es ist kurz nach zwei am frühen Montagnachmittag, und ich habe seit ein paar Stunden die Schicht im Hofladen übernommen. Weil es gerade etwas ruhiger ist, telefoniere ich mit Jane. Natürlich sprechen wir mal wieder über das Filmprojekt. Ich habe den Lautsprecher eingeschaltet und google nebenbei nach Hendrik, obwohl ich mir ja vorgenommen habe, das nicht mehr zu tun. Jane hat mir eine Seite genannt, auf der ein Ausschnitt aus einem Film mit ihm zu sehen ist.

»Du musst zugeben, er sieht schon heiß aus«, sagt Jane gerade, als auf einmal Hendrik den Laden betritt.

Ich schrecke auf und räuspere mich. »Jane, ich muss auflegen«, presse ich nur noch rasch hervor, dann beende ich das Gespräch und lege mein Handy weg.

Hendrik deutet darauf und grinst. »Aha! Erwischt, Lina!«

Ich werde rot. Mist. Schnell drehe ich das Handy um. »Also ... so ist das nicht. Und jetzt habe ich noch einiges zu tun. Wie du siehst, sitzen draußen Gäste, die auf ihre Bestellung warten.«

»Die habe ich gesehen, ja.« Er zieht seine Handschuhe aus und streicht sich durch die Haare. »Hast du vielleicht eine Limonade für mich?«

Ich hole ihm eine Flasche aus dem Kühlschrank, und als ich sie ihm in die Hand drücke, sieht er mich wieder so intensiv an. Ob er etwas sagen möchte, weiß ich nicht, denn in diesem Moment kommt Mama in den Laden und klatscht in die Hände.

»Mensch, Hendrik«, ruft sie, »das sieht ja draußen alles super aus. Wirklich gut gemacht. Was sich hier in den letzten Tagen getan hat – großes Kompliment.«

»Hey, ich habe auch geholfen«, protestiere ich, und Hendrik zwinkert mir zu.

»Stimmt, du hast am Zaun auch ein paar Latten gestrichen.«

»Immerhin«, antworte ich nur und verlasse dann kurz den Laden, um nach den Gästen zu schauen, doch alle scheinen zufrieden zu sein. Sie sitzen in der Sonne und genießen Gebäck und Kaffee. Zudem will ich einen Blick auf den Zaun und die Fenster werfen. Ja, das sieht alles wirklich gut aus.

Als ich zurückkomme, sage ich mit ernster Miene: »Also, ich habe mir das, was du gestrichen hast, jetzt auch angesehen. Na ja, ich weiß nicht. Findet ihr nicht, dass alles noch etwas weißer sein könnte?«

Mama hebt eine Braue, und auch Hendrik blickt mich fragend an.

Doch dann grinse ich. »Spaß! Sieht echt gut aus. Ich muss sagen, du bist wirklich talentiert, Hendrik. Du solltest das mit der Schauspielerei noch mal überdenken.«

»Sie nimmt mich auf den Arm, oder?«, fragt er Mama stirnrunzelnd.

»Das befürchte ich auch.« Sie kommt zu mir her und legt den Arm um meine Schultern. »Lust auf eine Pause?«

»Eine Pause?«

»Ja, ich übernehme gern für dich. Du brauchst auch mal eine Pause.« Sie seufzt. »Ich weiß, dass du heute Abend wieder zu Björke in die Bar arbeiten gehst. Was du ja eigentlich nicht müsstest.«

Ihre Worte erwischen mich eiskalt. »Was? Aber woher …« Ich sehe zu Hendrik, doch er hat mich bestimmt nicht verraten, denn er wirkt ebenfalls verwirrt.

Mama stemmt die Hände in die Hüften. »Also bitte, was denkst du denn? Der Ort ist ja nicht groß, da spricht sich so etwas schnell herum. Und außerdem bin ich auch keine dumme Strandkrabbe. Ich weiß dein Engagement sehr zu schätzen, Lina, doch du darfst dir nicht die Schuld geben, hörst du?«

»Das ist echt lieb von dir, Mama. Und danke für das Angebot. Aber sicher kommt gleich ein Schwung Kundschaft und …«

»Und du musst auch mal durchatmen und was essen. Ich habe in der Küche etwas vorbereitet.«

Zugegeben, die Idee klingt schon gut, und so stimme ich schließlich zu. »Danke.« Ich nehme Mama in den Arm, dann ziehe ich meine Schürze aus und hänge sie hinter dem Tresen an einen Haken.

»Und du, Hendrik, nimmst dir bitte ebenfalls etwas aus der Küche«, fordert sie ihn lächelnd auf.

»Danke, dazu sage ich nicht Nein. Ich habe tatsächlich ganz schön Hunger.«

»Das dachte ich mir doch. Also, dann geht mal, ihr zwei. Ihr könnt ja zusammen ein bisschen die Seele baumeln lassen. Hast du Hendrik schon mal mit an den Strand genommen?«, will Mama wissen.

Augenblicklich frage ich mich, was da im Busch ist. »Ähm, ja, also … egal, ich hole mir jetzt erst mal was zu essen.«

Als ich zusammen mit Hendrik den Laden verlasse, grinst Mama mich an. »Will sie uns etwa verkuppeln?«, fragt

Hendrik nun auch noch, während wir uns in der Küche an den großen Esstisch setzen.

»Keine Ahnung, aber hier ist alles möglich«, entgegne ich trocken und greife nach einem der Krabbenbrötchen, die Mama auf einem großen Teller bereitgestellt hat. Darauf freue ich mich ganz ehrlich.

Auch Hendrik nimmt sich eines. »Wie wäre es, wenn wir wirklich an den Strand gehen? Die Idee deiner Mama finde ich nicht schlecht.« Er sieht mich an, und ich versinke kurz im Blau seiner Augen.

»Ja, ich … Doch, Strand klingt gut.«

»Oder möchtest du dir lieber wieder auf dem Handy einen Film mit mir ansehen?« Er lacht, und ich schubse ihn leicht in die Seite.

»Oh Mann, du hast es gesehen. Aber ich war nur neugierig«, stelle ich klar.

»Nur neugierig. So nennt man das also.«

Auf dem Weg zum Strand sehe ich mir den Zaun, den wir gestrichen haben, noch einmal an. »Im Ernst, er ist wirklich gut geworden«, sage ich.

Hendrik grinst. »Danke für das Lob. Aber ich bleibe Schauspieler.«

Kurze Zeit später kommen wir an der Scheune vorbei, und ich muss daran denken, was Piet gesagt hat. Dass das Drehteam Stauraum braucht und wir den doch in der Scheune schaffen könnten. Wirklich berauschend fühle ich mich dabei nicht. Einen Zaun zu streichen ist ja schön und gut, Übernachtungsmöglichkeiten vorzubereiten ebenfalls, aber das hier ist schon eine ganz andere Hausnummer. Zumindest für mich.

Als hätte Hendrik bemerkt, dass ich darüber nachdenke, fragt er mich nun: »Wofür wird das Gebäude eigentlich gebraucht?«

143

»Die Scheune? Sie dient in erster Linie als Abstellraum. Piet meinte ja, dass wir sie deinem Team als Stauraum zur Verfügung stellen könnten, doch sie ist ziemlich vollgepackt und …«

»Und niemand hat Zeit, sie auszuräumen?«

»Nein, nicht wirklich«, antworte ich, obwohl das nur die halbe Wahrheit ist. Denn Zeit hätten wir schon. Aber da ist ja auch noch die andere Sache.

Schließlich durchqueren wir die Dünen und erreichen den Strand. Während wir uns nebeneinander in den Sand setzen, atme ich die frische Brise des Meeres ein. Über uns kreisen die Möwen, und ich genieße den Augenblick. Mamas Idee einer kleinen Pause war wirklich nicht schlecht. Viel zu selten gebe ich mir die Zeit, um das sonnige Wetter ausgiebig zu genießen. Zwar bin ich öfter hier, um mal eben schnell durchzuatmen, doch das ist ja etwas anderes.

Um uns herum haben es sich die Menschen gemütlich gemacht, lesen, planschen im Meer, sitzen in den Strandkörben oder auf Decken und unterhalten sich. Ein junges Paar ganz in unserer Nähe schießt Fotos und Selfies, bestimmt um sie nachher auf Instagram hochzuladen. Die Sonnenstrahlen, das Meer, der warme Sand unter meinen Füßen – all das erwärmt mein Herz.

Als das Pärchen nun an uns vorbeigeht, sehen sich die beiden verliebt an.

»Ein Happy End«, murmelt Hendrik, und ich drehe meinen Kopf zu ihm.

»Was meinst du?«

»Na, die beiden da. Sie haben bestimmt ihr Happy End.«

Ich blicke ihnen noch einmal nach. Der junge Mann hält die Frau nun fest im Arm. »Keine Ahnung, ob es ein Happy End ist oder nicht«, sage ich. »Das können wir nicht wissen. Vielleicht ist sie in Wahrheit auch ganz unglücklich.«

Hendrik lacht. »Das glaube ich nicht. Sie scheinen ja zusammen zu sein und wirken schon glücklich. Mal ganz ehrlich und unter uns: Ein Leben ohne Liebe wäre wie ein Meer ohne Wellen, oder nicht?«

»Ach, Hendrik, bist du echt so ein Romantiker?«

»Manchmal. Warum auch nicht? Und ich glaube, ganz tief in dir hast du auch eine romantische Ader. Komm, der Spruch war doch gut.«

»Meinetwegen, der war nicht schlecht. Hast du noch einen auf Lager? Komm schon, greif mal ganz tief in die Romantikkiste.«

»Ich weiß, dass du mich gerade veräppelst. Aber …« Hendrik lässt seinen Blick erst über den Strand schweifen, ehe er sich in der Ferne über dem Meer verliert. Eine Möwe kreist dort, und er grinst. »Das Leben gleicht einer Möwe, die über den Wellen schwebt. Mal gleitet sie elegant und frei, mal kämpft sie gegen den Sturm. Doch sie findet immer ihren Weg zurück zum sicheren Hafen.«

Ich habe Mühe, nicht laut loszuprusten. »Oh weh, du bist tatsächlich romantisch.«

»Wer weiß.« Er sieht mich an. »Ich denke einfach, dass solche Sprüche oder Interpretationen der Seele guttun. Weil wir uns darin wiederfinden. Auch wir müssen uns durch Herausforderungen kämpfen, aber letztendlich finden wir unseren Weg.«

»Apropos den Weg finden: Hast du eigentlich mal wieder was von deinem Bruder gehört? Oder von deinen Eltern?«, frage ich vorsichtig.

»Mit meinem Bruder habe ich telefoniert. Und ich habe auch von dir erzählt.«

»Ach ja? Wieder nur Gutes?«

»Diesmal wirklich.« Er hebt zwei Finger wie zum Schwur.

»Und deine Eltern?«

»Ach, ich weiß auch nicht. Ich könnte sie anrufen, aber …«

»Aber?«

145

»Am Ende gibt es wieder nur Stress«, erklärt er knapp.

»Wissen sie denn gar nicht, dass du hier auf dem Hof bist?«

»Nein, bisher nicht.«

»Vermisst du sie nicht?«

»Doch, aber … Ich weiß auch nicht.«

»Du solltest auch mit ihnen reden. Es ist vielleicht eine Herausforderung, aber es wird schon gut werden«, rate ich ihm. »Bei meinem Papa ging alles so schnell, und dann hat man plötzlich keine Gelegenheit mehr dazu.« Meine Stimme wird rau.

Hendrik sieht mir fest in die Augen. »Er fehlt dir sehr. Euch allen, oder?«

Ich nicke langsam. »Vielleicht ist das auch der Grund, warum ich nicht so romantisch bin wie du. Weil man das Herz, wenn es wirklich wehtut, nicht so schnell wieder öffnet.«

»Ich habe deinen Papa nicht gekannt, doch ich denke nicht, dass er sich das für dich wünschen würde. Er würde wollen, dass du offen bist und keine Angst hast.«

»Vermutlich. Aber … das ist nicht so leicht.«

Als würde er merken, wie sehr mich dieses Thema mitnimmt, wendet er sich etwas anderem zu. »Wie hat dir denn der Film gefallen?«, möchte er nun wissen.

»Es war nur ein Ausschnitt, und der hat mir gut gefallen. Ich muss zugeben, du machst dich gar nicht so schlecht vor der Kamera«, gestehe ich.

»Danke, das freut mich zu hören.«

Eine Weile sitzen wir noch da, dann stehe ich auf. »Also, machen wir mal weiter. Du weißt ja, wir wollen auch noch die Fenster streichen. Und nachdem dich das ja so entspannt …«

Er lacht. »Jaja, ich bekomme das hin. Mach dir keine Sorgen.«

 146

Ist das jetzt ein Zeichen?

Als ich zurück im Laden bin, löse ich Mama wieder ab und mache mich daran, die Gäste zu bedienen. Elsa hat sich in die Küche verzogen, um zu backen. Ab und zu schaue ich mal zu ihr rein, denn der Duft, der von der Küche ausgeht und sich im ganzen Laden ausbreitet, ist unfassbar gut. Auch denke ich an Hendrik und seine Worte. Es war schön, zusammen mit ihm Pause zu machen. Er ist fleißig, und vielleicht wird wirklich alles besser, so wie er es gesagt hat.

Ich bringe gerade Kuchen an einen der Tische vor dem Laden, als Piet den Weg entlangkommt. »Hey, alles gut?«, rufe ich ihm zu.

»Klar, und bei dir?«

»Dito. Hendrik wird jetzt auch noch die Fenster streichen. Und über die Blumendeko sollten wir ebenfalls sprechen. Jane meinte, das sei kein Problem.«

»Super.« Er deutet auf die Teller in meinen Händen. »Soll ich für dich weitermachen? Ich habe schon von Mama gehört, dass du … na ja, noch in der Bar arbeiten musst.«

»Oh Mann, warum erzählt sie es überhaupt weiter? Und außerdem muss ich nicht, ich möchte es.«

»Sie macht sich nun mal Sorgen. Du arbeitest so viel. Warum hast du es uns nicht einfach gesagt? Wir hätten schon eine Lösung gefunden.«

»Noch einmal, Piet: Ich arbeite nicht, weil ich dazu gezwungen werde, sondern weil ich es will.«

»Na schön«, gibt er nach. »Und jetzt los, ruh dich noch ein bisschen aus. Mach etwas, woran du Spaß hast.«

Ich lege die Schürze weg. »Also gut, wenn du mich dazu zwingst«, sage ich lachend und verlasse dann den Laden. Ich überlege, noch mal zum Strand zu gehen, beschließe dann aber, mich eine Weile in meiner Wohnung auszustrecken.

Als ich es mir kurze Zeit später auf dem Sofa gemütlich gemacht habe, schnappe ich mir mein Handy und klicke durch Instagram. Es macht Spaß, ein wenig die Zeit zu verbummeln. Ob ich mir mal diese Schauspielerin ansehen soll? Neugierig bin ich ja, also suche ich ihr Profil über die Eingabeleiste. Sofort wird sie mir angezeigt. Wow, sie ist ziemlich hübsch, denke ich mir, als ich ihre Story ansehe. Sie und Hendrik also. Vorstellen kann ich es mir schon.

Ob die beiden wirklich nur Kaffee zusammen getrunken haben? Ich atme tief durch. Warum denke ich überhaupt daran? Und warum fühlt es sich in meinem Magen so merkwürdig an? Augenblicklich muss ich an das Küsschen denken. Das alles ist doch verrückt.

Ich lege das Handy rasch weg, es bringt mich nur auf dumme Gedanken. Dann schließe ich für einen Moment die Augen und versuche, meine Gedanken ein wenig zu ordnen. Zur Sicherheit stelle ich mir vorher noch den Wecker. Nicht dass ich einschlafe und dann nicht rechtzeitig in die Bar komme.

Als der Wecker klingelt, schrecke ich hoch. Ich habe doch tatsächlich geschlafen. Schnell husche ich ins Bad, mache mich etwas frisch und ziehe mich um.

Als ich die Wohnung verlasse, kommt Hendrik um die Ecke. »Ha! Zu dir wollte ich gerade«, sagt er und strahlt mich an.

 148

»Ja? Was ist denn?«

»Das wirst du schon sehen. Komm mal mit.«

»Ach, du möchtest mir die Fenster zeigen? In Ordnung. Aber ich habe nicht viel Zeit, ich muss gleich los. Björke wartet.«

»Klar, wir beeilen uns. Du wirst dich wundern.«

Ich sehe ihn skeptisch an. »Okay, jetzt bin ich aber echt gespannt.«

Zu meiner Verwunderung führt er mich nicht zu den Fenstern, sondern in Richtung Scheune. Als er davor stehen bleibt, klopft mein Herz heftig, vor allem, als ich dann noch die Kisten und Kartons sehe, die neben der Tür aufgestapelt sind.

»Ich habe etwas für dich gemacht – für euch«, erklärt er und deutet darauf. »Ich habe aufgeräumt und Platz geschaffen. Was hältst du davon?« Begeistert sieht er mich an, doch in meinen Ohren beginnt es schlagartig zu rauschen. »Was ist los? Du bist auf einmal so blass.«

Mein Herz pocht noch immer wie verrückt. »Du hast was? Spinnst du? Das durftest du doch nicht! Das geht nicht, du …« Mir wird schlecht, mir wird übel. Wie konnte er das tun?

»Lina, es …« Er wirkt sichtlich betroffen. »Aber ich dachte, das Team braucht Stauraum. Vorhin haben wir noch darüber gesprochen. Und außerdem steht es auf der Liste. Ich dachte, es wäre also nicht schlecht, wenn ich ein wenig Ordnung mache und Platz schaffe.«

»Hättest du mal nachgefragt«, blaffe ich ihn an und kann es nicht fassen, dass hier nun alles anders aussieht. »Wo ist denn … ich …« Mir fehlen die Worte. Ich bin geschockt und total überfordert. »Warum machst du so einen Mist?«, rufe ich – vermutlich zu laut, denn plötzlich tauchen Elsa und Piet auf. Mittlerweile laufen mir die Tränen aus den Augen.

»Lina? Was ist denn hier los?«, fragt mein Bruder.

Ich deute ins Innere der Scheune. »Hendrik ist los, er hat einfach …« Ich bekomme kaum Luft und fühle mich schwer. Unsagbar schwer.

»Ich … ich verstehe nicht«, stammelt Hendrik. »Ich wollte doch nur etwas Ordnung machen.«

»Genau das solltest du aber nicht!«, rufe ich und muss mich dabei an der Wand festhalten.

»Lina«, mischt sich Elsa nun ein. Sie nimmt mich sanft am Arm. »Beruhige dich, es ist doch noch alles da. Es ist alles da.«

»Aber es ist eben nicht mehr, wie es war.« Mit zusammengekniffenen Augen sehe ich alle der Reihe nach an. »Wisst ihr was? Das mit dem Filmdreh war eine dumme Idee. Die ganze Sache ist hiermit abgeblasen. Ich wollte das nie, und mir reicht es jetzt. Ja, ich bin raus. So was von. Ruft diesen Uwe an und sagt ihm, dass wir hier nicht drehen. Der Vertrag wird gekündigt!«

Und dann wende ich mich einfach ab und laufe davon.

»Also, was war jetzt genau los?«, fragt mich Jane, nachdem sie mich herzlich in den Arm genommen hat. »Beruhige dich doch mal, du siehst total fertig aus.«

Ich bin so froh, dass sie für mich da ist und sich nach meinem Anruf gleich auf den Weg zur Bar gemacht hat. Nun erzähle ich ihr in allen Einzelheiten, was passiert ist. Dass es mich umgehauen hat, Papas Scheune so zu sehen.

Sie hört mir geduldig zu. »Es tut mir echt leid, dass dich das so mitgenommen hat, doch Hendrik hat es nur gut gemeint«, sagt sie, nachdem ich geendet habe.

Ich schlucke. »Schon, aber warum fragt er nicht vorher? Was gibt ihm das Recht, das einfach zu entscheiden? Einfach die Scheune aufzuräumen?«

»Woher hätte er denn wissen sollen, dass er es nicht tun darf? Dass es dich so trifft?«

»Wenn er gefragt hätte, dann hätte er es gewusst«, entgegne ich.

Mein Handy klingelt, es ist Elsa, doch ich drücke sie weg. Kurze Zeit später ruft Piet an, und auch ihm ergeht es nicht anders als unserer Schwester.

»Ich muss jetzt rein, meine Schicht fängt an«, sage ich zu Jane. »Danke, dass du hergekommen bist.«

Sie nickt und streicht mir sanft über die Wange. »Ist doch selbstverständlich. Ich bin immer für dich da.«

Gemeinsam betreten wir die Bar. Björke steht am Tresen und spült Gläser.

»Hey Björke«, begrüße ich ihn.

»Hey.« Er mustert mich stirnrunzelnd. »Was ist denn los? Hast du geweint?«

»Ist schon wieder okay.« Ich winke ab und gehe hinter die Theke, Jane setzt sich davor. »Was möchtest du trinken?«, frage ich sie.

Björke ist mir gefolgt. »Geht es wirklich, Lina?«, fragt er mich mit kritischem Blick.

»Ja, es geht, ich bin nur aufgebracht. Dieser Möchtegernschauspieler Hendrik hat Papas Scheune aufgeräumt.«

Er verzieht das Gesicht. »Oh.«

»Ja, oh!« Ich sehe zu Jane. »Was möchtest du jetzt?«

Sie überlegt kurz. »Am besten einen Sylter Spritz.«

»Okay, wird erledigt.«

»Er hat es sicher nicht böse gemeint«, sagt Björke nun. »Einen solchen Eindruck machte er mir nicht.«

»Das mag sein, aber das macht das Ganze auch nicht ungeschehen. Was gibt ihm das Recht, so etwas zu tun, ohne vorher zu fragen? Ich dachte, wir verstehen uns, aber ...« Ich halte inne. »Ach, ich will jetzt nicht mehr darüber sprechen. Und ich kann es auch nicht mehr.«

»Na gut. Aber wenn du reden möchtest, sag Bescheid.« Er tippt mir auf die Schulter und geht dann mit einem Tablett voller Getränke hinaus in den Außenbereich.

Während Jane ihren Sylter Spritz genießt, widme ich mich den Gästen im Inneren der Bar.

»Willst du nicht doch mal rangehen?«, fragt sie mich, als mein Handy schon wieder klingelt. Piet hat mich erneut angerufen, ebenso Elsa und Mama. Doch ich möchte jetzt nicht reden, ich will einfach meine Ruhe.

»Nein, gerade nicht.«

Sie sieht mich an. »Ich bin deine beste Freundin, doch mal ernsthaft: Hendrik hat es nicht böse gemeint und deine ganze Familie auch nicht. Willst du sie jetzt wirklich ignorieren?«

»Nein, das will ich nicht, aber … Das Ganze hätte erst gar nicht passieren sollen. Ich wollte das mit dem Dreh von Anfang an nicht. Deswegen habe ich ihn jetzt auch abgesagt.«

»Wirklich?«, fragt Jane entgeistert. »Ich dachte, ihr habt euch ausgesprochen, und alles ist gut.«

»Ist es aber nicht.«

In diesem Augenblick betritt Hendrik die Bar, und ich gehe reflexartig in die Hocke, um mich zu verstecken.

»Lina, was machst du da?«, fragt Jane noch, dann höre ich schon Hendriks Stimme.

»Kannst du mal bitte hinter dem Tresen vorkommen?«

»Nein!«

Jane seufzt. »Jetzt sei mal nicht so albern, Lina.«

»Ich bin nicht albern. Aber was will er hier?«

»Frag ihn doch selbst. Vielleicht etwas trinken? Schon mal daran gedacht? Das hier ist eine Bar.«

Widerwillig komme ich schließlich hinter dem Tresen hervor. Hendrik hat sich mittlerweile neben Jane auf einen der Barhocker gesetzt.

»Hey. Alles okay?«, will er wissen.

»Die Frage ist jetzt nicht ernst gemeint, oder? Natürlich nicht. Was willst du von mir?«

»Mit dir reden.«

152

Ich schüttele den Kopf und deute auf die größtenteils voll besetzten Tische um uns herum. »Ich habe echt viel zu tun.«

»Das hat sie nicht«, widerspricht mir Jane und streckt ihm ihre Hand hin. »Ach, ich bin übrigens Jane. Und du bist Hendrik, ja? Schön, dich mal persönlich kennenzulernen.«

»Ja, so ist es. Und du bist ihre beste Freundin, oder?«

»Genau.«

»Wenn du nichts bestellst, musst du gehen«, sage ich zu ihm. »Das ist eine Bar.«

»Gut, dann ein Bier bitte.«

Ich nehme eine Flasche aus dem Kühlschrank und stelle sie zusammen mit einem Glas vor Hendrik ab. »Vier neunzig«, brumme ich.

Er kramt in seiner Hosentasche und legt mir das Geld hin. »Lina, hör mir zu, ich wollte dir wirklich einen Gefallen tun. Ich dachte, ich helfe dir damit.«

»Das hast du aber nicht. Es hat …« Ich schlucke und wende mich dann ab, weil Gäste, die etwas bestellen möchten, mir zuwinken. Ich verlasse den Tresen und weiß nicht, was ich jetzt tun soll. Mir ist das alles zu viel.

Als ich zurück bin, mache ich schweigend die Bestellung fertig. Ich habe keine Veranlassung, mit Hendrik zu plaudern.

Doch er durchbricht das Schweigen. »War das vorhin wirklich dein Ernst? Du willst alles hinwerfen?«, fragt er mit einem Mal.

Ich trete einen Schritt auf ihn zu und kneife die Augen zusammen. »Warum nicht? Es nervt und stresst mich und …«

Björke kommt nun zu uns her. »Wenn ihr was besprechen müsst, dann macht das doch kurz draußen, okay? Ich übernehme das.« Er deutet auf das Tablett mit den Getränken, die ich vorbereitet habe.

Erst möchte ich sagen, dass ich keinen Redebedarf habe, aber dann folge ich Hendrik doch nach draußen.

»Wirst du jetzt ernsthaft hinwerfen?«, fragt er mich noch einmal, kaum dass sich die Tür der Bar hinter uns geschlossen hat.

»Und wenn schon?«, entgegne ich. Plötzlich kommt mir ein Verdacht. »Du hast doch nur Angst, dass du deine Filmrolle verlierst, wenn ich das Projekt platzen lasse, oder?«

Sein Blick ist ernst. »Du denkst, mir geht es nur darum? Obwohl wir uns in den letzten Tagen so gut verstanden haben?«

»Um was sollte es dir denn sonst gehen?«

Er fährt sich mit beiden Händen durch die Haare. »Um dich, Lina, es geht mir um dich! Ehrlich gesagt mache ich mir Sorgen um dich.«

Mein Herz klopft heftig. Hat er das wirklich gesagt? Und dieser Blick von ihm …

»Sorgen? Weswegen denn? Alle machen sich immer Sorgen …«

»Weil du … na ja, da ist irgendwas tief in dir drin. Ich kann doch spüren, wie schwer sich alles für dich anfühlt und wie du dich verschließt. Gegen Gefühle, Romantik, gute Dinge, Neues. Gegen ein Happy End.«

Entschieden schüttele ich den Kopf. »So ein Unsinn. Was hat das damit zu tun?«

»Sehr viel, und das ist kein Unsinn. Elsa und Piet machen sich ebenfalls Sorgen, weil du dich seit dem Tod eures Vaters verkriechst.«

»Ich verkrieche mich nicht, ich bin immer draußen.«

»Aber dein Herz ist es nicht. Du musst es wieder öffnen. Ich meine es ernst.«

Ich hebe die Hand. »Es ist alles gut, Hendrik. Du brauchst dir keine Sorgen um mich zu machen und schon gar nicht um mein Herz. Okay? Ich muss jetzt weiterarbeiten, also lass es gut sein.«

 154

Seufzend sieht er mich an. »Ist okay, aber vielleicht denkst du mal darüber nach. Denn wenn du weiterhin nicht merkst, was du dir antust, wirst du so viel Schönes verpassen.« Dann wendet er sich einfach ab und geht in Richtung Strand davon.

»Tut mir leid, aber er hat recht«, meint Jane, als ich wieder hinter dem Tresen stehe und ihr in aller Kürze erzähle, worüber ich mit Hendrik gesprochen habe.

Björke, der alles mit angehört hat, nickt. »Ja, das finde ich auch.«

Jane kommt zu mir her und legt ihre Hand auf meinen Arm. »Seit dem Tod deines Papas ist so eine Schwere um dich herum. Du denkst, es ist nicht so, doch Hendrik wollte dir nichts Böses.«

Ich zucke mit den Schultern. »Kann sein, aber er hat mir dadurch etwas genommen, was immer da auch war.« Mit einem Mal schütteln mich die Tränen, und irgendwie fühle ich mich auch etwas schlecht. Natürlich hat es Hendrik nicht böse gemeint, trotzdem hat er eben diese Gefühle in mir ausgelöst. Dass er die Scheune aufgeräumt hat, war einfach zu viel für mich.

Björke drückt mir ein Glas mit einem leuchtend roten Cocktail in die Hand. »Hier, trink das, dann fühlst du dich gleich besser.«

»Mit Alkohol?«

Er lacht. »Nein, ohne. Alkohol brauchen wir in dieser Situation nicht.«

»Na schön.« Ich sehe die beiden an. »Was mache ich denn jetzt?«

»Du hast überreagiert, das ist an sich nicht schlimm«, antwortet Björke. »Wichtig ist, wie man sich danach verhält. Rede einfach morgen noch mal mit allen, in erster Linie mit Hendrik. Und mal unter uns, er ist kein Sylter Jung, doch er scheint wirklich nett zu sein und an dir und deinen Gefühlen ehrliches Interesse zu haben.«

»Unsinn«, widerspreche ich schnell.

»Kein Unsinn. Also wenn du das nicht merkst ... Und du magst ihn ja auch. Mehr als das.«

»Mögen ja, aber mehr? Nein.«

Björke grinst. »Jaja, Lina. Ich habe schon viel gesehen, mich kannst du nicht täuschen. Und jetzt nichts wie weg mit euch beiden Hübschen. Ich schaffe das hier vollends allein. Es ist sowieso gerade zu viel für dich, Lina.«

»Aber ich brauche doch ...«

»Mach dir bitte keine Sorgen, ja? Wir reden ein andermal darüber. Ganz ehrlich, ich tue das für dich. Und zwar gern.«

Ich atme tief durch, dann lege ich die Schürze ab und hänge sie an die Mitarbeitergarderobe in dem kleinen Gang, der zur Küche führt. »Danke für alles, Björke.« Ich drücke ihn kurz an mich und verlasse dann gemeinsam mit Jane die Bar.

Vor dem Gebäude verabschieden wir uns voneinander.

»Ich hab dich lieb«, sagt Jane und streicht mir sanft über die Wange. »Und Björke hat recht. Denk jetzt mal über alles nach, und morgen ist ein neuer Tag. Und wegen der Blumendeko sprechen wir auch noch. Ich habe da schon eine Idee, das bekommen wir hin.«

»Okay.«

»Also sagst du nicht ab?«

Als Antwort schubse ich sie leicht in die Seite.

»Und was musst du sonst noch machen?«, fragt sie mit einem herausfordernden Lächeln.

»Okay, ich rede mit Hendrik und meiner Familie.«

»Gut so.«

Wir umarmen uns ganz fest und machen uns schließlich getrennt auf den Weg nach Hause. Als ich am Strand entlanggehe, bleibe ich für einen Moment stehen. Das Meer rauscht, und ich sehe in den dunklen Himmel, der jedoch mit Sternen übersät ist.

»Ach Papa«, flüstere ich. »Kannst du mir nicht ein Zeichen schicken, irgendwas?« Einen Moment lang warte ich ab, obwohl ich weiß, dass es albern ist. »Okay, wenn ich jetzt eine Sternschnuppe sehe, dann ist das alles richtig, dann gebe ich Hendrik eine wirklich faire Chance. Und wenn nicht, dann nicht.«

So ein Blödsinn. Als würde ausgerechnet jetzt eine Sternschnuppe erscheinen. Und es davon abhängig zu machen, ist wohl ein noch größerer Unsinn. Trotzdem bleibe ich noch ein wenig stehen und blicke nach oben.

Ich will schon weitergehen, als es mit einem Mal am Himmel aufblitzt. In mir zieht sich alles zusammen. Das ist jetzt nicht passiert, oder? Vermutlich war es reiner Zufall – oder vielleicht doch ein kleines Zeichen?

Als ich wenig später vor meiner Wohnungstür stehe und in meiner Tasche nach dem Schlüssel suche, stoße ich mit dem Fuß gegen etwas Festes. Ich sehe, dass auf dem Boden vor der Tür etwas liegt, bücke mich danach und hebe es auf. Es ist ein großer Briefumschlag, auf dem mein Name steht. Ich betrachte erst das Kuvert, dann sehe ich mich im Flur um, aber alles ist still. Von wem der Umschlag wohl ist? Die Handschrift kenne ich jedenfalls nicht.

Von der Neugier getrieben, krame ich weiter nach meinem Schlüssel. Dabei habe ich irgendwie das Gefühl, beobachtet zu werden. Ich blicke zu Elsas Wohnung, wo sich die Gardine am Fenster leicht bewegt. Offenbar hat sie gewartet, bis ich zu Hause bin. Oh Mann. Lächelnd werfe ich ihr ein Luftküsschen zu und hoffe, dass sie es sieht.

Dann finde ich auch endlich den Schlüssel. Ich betrete meine Wohnung, lege den Umschlag aufs Bett und mache mich rasch im Bad fertig. Ich wasche mich, zupfe ein wenig an meinen Augenbrauen herum, die schon leicht buschig aussehen, und tapse dann in mein Schlafzimmer. Es ist bereits nach elf, und eigentlich bin ich viel zu müde, um noch nachzusehen, was sich in dem Umschlag befindet. Doch natürlich möchte ich es wissen.

Ich schalte die Nachttischlampe an, öffne das Kuvert und mustere mit klopfendem Herzen seinen Inhalt. Es ist tatsächlich das Drehbuch zu dem Film, der hier gedreht werden soll. Okay, und was soll ich damit? Warum hat Hendrik es mir vor die Tür gelegt?

Allerdings kann ich wahrscheinlich auch nicht einschlafen, ohne einen Blick hineingeworfen zu haben, denn nur dann werde ich es herausfinden. Also beginne ich zu lesen. Mir werden ja ohnehin bald die Augen zufallen.

Doch dann kann ich nicht mehr aufhören und lese beinahe die ganze Nacht. Mal weine ich sogar, dann lache ich wieder und fiebere mit, ob sich Sina Hansen und Jan Brandt bekommen. Ob Sina es schafft, ihr Herz wieder zu öffnen.

Als ich fertig bin und das Drehbuch weglege, ist es schon fast vier Uhr morgens. Noch immer hallt Sinas letzter Satz durch meinen Kopf: *Die Liebe ist wie das Meer, sie heilt die tiefsten Wunden.* Schon merkwürdig, dass diese Geschichte so viel mit mir gemein hat.

Ich seufze. Ja, irgendwie stimmt es. Das Meer kann auch nicht alle Wunden heilen, es macht jedoch alles etwas besser.

Ein Mann, ein Wort

Als der Wecker eine Stunde später klingelt, habe ich das Gefühl zu sterben. Ja, so kann man es getrost ausdrücken. Ich brauche Kaffee, und zwar nicht nur einfach so aus der Tasse, sondern am besten direkt in die Venen gepumpt.

»Das kann ja heute was werden«, sage ich zu mir selbst, während ich mein zerknittertes Gesicht im Badezimmerspiegel betrachte.

Aber nicht nur, dass ich müde bin, da ist ja auch die Sache mit meiner Familie. Ich muss unbedingt mit Elsa, Mama und Piet reden. Und ich hoffe, dass sie nicht sauer sind, weil ich gestern nicht auf ihre Anrufe reagiert habe. Ich habe jetzt ein bisschen verstanden, was sie meinen. Die Sache mit meinem verschlossenen Herzen und mit der alten, unbekümmerten Lina, die ich unbedingt wieder werden möchte.

Ich ziehe mich an, wasche mich und mache mich auf den Weg zum Laden. Dort brennt bereits Licht, und ich atme einen wohligen und zugleich frischen Duft ein.

»Moin«, rufe ich zögernd, doch nichts rührt sich.

Kurze Zeit später höre ich, wie jemand in der Küche herumhantiert – Elsa vermutlich. Ich gehe hinüber und setze mich an den Tisch.

»Moin, Elsa«, sage ich noch einmal.

»Moin.« Sie sieht mich kurz an, unterbricht jedoch ihre Arbeit nicht. Offenbar ist sie wirklich sauer auf mich, was ich schon verstehen kann.

»Hast du gut geschlafen?«, frage ich vorsichtig weiter und bekomme nur ein kurzes und knappes »Ja« zur Antwort.

Oh Mann.

»Elsa, hör mir bitte mal zu, es … es tut mir leid, okay? Ich hätte ans Telefon gehen sollen. Ich war doof und blöd und …«

Das Klappern des Geschirrs verstummt. Sie kommt zu mir her und bleibt unmittelbar vor mir stehen. »Ach ja? Wie sehr tut es dir denn leid?« Ihr Blick ist ernst.

»Sehr leid, unfassbar leid, aber ich war einfach überfordert. In der Scheune, das waren doch Papas Sachen und …«

Sie beugt sich zu mir herunter und nimmt mich in den Arm. »Das weiß ich doch, aber du darfst wirklich nicht … Ich weiß auch nicht, wie ich es sagen soll. Nicht so …«

»Gemein sein?«

»Nein, ja, also … du bist ja nicht direkt gemein. Nur traurig, verschlossen und zu kritisch mit allem. Wir vermissen Papa doch alle so sehr, jeden Tag, aber wir müssen damit leben. Und wir dürfen nicht aufhören, an das Gute im Leben zu glauben. Der Tod ist schrecklich, doch er gehört dazu. Leider.«

Ich schlucke und kämpfe gegen die Tränen an, die sich aus meinen Augen stehlen wollen. »Ich bin wirklich traurig. Jeden Tag aufs Neue.«

»Das weiß ich. So geht es uns allen. Aber das Leben muss weitergehen. Wir alle vermissen Papa sehr, Mama und Piet nicht weniger als wir beide. Doch er hätte nicht gewollt, dass wir so traurig sind, verstehst du? Deswegen bemühe ich mich, es nicht zu sehr zu sein. Ich schaue abends zu den Sternen, und wenn sie über dem Meer leuchten, weiß ich, dass er da ist und uns zusieht.«

Bei ihren Worten kann ich die Tränen nun endgültig nicht mehr zurückhalten.

Elsa löst sich von mir und sieht mir in die Augen. »Nicht weinen. Es ist doch so. Papa und all die anderen, die schon gegangen sind, sind trotzdem noch immer da. Hier in unserem Herzen. Egal, wie verregnet es ist, einmal Liebe, immer Liebe – Syltseeliebe. Und mal ehrlich, der Tod darf doch das Leben, das wir haben, nicht auch noch kriegen.«

»Ja, ich weiß.«

Sie richtet sich wieder auf. »Du brauchst sicher einen Kaffee, oder? Deinen Augenringen nach zu schließen, hast du den dringend nötig.«

Ich lächele. »Klar, und bitte einen extrastarken. Geht das?«

Sie stellt eine Tasse unter die Maschine, die sogleich zu rattern beginnt.

»Weißt du denn, wo Piet ist?«, frage ich Elsa. »Ich möchte ihm auch sagen, dass es mir leidtut.«

»Der ist schon zeitig los. Dauert sicher noch ein bisschen.«

»Okay, dann spreche ich später mit ihm. Meinst du, er ... er redet überhaupt noch mit mir?«

Sie rollt mit den Augen und stellt die Kaffeetasse vor mir ab. »Also wirklich. Wir sind eine Familie, natürlich redet er mit dir.«

Ich nehme einen Schluck und genieße die Wärme. »Auf die Nachricht, die ich ihm vorhin geschrieben habe, hat er nicht geantwortet. Und du auch nicht.«

»Entschuldige mal, da war es vier Uhr, und dann hatte ich zu tun.« Sie zwinkert mir zu.

»Jaja, ich weiß schon, du wolltest mich schmoren lassen.«

»Na, du bist gestern ja auch nicht rangegangen.«

Während sie sich nun daranmacht, verschiedene Zutaten in eine Rührschüssel zu geben, trinke ich meinen Kaffee aus und stelle die leere Tasse ins Spülbecken.

»Okay, ich schaue dann mal nach Hendrik. Ich muss unbedingt auch mit ihm sprechen und ihm alles erklären«, sage ich. »Er ist gestern Abend noch in der Bar aufgetaucht, und ich war nicht besonders nett zu ihm.«

Elsa nickt. »Ja, das solltest du machen. Aber es geht wohl leider nicht.«

Mein Herz beginnt, heftig zu klopfen. »Nicht? Warum?«

»Ehrlich gesagt, er … er ist abgereist.«

Ich sehe sie mit großen Augen an. Damit habe ich nicht gerechnet. »Was? Wohin denn?«

»Er meinte, er müsse weg und …« Sie senkt den Blick.

Er ist wirklich abgereist? Das darf doch jetzt nicht wahr sein.

»Aber … einfach so? Ohne etwas zu sagen?«

Auf einmal beginnt Elsa zu grinsen. »War nur Spaß. Nein, er ist mit Piet unterwegs. Er war auch schon zeitig wach.«

»Du bist so lustig, wirklich.«

»Ich weiß. Und deine Reaktion war gut. Du magst ihn doch irgendwie, sonst hättest du nicht ausgesehen wie eine angeschossene Möwe.« Ihr Grinsen wird noch breiter.

»Wie sieht denn eine angeschossene Möwe aus?«

»So wie du gerade. Ich würde mal sagen, *love is in the air*.«

»Übertreib mal nicht. Aber ja, er ist okay.«

»Schon klar. Er ist okay.« Sie kichert ausgelassen, und ich strecke ihr die Zunge heraus. Wie albern.

»Und das hat nichts mit ›*love is in the air*‹ oder so zu tun«, stelle ich nochmals klar. »Es wäre einfach blöd gewesen, wenn er jetzt einfach so abgereist wäre. Wegen … dem Hof und so.«

Wen will ich eigentlich überzeugen – Elsa oder mich selbst?

Elsa nimmt sich einen Apfel aus der Obstschale, die auf den Tisch bereitsteht, und beißt herzhaft hinein. »Natürlich wegen dem Hof und so, schon klar. Nicht etwa, weil er es geschafft hat, dein Herz ein wenig zu erweichen.«

Und während ich auf dem Absatz kehrtmache und aus der Küche rausche, höre ich sie noch *Love is in the air* summen.

Ich mache mich auf den Weg zum Strand, um die Liegen aufzustellen und die Strandkörbe zu öffnen. Dabei genieße ich die Sonne, die bereits aufgegangen ist. Der heutige Tag wird sicher schönes Wetter bringen, denke ich und gehe etwas näher ans Meer heran. Ich hoffe, dass sich alles klärt, und bin erleichtert, dass Hendrik nicht abgereist ist. Das wird mir jetzt auch klar. Ob es wirklich eine tiefere Bedeutung hat, dass er hier ist?

Plötzlich fällt mir die Sternschnuppe von heute Nacht wieder ein, dazu erinnere ich mich an Elsas Worte, dass sie in den Himmel blickt und daran glaubt, dass über uns gewacht wird. An Hendriks Frage, ob ich an Zeichen glaube. Und an Papa, der meinte, dass sich immer Zeichen finden würden. Ob doch alles irgendwie zusammenhängt? Auch das Drehbuch, das so gut zu dem passt, was ich fühle. Die Geschichte, in der Hendrik die Hauptrolle spielt, enthält doch viel Tiefgründiges. Vermutlich hat sie mich auch deswegen so bewegt, weil ich mich ausnehmend gut in die Protagonistin, die ihr Herz so sehr verschlossen hat, einfühlen konnte. Soll mir das alles etwas sagen?

Seufzend blicke ich in den Himmel, wo zwei Möwen kreisen. Hendrik meinte, dass er sich Sorgen um mich macht. Ist da mehr zwischen uns? Sollten wir uns begegnen? Und wenn ja, warum? Macht das alles Sinn? Ich weiß es nicht.

Meine Gedanken überrollen mich jetzt beinahe, und so setze ich mich für einen kurzen Moment in den Sand, in der Hoffnung, dadurch ein wenig zur Ruhe zu kommen.

Nach ein paar Minuten klingelt mein Handy. Es ist Jane, und ich nehme das Gespräch an.

»Moin. Na, alles gut bei dir?«, begrüßt sie mich fröhlich.

»Wie man es nimmt. Ich habe gerade am Strand alles hergerichtet und sitze jetzt einfach so da.«

»Bist du wieder nachdenklich? Ich dachte, du weißt, was du zu tun hast?«

»Das weiß ich ja auch«, entgegne ich. »Vorhin habe ich mit Elsa geredet, zwischen uns ist wieder alles gut. Das Gespräch mit Piet steht noch an und das mit Hendrik auch. Eigentlich wollte ich schon mit den beiden sprechen, aber sie sind zusammen unterwegs. Und dann …« Ich zögere.

»Ja?«

»Gestern Abend lag das Drehbuch des Films vor meiner Tür. Hendrik hatte es dort hingelegt, und ich habe es die ganze Nacht hindurch gelesen.«

»Die ganze Nacht?«

»Ja. Frag nicht, wie ich aussehe.«

»Bestimmt super, wie immer.« Sie lacht, und ich kann nicht anders, als mich ihr anzuschließen.

»Genau, super«, antworte ich zynisch. »Mit tiefen Furchen unter den Augen.«

»Die vergehen wieder. Und, hat es dir gefallen?«

»Schon. Mehr als das. Es war … ich weiß nicht. Der Film hat wohl eine gewisse Ähnlichkeit mit meinem Leben hier. Mit unserem Leben. Dadurch habe ich ein paar Dinge besser verstanden, das möchte ich Hendrik auch sagen. Und ich frage mich, ob er das wohl genauso sieht. Er meinte ja gestern, er würde sich Sorgen um mich machen. Aber ich bin mir gerade nicht sicher, ob er noch mit mir redet.«

»Du Dummerchen, natürlich wird er mit dir reden. Das wird schon, ganz bestimmt«, muntert sie mich auf.

»Und, was machst du gerade?«

»Ich bin schon im Laden und habe die Pflanzen, die ich in aller Frühe vom Großmarkt bekommen habe, überall aufgestellt. Jetzt trinke ich noch kurz einen Kaffee, bevor ich gleich öffne. Hast du schon eine ungefähre Idee, welche Blumen ich für euch bereitstellen soll? Und wie viele?«

Ich überlege einen kleinen Moment lang. »Ja, also ... vielleicht rosafarbene Blüten? Oder weiße und rote gemischt? Schwierig. Ach, weißt du was? Wenn es irgendwie geht, komme ich im Laufe des Tages mal bei dir vorbei. Dann suche ich sie aus, und wir besprechen alles.«

»So machen wir es. Ich freue mich«, antwortet Jane, und ihrer Stimme höre ich an, dass sie es wirklich so meint. »Oh, es klopft schon die erste Kundin an die Ladentür – das ist Kristin vom Restaurant schräg gegenüber. Wahrscheinlich braucht sie neue Deko für die Tische. Ich muss jetzt leider aufhören, aber wir sehen uns ja wahrscheinlich heute noch.«

Schon hat sie aufgelegt. Ein paar Minuten sitze ich noch da, dann mache ich mich auf den Weg zurück. Denn die ersten Kunden werden hoffentlich auch bald bei uns im Laden eintreffen.

Als ich den Hofladen betrete, sitzt Elsa mit einer Frau am Tresen, die mir irgendwie bekannt vorkommt.

»Moin«, ruft sie mir zu, und in diesem Augenblick fällt mir ein, woher ich sie kenne.

»Moin. Sind Sie nicht ...«

Ehe ich ausreden kann, streckt sie mir lächelnd ihre Hand entgegen. »Wiebke Wieland, freut mich. Ich bin vom Sylter Inselblatt und dachte, ich schaue mal vorbei. Mir ist da nämlich etwas zu Ohren gekommen.«

»Okay, was denn?«, frage ich.

Elsa stellt eine Tasse Cappuccino vor ihr ab, und Frau Wieland rührt einen Löffel Zucker hinein. Dann nimmt sie einen Schluck und schließt genüsslich die Augen. »Oh, der schmeckt wirklich lecker. Aber nun zum Grund meines Besuchs: Ich habe gehört, dass hier Dreharbeiten zu einem

165

Film stattfinden werden, und darüber würde ich sehr gern in unserer Zeitung berichten. Denn das ist der Wahnsinn!«, sagt sie ganz begeistert.

Ich beiße mir auf die Unterlippe. Keine Ahnung, ob das wirklich so gut ist. Darf sie das alles überhaupt wissen?

»Ähm, ja. Und wie ist Ihnen das zu Ohren gekommen?«

»Sag bitte Du, ich bin Wiebke. Drücken wir es mal so aus, eine zuverlässige Quelle hat es mir gezwitschert«, erklärt sie grinsend.

Ich denke nach. Woher kann sie es wissen? Vielleicht war es der alte Herr Rhode – oder Sonni? Björke? Es wissen ja doch schon einige Leute Bescheid. Und was kann oder vielmehr darf ich verraten? Ich weiß es ehrlich gesagt nicht.

»Und, ist es so?«, hakt Wiebke jetzt nach, und ich räuspere mich.

»Nun, ich möchte ganz ehrlich sein. Ich weiß nicht, wie offiziell alles schon ist und …«

Glücklicherweise fährt in diesem Augenblick der Lieferwagen mit Piet und Hendrik auf den Parkplatz vor dem Laden. Mein Herz beginnt, heftig zu klopfen. Was ist nur mit mir los? Klar, da war der Streit, aber warum macht mich das so nervös? Ja, warum? Weil ich Hendrik mag und er gestern so süß war? Unsinn, vermutlich liegt es nur an dieser Reporterin und ihren Fragen. Doch eigentlich weiß ich, dass es nicht so ist.

»Ach Lina, kannst du bitte mal eben draußen nach der Lieferung schauen? Piet hat mir gerade eine Nachricht geschrieben, dass damit irgendwas nicht stimmt.« Elsa ist ein Engel, weil sie die Situation versteht und mir zu Hilfe kommt.

Erleichtert setze ich mein freundlichstes Lächeln auf. »Entschuldige mich bitte kurz, Wiebke, ich bin gleich wieder da. Dann reden wir weiter.« Schon eile ich aus dem Laden.

Als ich mich dem Lieferwagen nähere, sprechen Piet und Hendrik miteinander, sie lachen und scheinen guter

Laune zu sein. Als sie mich dann bemerken, verziehen sie das Gesicht. Es versetzt mir einen Stich, aber ich habe es verdient.

»Moin«, sage ich leise.

Die beiden sehen mich an. »Moin«, entgegnet Piet knapp, und Hendrik hebt nur die Hand. »Was ist? Brauchst du was?«

Ich seufze, denn ich hasse es, wenn mein Bruder so kühl mit mir redet. Und ich hasse auch diese merkwürdige Stimmung. »Lass uns nachher noch ausführlicher reden, Piet. Bitte. Aber eines schon mal vorweg: Es tut mir leid, dass ich so war, das musst du mir glauben. Drinnen im Laden bei Elsa ist eine Reporterin, die mitbekommen hat, dass hier ein Filmdreh stattfinden wird. Können wir uns also bitte ganz kurz normal verhalten und nicht streiten? Ich weiß nämlich gar nicht, was ich sagen soll oder darf.«

Erst blickt er mich noch ernst an, doch dann lächelt er. »Alles gut, Schwesterherz, mir reicht schon die Verzweiflung in deinem Gesicht. Was meinst du, Hendrik?«

Aber von Hendrik kommt keine Antwort.

»Danke. Ich danke dir so sehr, Piet«, sage ich, während mir gefühlt ganze Felsbrocken vom Herzen fallen.

»Und wegen der Reporterin: Ganz ehrlich, ich weiß es nicht.« Er sieht zu Hendrik. »Was meinst du, wie wir vorgehen sollen? Du bist derjenige, der es am besten wissen dürfte.«

Hendrik überlegt kurz. »Gute Frage, man weiß ja nie, was sich aus so einem harmlosen Interview entwickelt. Die Presse kann alles daraus machen«, meint er. »Ich denke, es ist besser, wenn ich mit der Dame rede und ihr euch ein wenig im Hintergrund haltet.«

Piet hebt den Daumen. »In Ordnung, so machen wir es.«

Ich mustere Hendrik, der ziemlich kühl auf mich wirkt. Doch kaum haben wir den Laden betreten, lächelt er, und Wiebke strahlt ebenfalls.

»Hendrik Feddersen, wie schön«, ruft sie und belegt ihn wie erhofft mit Beschlag. »Das freut mich so sehr. Ich bin Wiebke Wieland vom Sylter Inselblatt und habe gehört, dass hier auf dem Hof Dreharbeiten zu einem Film stattfinden werden.«

Die beiden setzen sich an den Tresen. Hendrik, der eben noch so kühl wirkte, packt all seinen Charme aus. »Sie sind ja sehr aufmerksam«, meint er, und sie scheint sich wirklich geschmeichelt zu fühlen.

»Nun, das bringt mein Job so mit sich.«

»Allerdings kann ich Ihnen leider noch nicht viel sagen, nur, dass es schon so sein soll. Mehr darf ich im Moment nicht verraten.« Elsa stellt eine Tasse Kaffee vor Hendrik auf den Tresen, und er nimmt in aller Ruhe einen Schluck – vermutlich auch, um etwas Zeit zum Nachdenken zu gewinnen, ehe er weiterspricht. »Ich muss mich erst mit der Produktionsfirma abstimmen, aber wenn Sie sich ein wenig gedulden, dann werden Sie die Erste sein, die wir informieren. Und sicher gibt es dann auch die eine oder andere Möglichkeit für Sie, beim Dreh dabei zu sein und darüber zu berichten. Was halten Sie davon?«

Sie wirkt mehr als zufrieden. »Nun, da sage ich mal: ein Mann, ein Wort. So können wir es gern machen.« Sie nimmt eine Visitenkarte aus ihrer pinkfarbenen Handtasche und reicht sie Hendrik. »Hier haben Sie meinen Kontakt. Dann erwarte ich also Ihren Anruf.«

Hendrik lächelt noch immer. »Ja, so machen wir es. Ich melde mich sehr gern bei Ihnen.«

Wiebke öffnet ihr Portemonnaie und will einen Geldschein auf den Tresen legen, doch Elsa winkt ab. »Nein, das geht natürlich aufs Haus.«

»Vielen Dank. Also, dann euch allen noch einen schönen Tag.« Sie nickt in die Runde, und als sie wenig später draußen vor dem Laden auf ihren Motorroller steigt und davonfährt, atmen alle sichtlich auf.

»Das hast du wirklich gut gemeistert«, lobt Elsa Hendrik. Man merkt ihr an, wie beeindruckt sie von ihm ist.

»Das finde ich auch«, pflichtet Piet ihr bei, und auch ich nicke anerkennend mit dem Kopf.

»Das lernt man durch den jahrelangen Umgang. Ich bin da mittlerweile echt vorsichtig geworden«, erklärt Hendrik. »Die Presse ist wichtig, doch so etwas kann auch schiefgehen. Sie weiß jetzt immerhin, dass wir uns zuerst bei ihr melden, deswegen wird sie erst mal Ruhe geben. Ich werde noch heute mit Uwe reden, aber gegen ein bisschen PR hat er sicher nichts einzuwenden.«

»Super. Noch einen Kaffee? Oder eine Limonade?«, fragt Elsa, doch Hendrik lehnt ab.

»Ich werde mal mit den Fenstern weitermachen, da ist nicht mehr viel zu tun. Und außerdem rufe ich Uwe an. Ich berichte euch dann, was er gesagt hat.«

Mist, ich wollte doch mit ihm reden, aber Hendrik scheint darauf gar keine Lust zu haben.

Als er den Laden verlassen hat, setzen Elsa, Piet und ich uns in der Küche zusammen.

»Das hat Hendrik echt gut gemacht«, sage ich, nachdem Elsa jedem von uns einen Kaffee und ein Franzbrötchen gebracht hat.

»Ja, das sehe ich auch so«, stimmt Piet mir zu. Sein Blick ist ernst. »Ich gehe mal davon aus, dass der Filmdreh wie geplant hier stattfinden wird?« Die Frage geht wohl an mich.

»Ja, das tut er«, antworte ich. »Ich habe auch schon mit Jane wegen des Blumenschmucks gesprochen. Irgendwann im Laufe des Tages möchte ich bei ihr vorbeifahren. Und außerdem hatte ich die Idee, noch ein paar Dekorationen für den Laden und den Außenbereich zu kaufen. Ihr kennt doch *Sylter Seiten*, den Buchladen gleich neben Janes Blumengeschäft? Die haben auch hübsche Dekosachen im Sortiment.«

Piet nickt. »Dann mach das mal. Aber vorher solltest du die Sache mit Hendrik klären, oder? Man merkt dir an, wie sehr sie dich belastet.«

»Ist das so offensichtlich?«

»Absolut.«

»Was denkst du, Piet, wird er überhaupt mit mir reden?«, frage ich ein wenig kleinlaut. »Du warst doch mit ihm unterwegs. Hat er irgendwas gesagt?«

»Das musst du schon selbst klären. Wenn du es nicht versuchst, wirst du es nicht herausfinden. Ich muss dann mal weitermachen. Bis nachher.« Piet steht auf und stellt seine Tasse und den Teller in die Spüle. Toll, danke für die Hilfe.

Gerade als er durch die Tür nach draußen tritt, tauchen die ersten Kunden im Laden auf. Es ist ein älteres Ehepaar – Touristen, wie es scheint. Die beiden suchen sich an der Kuchentheke jeweils ein Stück Obstkuchen und ein paar Friesenkekse aus, dann setzen sie sich draußen vor dem Laden in die Sonne. Nachdem ich den beiden auch noch zwei Kännchen Friesentee serviert habe, betreten schon weitere Kunden den Laden. Da Elsa in der Küche beschäftigt ist, ist es an mir, sie zu bedienen.

Das mit Hendrik muss dann eben noch warten, denke ich mir, worüber ich ehrlich gesagt nicht wirklich traurig bin. Denn irgendwie habe ich mit einem Mal das Gefühl, dass es nicht ausreichen wird, mich einfach nur bei ihm zu entschuldigen. Vielmehr werde ich ihm alles mal im Detail erklären müssen.

Ein Leben ohne Liebe
ist wie
ein Meer ohne Wellen.

Ein gefühl von Abenteuer

»Möchtest du nicht langsam mal gehen?«, fragt Elsa mich irgendwann, als ich mit benutztem Geschirr in die Küche komme.

»Was? Wohin?«

»Zu Hendrik, um mit ihm zu reden. Du schaust dauernd zu ihm rüber, wenn er in der Nähe ist. Erst vorhin wieder, als er neue Farbe geholt hat. Also?«

»Ja, schon. Aber ich hatte so viel zu tun und …«

»Ausrede!«

»Nein!«

Sie lacht. »Doch! Los, geh jetzt. Gleich kommt Katharina, dann brauche ich dich nicht mehr.« Stimmt, sie hat sich ja für heute angekündigt.

»Und was, wenn er …«

»Lina, raus mit dir, aber schnell!«

Ich stelle das Geschirr ab. »Na schön, ich gehe ja schon.«

Etwas widerwillig lege ich die Schürze ab. Ja, ich drücke mich ein bisschen vor dem Gespräch mit Hendrik, denn ich bin ehrlich gesagt ziemlich aufgeregt. Doch es hilft ja nichts, ich muss jetzt wohl in den sauren Apfel beißen. Also gehe ich los, vorbei an der Bank vor dem Haus, auf der gerade Mama sitzt und mir zuwinkt.

172

»Wie geht es dir heute, mein Schatz?«, fragt sie, als ich mich kurz zu ihr setze.

»Ganz okay. Und dir?«

»Ich war vorhin auf dem Friedhof«, erzählt sie.

»Und wie geht es dir damit?«

»Papa zu besuchen?« Sie streicht sich eine Haarsträhne aus der Stirn. »Natürlich hätte ich ihn lieber hier, aber es tut gut, immer wieder bei ihm vorbeizuschauen und ihm zu berichten, was gerade bei uns los ist. Ich habe ihm auch von gestern erzählt. Warum bist du nicht ans Handy gegangen?«

»Tut mir leid, Mama«, sage ich. »Ich habe dich ganz vergessen. Aber du hattest ja auch mitbekommen, wie ich ausgeflippt bin.«

»Schon gut. Ich weiß, es hat dich gestern sehr getroffen. Doch das darf nicht mehr so sein. Papa ist immer hier, in unseren Herzen.«

»Ach, Mama.« Ich lächele wehmütig, und sie tätschelt meine Hand. »Ich weiß, aber ich war offen gestanden damit ziemlich überfordert. Deswegen bin ich auch auf der Suche nach Hendrik. Hast du ihn gesehen? Ich muss mich endlich bei ihm entschuldigen.«

»Ja, er hat vorhin hinter dem Haus die letzten Fenster gestrichen. Vielleicht ist er noch dort oder macht irgendwo Pause. Und du solltest dich unbedingt entschuldigen, er ist wirklich in Ordnung. Ich bin ehrlich gesagt froh, dass er hier ist. Seitdem ist … Ich weiß nicht, wie ich es sagen soll, aber als ihr den Zaun zusammen gestrichen habt, habe ich dich endlich wieder lachen gehört. Das war so schön.«

Ob sie wohl auch den Kuss gesehen hat?

»Er löst etwas in dir aus, nicht wahr?«, fragt sie nun. »Gefühle – und das ist gut so.«

»Ich weiß nicht. Ja, ein wenig. Aber es ist doch Unsinn. Er ist bald wieder weg und …«

»Und deswegen darf man sich nicht mögen?«

»Mama!« Sie lacht nur, und ich stehe auf. »Okay, ich sehe mal nach. Ich muss das mit ihm aus der Welt schaffen.«

»Mach das.« Ich will gerade gehen, als sie sich räuspert, worauf ich mich noch einmal zu ihr umdrehe. »Er hat es gut gemeint, mein Liebes. Er hat es für dich gemacht, was schon besonders ist.«

»Ja, ich weiß.«

Hinter dem Haus, wo Hendrik noch die letzten Fenster gestrichen hat, finde ich ihn nicht, also schaue ich mich weiter um. Auf einmal entdecke ich ihn vor der Scheune. Mein Puls geht augenblicklich schneller, und ich nehme all meinen Mut zusammen.

»Hey«, sage ich, als ich vor ihm stehe.

Er steckt sein Handy, auf dem er gerade noch herumgetippt hat, in die Hosentasche. »Hey, brauchst du was?« Wie kalt er ist.

Ich schüttele den Kopf, nicke dann aber. Oje, es geht ja schon gut los.

»Was jetzt? Ja oder nein?«

»Ja, also … Kannst du mal bitte nicht so sein?«

»Wie bin ich denn?«

»So kalt.«

Er kommt zu mir her. »Wenn ich nett bin, passt es dir nicht, wenn ich etwas für dich mache, ist es auch nicht recht … Was willst du denn?«

Mein Herz zieht sich zusammen. »Ich will …« Ihn küssen, ihn umarmen, ihm nah sein. »Nichts«, flüstere ich stattdessen und spüre die Röte auf meinen Wangen.

»Nichts, aha. Dafür bist du aber ganz schön rot geworden.«

»Hendrik, ich weiß, du hast allen Grund, sauer zu sein. Und es tut mir leid wegen gestern. Ich hätte nicht so gemein sein dürfen. Du hattest mit allem recht, ich … ich kann mit vielem nicht umgehen. Und es war eben Papas Scheune, seine Sachen, die du ausgeräumt hast. Versteh doch – dass du etwas darin verändert hast, war einfach Mist für mich. Ich komme damit nicht so gut klar. Weil mein Herz dann … unfassbar wehtut.« Die letzten Worte flüstere ich nur noch. Ich schlucke ein paarmal kräftig, weil ich nicht weinen möchte. Es fällt mir immer noch schwer, darüber zu reden, doch ich reiße mich zusammen. »Dass er nicht mehr da ist, schmerzt so unglaublich.«

»Das tut mir wirklich leid. Ich war selbst geschockt, wie du reagiert hast«, antwortet Hendrik. Seine Stimme klingt jetzt ganz sanft, nicht mehr so angefressen wie vorhin noch.

»Das konntest du ja auch nicht wissen. Bisher habe ich mich immer geweigert, die Scheune auszuräumen. Es ist so ein Gefühl, als … als würde er dann komplett von hier verschwinden, weißt du? Als wäre er nicht mehr da, nichts mehr von ihm, all die Liebe, alles …«

Auf einmal zieht er mich einfach an sich. »Noch mal, es tut mir ehrlich leid. Ich dachte, ich mache dir eine Freude, weil so viel zu tun ist. Und ich wollte nicht, dass es dich so mitnimmt. Deswegen bin ich auch gestern in die Bar gekommen, ich habe mir wirklich Sorgen gemacht.«

»Schon gut, ich hätte es dir einfach gleich sagen sollen, anstatt so auszurasten. Aber ich konnte nicht anders. Es ist unheimlich schwer für mich, diese Dinge loszulassen, den Hof zu verändern …« Ich halte mich an Hendrik fest. Es ist verrückt und schön, sein Herz zu spüren, das ziemlich heftig klopft. Was tun wir da?

»Das verstehe ich«, sagt er. »Und jetzt kann ich auch nachvollziehen, was dich beschäftigt hat.«

Ich möchte mich am liebsten nicht von ihm lösen, tue es dann aber doch. »Danke. Also Frieden?« Ich sehe ihn an, und er nickt.

»Frieden, ja. Und mach dir keine Sorgen. Es ist alles noch da, ich habe nichts weggeworfen. Das würde ich niemals tun, ich habe nur Platz gemacht. Willst du mal sehen?«

Wenig später betrete ich zusammen mit Hendrik die Scheune. Tatsächlich hat er einfach nur aufgeräumt, und auch wenn ich kurz einen kleinen Stich spüre, war es doch gut, dass er es angepackt hat. Ich hätte das vermutlich nie gemacht.

»Und, schlimm?«, fragt er.

Ich schüttele den Kopf. »Nein, ist schon okay. Es war ja auch irgendwann nötig.« Erneut lasse ich den Blick schweifen, und als ich Papas Motorrad entdecke, schlucke ich.

»Das ist eine schöne Maschine«, sagt Hendrik, der wohl meine Reaktion bemerkt hat.

»Ja, das ist sie.« Ich gehe auf das Motorrad zu und streiche über den Lack.

»War dein Papa damit immer unterwegs?«

»Ja, bei schönem Wetter ganz oft.« Ich muss an Heiner denken, den ich am Strand getroffen habe. Er erzählte mir ja, dass er meinen Papa häufig am Hafen gesehen habe. Ich lächele. »Er hat die Insel geliebt, das Meer, einfach alles hier. Und er hat mich auch oft mitgenommen. Leider war die Maschine dann irgendwann kaputt. Er wollte sie noch reparieren, aber es war einfach so viel zu tun. Und dann …« Ich stocke, weil ich den Kloß in meinem Hals hinunterschlucken muss, und halte mich dabei am Lenker des Motorrads fest.

Hendrik tritt neben mich und sieht mich von der Seite an. Auf einmal legt er seine Hand auf meine. Ich muss zugeben, die Wärme, die von seiner Haut ausgeht, tut mir gut.

»Das tut mir sehr leid«, sagt er leise. »Für euch alle.«

»Danke.«

Ein paar Augenblicke, die sich wie eine kleine Ewigkeit anfühlen, verharren wir ganz still, bis ich mich wieder ein wenig gefasst habe und mich räuspere. »Du kannst gern noch weiter hier Ordnung machen und die Kisten, die du schon gepackt hast, dort drüben unter das Fenster stellen. Ich muss jetzt noch ein bisschen Bürokram erledigen und danach wegen der Blumendeko zu Jane in den Laden fahren. Wir sehen uns dann einfach später.«

Er nickt. »Klar.«

»Ach, und danke auch für das Drehbuch. Ich habe es die ganze Nacht hindurch bis zur letzten Seite gelesen. Es ist gut, ich gebe es zu. Scheint doch eine schöne Geschichte zu sein, wirklich berührend. Und es hat mich irgendwie an mich selbst erinnert. Diese Sina …«

»Ich weiß. Verrückt, oder? Ich hatte den Gedanken auch. Und dieser Jan … naja.«

»Ja, wirklich verrückt. Du hier, der Film, deine Frage nach den Zeichen … als ob es so sein soll.«

»Wer weiß.«

Ich will mich schon zum Gehen abwenden, doch er hält mich zurück. »Lina?«

»Ja?«

»Was hat dir an der Geschichte am besten gefallen?«

Die Frage trifft mich unvorbereitet. Ich verstehe ihren Sinn gerade nicht wirklich, dennoch überlege ich. »Hm, ehrlich gesagt fand ich es schön, als die beiden zusammen unterwegs waren. So ein kleines Abenteuer könnte ich auch mal gebrauchen.«

Hendrik lächelt. »Ja, ein Abenteuer braucht man ab und zu im Leben, oder? Aber ist das hier keines? Ich meine die Dreharbeiten und alles.«

»Klar, schon. Doch ein Abenteuer gibt es ja in den verschiedensten Formen, und das war eben das ganz persönliche Abenteuer der Hauptfigur Sina. Ich bin aber Lina.«

»Verstehe. Na ja, wer weiß, was der Tag für Lina noch bringt.« Er zwinkert mir zu, und ich muss jetzt ebenfalls lachen.

»Genau. Mal sehen, was der Tag noch bringt.«

Schließlich lasse ich Hendrik in der Scheune allein. Auf dem Weg zurück in den Laden denke ich nach. Habe ich das mit dem Abenteuer wirklich gesagt? Bescheuert, oder? Und doch war es so. Als ich die Stelle im Drehbuch gelesen habe, war es schön, genau das zu fühlen. Es hat mir einfach gutgetan, das Kribbeln zwischen den beiden nachzuempfinden. Klar, ein Abenteuer ist immer Ansichtssache. Doch egal, wie man es nimmt, so etwas fehlt mir ab und zu schon. Wobei – seit Hendrik da ist, spüre ich zumindest mal wieder dieses Gefühl von Abenteuer.

Begegnungen, die besonders sind

»Okay, Jane, ich mache mich dann gleich auf den Weg. Ich sitze noch immer über dem Bürokram, aber jetzt bin ich so gut wie fertig. Du glaubst nicht, wie froh ich bin, dass sich alles geklärt hat.«

In den letzten Stunden war ich so beschäftigt, dass ich die Zeit total vergessen habe. Glücklicherweise hat Jane mich jetzt angerufen und mich daran erinnert, dass ich ja heute noch bei ihr vorbeischauen wollte.

»Doch, das glaube ich dir gern«, antwortet sie. »Aber mach dir meinetwegen keinen Stress.«

Auf einmal steht Hendrik vor mir. »Jane, ich muss jetzt auflegen, bis dann«, sage ich schnell und beende das Telefonat. »Brauchst du mich wegen der Scheune?«, frage ich Hendrik, nachdem ich mein Handy weggelegt habe.

»Vielleicht. Hast du mal einen Moment?«

»Eigentlich habe ich Jane versprochen, dass ich gleich wegen der Blumen zu ihr komme.«

»Stimmt, die Blumen. Aber es dauert nicht lange, versprochen.«

Da ich ohnehin praktisch fertig bin, schalte ich den Computer aus, stecke mein Handy ein und folge Hendrik nach draußen. »Was ist denn los? Ist was passiert?«, will ich jetzt doch wissen.

Er lächelt nur. »Das wirst du gleich sehen.«

Als ich merke, dass er mich in Richtung Scheune führt, beginnt es in meinem Magen zu pulsieren. Was hat er nur vor?

»Okay, pass auf. Ich habe da was gemacht«, sagt er.

»Was Schlimmes?«

Er lacht. »Ich hoffe nicht. Bereit?«

In diesem Augenblick entdecke ich das Motorrad, das er aus dem Schuppen herausgeholt hat. Wie es aussieht, hat er es sogar geputzt und die Chromteile ein wenig poliert.

Ich gehe auf die Maschine zu und streiche liebevoll über den Lenker. »Wow, das sieht toll aus. Wie neu.«

»Ja, oder? Ich habe das Motorrad ein wenig auf Vordermann gebracht«, erklärt Hendrik, der meine Verblüffung wohl bemerkt hat. Er setzt sich auf die Maschine und startet den Motor, der sofort anspringt.

»Nicht dein Ernst? Oh mein Gott«, rufe ich, und winzige Glücksimpulse strömen durch mich hindurch. »Sag bloß, es fährt wieder? Wie hast du das gemacht?«

»Jap, es läuft wieder! Na, was sagst du? Hast du damit gerechnet?«

»Nein, absolut nicht. Ich wusste gar nicht, dass du dich mit Motorrädern auskennst.«

»Mein Großvater hat früher oft mit mir geschraubt«, erzählt Hendrik nun. »Na ja, es gibt Dinge, die ich doch ganz gut kann – auch wenn man es mir nicht glaubt.«

»Das ist der Wahnsinn, wirklich.« Ich sehe ihn an. »Danke. Ich danke dir so sehr.« Aus lauter Freude falle ich ihm um den Hals, und er hält mich kurz fest. Sein Duft in meiner Nase, sein Herzschlag schon wieder an meiner Brust … Ich trete zurück, und unsere Blicke finden sich.

»Was meinst du, wollen wir ein wenig über die Insel fahren? Bist du bereit für ein kleines Abenteuer? Dein Abenteuer, Lina Sörens.«

Mein Puls geht schnell. »Ehrlich? Aber ich muss doch zu Jane wegen der Blumen …«

»Dann fahren wir eben erst dorthin. Also, hast du Lust, eine Runde zu drehen?«

Augenblicklich erinnere ich mich daran, wie ich oft mit Papa gefahren bin, und schlucke. »Ich weiß nicht. Ja, ich … Mit dir?«

Er lacht. »Natürlich mit mir.«

Noch einmal streiche ich über den glänzenden Lack, dann nicke ich. »Okay, warum nicht? Lass uns eine Runde drehen. Aber kannst du auch wirklich fahren?«

Hendrik grinst schief. »Finde es heraus!« Er deutet auf die beiden Helme, die ebenfalls wie neu glänzen. »Such dir einen aus.«

Ich greife nach dem Helm, den ich auch früher bei meinen Fahrten mit Papa immer getragen habe, und reiche Hendrik den anderen, den er sich sogleich aufsetzt. Dann dreht er den Kopf zu mir nach hinten. »Los, komm schon. Steig auf und halte dich einfach an mir fest, okay?« Wieder grinst er. »Oder hast du Angst, mir so nah zu sein?«

Vehement schüttele ich den Kopf. »Von wegen. Du weißt doch, für mich bist du so attraktiv wie Gras für eine Möwe.«

»Ja, klar.«

Als ich mich dann hinter Hendrik setze und die Arme um seine Taille schlinge, spüre ich seine Muskeln und die Wärme, die von ihm ausgeht. Oh Mann, was tue ich denn da? Was passiert da andauernd? Ob das gut geht?

Doch ehe ich weiter darüber nachdenken kann, fahren wir auch schon los. Ich halte mich an Hendrik fest und kann nicht glauben, was hier gerade passiert.

»Oh mein Gott, das ist …«, rufe ich ausgelassen.

»Schön?«

»Der Wahnsinn!«

Mittlerweile haben wir das Gelände des Hofes verlassen und fahren auf der Straße, die in den Ort führt. Natürlich werden nun auch Erinnerungen aufgewirbelt. Ich muss daran denken, wie ich früher so oft mit meinem Papa unterwegs war. Meistens fuhren wir in Richtung Meer, und der Gedanke daran tut mir in diesem Augenblick sogar gut. Hendriks Duft weht mir gemeinsam mit dem Fahrtwind und der frischen, leicht salzigen Seeluft in die Nase, und ich fühle mich endlich mal wieder frei. Beinahe ist es, als würde ich fliegen.

»Hier müssen wir nach rechts abbiegen, oder?«, ruft Hendrik mir zu, als wir an einer roten Ampel stehen bleiben.

»Ja, und dann immer geradeaus bis zu der Straße, in der wir neulich schon mal waren. Dort kannst du direkt vor Janes Laden parken.«

Die Ampel schaltet auf Grün, und schon biegt Hendrik in die Straße ein, die ins Zentrum von Rantum führt. Nachdem er die Maschine auf dem Kundenparkplatz vor dem Blumenladen abgestellt hat, steige ich ab und schiebe mir den Helm vom Kopf. Hendrik tut es mir gleich.

»Und, wie war es?«, will er wissen.

»Schön, wirklich schön«, antworte ich und lächele, weil ich es genau so meine.

»Das freut mich.«

Offenbar von dem Motorengeräusch angelockt kommt Jane zu uns nach draußen. Sie hat einen Blumenstrauß bei sich und schlägt sich die freie Hand vor den Mund. »Ist das etwa …«

»Papas Maschine, ja.«

»Das ist der Wahnsinn!« Sie strahlt über das ganze Gesicht. »Hast du das gemacht?«, fragt sie Hendrik.

»Ja, ich dachte, um die Sache von gestern wiedergutzumachen.«

»Ist das nicht supersüß von ihm?« Jane sieht mich an, und ich rolle gespielt mit den Augen. »Aber jetzt kommt mal mit, ich zeige euch die Pflanzen, die ich für den Hof zusammengestellt habe.«

Im Inneren des Ladens empfängt uns ein wahres Blumenmeer zusammen mit einem unglaublich betörenden Duft. Jane stellt den Blumenstrauß in eine der bereitstehenden Vasen. »So, und jetzt wartet mal kurz.« Sie verschwindet in den hinteren Teil des Ladens und kommt gleich darauf mit einem Korb zurück, in dem verschiedene Pflanzen in Violett-, Blau- und Pinktönen stehen. Drei davon nimmt sie heraus und stellt sie auf den Ladentisch. »Schaut mal, ich dachte an Krähenbeeren, Glockenheide und Besenheide. Die Farben sind schön und die Pflanzen eben typisch für Sylt.«

»Die sehen wirklich hübsch aus«, meint Hendrik. »Ich finde, das ist eine gute Idee. Was denkst du darüber, Lina?«

Ich nicke. Natürlich kenne ich diese Pflanzen, die man hier auf Sylt gefühlt an jeder Ecke zu sehen bekommt. »Ja, ich wäre auch dafür. Würdest du uns die liefern, Jane?«

»Klar, gar kein Problem. Sie haben übrigens auch eine schöne Bedeutung. Diese Pflanze hier steht zum Beispiel für einen Neuanfang, und die da fängt das Glück und die Liebe ein. Das kann doch nicht schaden.«

»Sicher nicht, Glück und Liebe kann man immer gebrauchen«, pflichtet Hendrik ihr bei. Er blickt zu mir. »Was meinst du?«

»Ja, das sehe ich auch so.«

»Dann steht die Entscheidung also fest. Ich könnte euch die Pflanzen gleich morgen früh liefern. Wäre das in Ordnung?«, schlägt Jane vor. »Gut dazu passen würden übrigens auch diese Buschmalven hier. Die blühen lange, davon habt ihr bis in den Herbst hinein etwas. Allerdings brauchen sie einen sonnigen Standort.«

»Das ist kein Problem«, antworte ich. »Ja, davon bitte auch welche, am besten in verschiedenen Farben.«

Schließlich machen wir alles fertig. Jane schreibt eine Rechnung, die ich an die Produktionsfirma weitergeben werde.

»So, dann lass uns mal weiterfahren«, meint Hendrik, als wir wieder draußen vor unserem Motorrad stehen.

»Noch weiterfahren oder gleich zurück zum Hof?«

Er grinst. »Natürlich weiterfahren. So ein kleiner Ausflug kann nicht schaden. Sagtest du nicht, am Hafen gibt es die besten Krabbenbrötchen? Oder soll das Abenteuer schon zu Ende sein?«

Ich steige kopfschüttelnd hinter ihm auf das Motorrad. Die Idee gefällt mir. Warum eigentlich nicht? Während Hendrik die Maschine zurück auf die Straße lenkt, denke ich zum ersten Mal nicht darüber nach, wohin es wohl geht. Ich genieße nur dieses Gefühl von Geborgenheit und Freiheit und muss zugeben, dass ich es schon sehr vermisst habe.

Wir passieren den Hafen. Er ist klein und schnuckelig, so wie ich ihn liebe und kenne. Kleine Boote liegen hier vor Anker, und ich atme die frische Meeresluft ein. Ja, die Natur hier ist wunderschön.

»Von hier aus kann man das Rantumbecken mit dem Rad umrunden«, sage ich.

»Das wäre auch mal eine Idee. Hier riecht es übrigens ganz lecker.« Hendrik beginnt zu grinsen. »Da bekomme ich echt Hunger.«

Wir steuern den Kiosk an, ein hölzernes Häuschen, an dem ein Schild mit dem Namen *Hafenkiosk* prangt. Davor stehen ein paar weiß lackierte Strandkörbe mit blau-weiß gestreiften Polstern. Wir bestellen uns Krabbenbrötchen und etwas zu trinken und setzen uns damit nicht in einen Strandkorb, sondern direkt ans Meer. Vor uns liegt nichts als die Natur. Ohne Eile lassen wir es uns schmecken. Danach fahren wir weiter, und ich genieße es so sehr.

Irgendwann hält Hendrik erneut an. »Ich dachte, wir könnten hier noch mal eine kleine Pause machen«, meint er.

Schon nach wenigen Schritten haben wir den Steg erreicht, der uns durch die Dünen hindurch zum Meer führt. Der Wind in meinen Haaren und das Rauschen der Wellen lösen ein warmes Gefühl in meinem Bauch aus.

Am Strand angekommen, zieht Hendrik die Schuhe aus. »Ich liebe das Gefühl von Sand unter den Füßen«, erklärt er mir. »Los, du auch!«

Ich entledige mich ebenfalls meiner Sneakers und muss zugeben, dass ich es genauso liebe.

»War doch nicht so schlimm mit mir auf dem Motorrad, oder?«, will Hendrik wissen, und ich schüttele den Kopf.

»Nein, es war gerade so zu ertragen. Was tut man nicht alles für ein bisschen Abenteuer?«

Er lacht. »Das hast du aber nett ausgedrückt.«

»Nicht wahr?« Ich möchte ihn ja nur ein bisschen ärgern, und er scheint meine Ironie zu verstehen, denn er grinst mich von der Seite an. »Nein, um ehrlich zu sein, war es toll. Das Tollste, das ich seit Langem erlebt habe«, gestehe ich.

»Das nehme ich jetzt aber als ein wirkliches Kompliment.« Hendriks Blick liegt auf mir. »Ich glaube, das ist das erste Mal, dass ich dich so richtig entspannt sehe. Gut, neulich am Strand warst du auch entspannt, aber jetzt bist du es noch ein klein wenig mehr.«

»Kann sein, dass ich mich auch zum ersten Mal wieder so fühle«, gebe ich zu.

Ja, tatsächlich fühle ich mich gerade so viel leichter, und das ist unfassbar schön.

»Ich habe eigentlich gedacht, dass ich niemals wieder auf diesem Motorrad fahren werde«, sage ich. »Ich hatte beinahe Angst, es auch nur anzusehen, die Gegenstände in der Scheune nur einen Millimeter zu verschieben. Denn weißt du, was noch schlimmer ist als der Verlust eines Menschen?«

»Nein, was?«

»Das Vergessen«, flüstere ich. »Und ich dachte, wenn alles so bleibt, wie es ist, dann wird das nicht passieren. Dann kann ich nicht vergessen, dann bleibt mein Herz damit verknüpft. Dabei habe ich es so verschlossen …« Ja, das wird mir gerade klar. »Verrückt, oder?«

Hendrik tritt näher an mich heran. »Nein, ich kann das wirklich verstehen. Der Hof bedeutet dir so viel, und du wolltest einfach, dass alles so bleibt, wie es ist. So wie dein Papa ihn hinterlassen hatte.«

»Das stimmt. Deswegen habe ich auch zuerst die Dreharbeiten abgelehnt«, antworte ich. »Denn ich wusste, dass sich dann zwangsläufig etwas auf dem Hof verändern wird. Und natürlich erkenne ich jetzt auch, dass ich meiner Familie gegenüber unfair war. Die Idee mit dem Onlineshop ist toll, und ich muss dir danken, dass du einfach mal so etwas vorgeschlagen und angepackt hast. Ich weiß, was das besonders Elsa bedeutet. Sie ist die Jüngere von uns beiden, aber so viel stärker als ich.« Ich seufze.

»Mach dir keine Gedanken, ich weiß, sie versteht dich auch. Jeder geht anders mit den Dingen um, vor allem mit der Trauer. Da gibt es kein Richtig oder Falsch.«

»Sie blickt abends immer in den Himmel, deswegen ist sie auch so lange wach. Papa sagte ja immer, gerade abends sei man dem Himmel besonders nah.« Ich hebe eine Muschel auf, die im Sand liegt. »Als Kinder haben wir mit ihm oft Ausflüge an den Strand gemacht und dabei viele Muscheln gesammelt. Mama hat inzwischen auf dem Hof die Stellung gehalten. Ich habe lange nicht mehr daran gedacht, aber jetzt …«

»Er war ein toller Mann, oder?«

»Ein unfassbar toller Mann und Vater«, antworte ich. »Wobei das Wort *toll* nicht mal im Ansatz beschreibt, wie er war. Als wir eben auf dem Motorrad saßen, habe ich gemerkt, dass ich mich an viel mehr erinnere, als ich dach-

 186

te. Und dass es nichts damit zu tun hat, ob sich die Dinge ändern oder nicht, sie haben sich ja ohnehin schon geändert. Doch das, was wir im Herzen fühlen, ändert sich nicht. Das alles macht den Hof aus. Und uns. Syltseeliebe. Irgendwie.«

»Das Gefühl wird sogar stärker, oder?«

»Schon.« Während ich so dastehe mit der Muschel in der Hand, überkommt mich mit einem Mal eine heftige Gefühlswelle. Ja, ich habe das alles abgelehnt, weil ich nicht loslassen wollte und Angst hatte, damit noch mehr zu verlieren.

Hendrik legt den Arm um meine Schultern und zieht mich sanft an sich. »Du kannst weitermachen, Lina. Das, was du fühlst, wirst du dadurch niemals verlieren, denn es ist da drin, in deinem Herzen.«

Die Tränen laufen mir jetzt endgültig die Wangen hinab. Ich möchte das nicht, ich will nicht weinen – und doch tue ich es.

Hendrik hält mich so lange fest, bis ich mich wieder von ihm löse. »Himmel, bin ich gefühlsduselig«, sage ich ein wenig verlegen.

»Ach was, das musste einfach mal raus. Es hatte sich doch einiges in dir angestaut.«

»Ja, ein wenig.« Ich lächele.

»Ich habe mir übrigens auch Gedanken gemacht«, erklärt er nun. »Ich werde meinen Vater anrufen, um ihm zu sagen, wie viel er mir bedeutet. Das letzte Mal, als ich das getan habe, ist schon zu lange her.« Er schluckt. »Ich will mir nicht irgendwann sagen müssen: Hätte ich doch …«

»Das verstehe ich.« Ich sehe ihn an. »Ich bin mir sicher, es wird gut. Ich meine, hey, du bist doch derjenige, der an Happy Ends glaubt.«

Ein kleines Lächeln huscht über sein Gesicht. »Stimmt, da hast du recht.«

»Na also.«

Eine Weile stehen wir schweigend da und blicken über den Strand und das Meer in die Ferne.

»Danke«, sage ich irgendwann zu Hendrik.

»Wofür?«

»Dass du mich mal rausgeholt hast aus dem Trott.«

»Gern geschehen. Und danke auch dir.«

»Wofür? Dafür, dass ich gemein war?«

»Nein, nein.« Lachend winkt er ab. »Ich muss zugeben, du bist doch nicht so übel.«

»Du auch nicht.«

Er gibt mir einen leichten Schubs. »Wir werden am Ende nicht doch noch Freunde werden?«

Ich muss nun ebenfalls lachen. »Jetzt übertreib mal nicht.«

»Na gut, einen Versuch war es wert.«

»Ja, einen Versuch war es wert.« Mit einem Mal versinke ich in seinem Blick. Verdammt, was ist das hier gerade?

»Kannst du dich noch daran erinnern, dass ich dich gefragt habe, ob du an Zeichen glaubst?«, fragt er mich leise. Sein Blick ist intensiv, und er berührt leicht meine Hand. »Ich für meinen Teil tue es. Und ich glaube an Begegnungen, die besonders sind. Ich bin mir sicher, dass wir deswegen jetzt auch zusammen hier stehen.«

Auch als wir später zurück auf den Hof kommen, kann ich noch immer nicht so ganz begreifen, wie schön unser Ausflug war. Es ist verrückt. Obwohl ich Hendriks Anwesenheit erst verflucht habe, bin ich inzwischen froh, dass er hier ist. Ob das Schicksal ist? Ich weiß es nicht. Ich weiß nur, dass da etwas ist, zumindest fühlt es sich so an.

Gerade als wir vom Motorrad absteigen, kommt Piet auf uns zu. Mit großen Augen sieht er uns an. »Das gibt's ja nicht. Papas Maschine, wie …«

»Hendrik hat sie wieder flottgemacht«, erkläre ich ihm.

188

»Das ist ja mal ein Ding. Und wie war es, damit zu fahren?«

Elsa gesellt sich nun ebenfalls zu uns und streicht liebevoll über den Lack des Motorrads. »Toll, dass du es wieder fahrtüchtig gemacht hast. Wow, der Hammer, ich bekomme gleich Pipi in den Augen.«

Ich streiche ihr über die Schulter. »Mir ging es genauso. Es war toll, damit zu fahren, wirklich. Übrigens waren wir vorhin bei Jane und haben die Blumendeko bestellt. Sie wird morgen früh geliefert. Und danach waren wir noch eine Weile am Hafen und am Strand.«

»Am Hafen, soso.« Piet lächelt. »Und das mit den Pflanzen ist super, dann können wir das mal abhaken. Es sind nur noch zwei Tage, ist euch das klar? Wir können ja mal eine Bestandsaufnahme machen. Was meint ihr?«

»Gute Idee.« Hendrik reckt den Daumen nach oben. »Wie wäre es beim Essen?«

Vom Laden her ertönt Mamas Stimme. »Wahnsinn, Hendrik, das hast du wirklich hinbekommen?« Sie winkt uns aufgeregt zu und kommt nun mit schnellen Schritten zu uns her.

Hendrik wirkt verlegen. »Ja, also …«

Weiter kommt er jedoch nicht, denn Mama zieht ihn in eine feste Umarmung. »Toll gemacht, Junge, wirklich toll.« Als sie sich von ihm löst, ist sie sichtlich gerührt, und ihre Augen glänzen feucht. Sie blickt in die Runde. »Ihr habt doch sicher alle Hunger, oder? Ich bereite gerade eine Fischlasagne zu, die muss jetzt noch in den Ofen, aber in einer knappen Stunde dürfte sie fertig sein.«

Natürlich sagen wir zu so einem Vorschlag nicht Nein. Und so sitzen wir eine Stunde später alle zusammen in der Küche und lassen uns Mamas Fischlasagne schmecken. Ich habe gerade noch den Kassenabschluss im Hofladen ge-

macht und freue mich jetzt auf einen gemütlichen Feierabend.

Nach dem Essen fassen wir wie besprochen zusammen,
was wir vor Beginn der Dreharbeiten noch erledigen müssen. Nur noch zwei Tage – ist das wirklich zu glauben? Und
wir sind alle erstaunt, was wir bereits geschafft haben. Von
der ursprünglich so langen Liste ist in der Tat nicht mehr
viel übrig. Die wichtigsten Dinge stehen oder sind schon in
die Wege geleitet. Jetzt geht es in erster Linie noch um kleinere Details.

Schließlich verteilen wir noch die Aufgaben für den
morgigen Tag. Immer wieder sehe ich zu Hendrik. Ich muss
zugeben, dass er uns allen und auch dem Hof wirklich guttut. Und auch wenn wir gesagt haben, dass wir keine Freunde sind, fühlt es sich dennoch gerade so an.

Jetzt wird es ernst

Am nächsten Morgen steht pünktlich um acht Uhr Janes Mitarbeiter vor der Tür, um uns die bestellten Pflanzen zu bringen. Während Mama und Elsa sich um den Hofladen kümmern und Piet bereits mit den Auslieferungen unterwegs ist, machen Hendrik und ich uns daran, die Blumen in die Kästen vor den Fenstern und in die übrigen Kübel und Gefäße einzupflanzen.

Als Hendrik danach den Wasserschlauch anschließt, um die Pflanzen anzugießen, betrachte ich zufrieden unser Werk. Die farbenprächtigen Blumen und dazu die frisch gestrichenen weißen Fenster und Fensterläden – das hat schon was.

Hendrik grinst mir zu und tut so, als wolle er Wasser in meine Richtung spritzen. »Untersteh dich!«, rufe ich. »Wehe, du versuchst das, dann ...«

»Okay, was dann?« Doch er wird unterbrochen, denn sein Handy klingelt. Sofort wirkt er angespannt.

»Was ist los?«, frage ich.

»Da muss ich rangehen«, murmelt er nur und wendet sich etwas ab.

Während ich weitergieße, schnappe ich ein paar Gesprächsfetzen auf. »Gut, so gebe ich es weiter. ... Dann sehen wir uns also morgen. ... Wir freuen uns alle.«

Nachdem er aufgelegt hat, kommt er wieder zu mir her. »Das war Uwe wegen morgen«, erklärt er. »Ich rufe mal diese Reporterin an. Sie darf über die Dreharbeiten berichten, aber erst, wenn es losgeht. Das gebe ich gleich mal an sie weiter.«

Ich nicke. »Stimmt, da war ja was. Und, hat er sonst noch was gesagt?«

»Ja, morgen gegen elf kommt das ganze Team hier an. Jetzt wird es ernst.«

»Bist du nervös?«

Er verzieht seine Lippen zu einem leichten Lächeln. »Und wie.«

»Hey, das wird schon«, versuche ich, ihn aufzuheitern, worauf sein Lächeln etwas breiter wird.

»Munterst du jetzt allen Ernstes mich auf?«

»Da siehst du mal. Aber ich meine es ernst. Du beherrschst doch deinen Text, und dich in deine Rolle einfühlen kannst du ja bestimmt auch.«

Mit einem Mal liegt sein Blick auf mir, und er beißt sich auf die Unterlippe.

»Oder etwa nicht?«, hake ich nach.

»Doch, doch, klar.«

Trotzdem habe ich das Gefühl, dass ihn irgendetwas bedrückt.

Als wir beim Mittagessen zusammensitzen, berichtet Hendrik dann auch den anderen von seinem Gespräch mit Uwe. Außerdem erzählt er, dass er mit Wiebke Wieland vom Sylter Inselblatt gesprochen hat.

»Sie kommt morgen irgendwann vorbei und darf ein paar Interviews führen und hinter die Kulissen blicken. Aber erst, wenn das Team da ist und alles aufgebaut ist. Das wird am frühen Nachmittag sein. Danach wird noch etwas eingedreht, das macht man meistens am ersten Tag.«

»Der Hof ist bereit – und wir eigentlich auch«, meint Mama und blickt in die Runde. Um alles noch vollends fertig zu bekommen, helfen heute alle mit. Selbst Jane, die sich für ein paar Stunden in ihrem Laden durch eine Aushilfe vertreten lässt.

»Deine Holzsterne, die du jetzt hier überall aufgestellt hast, sind so schön«, sagt sie zu Piet. »Du musst sie verkaufen. Ich möchte gern einen für den Blumenladen haben.«

»Ehrlich?« Piet freut sich sichtlich. »Ich komme leider zu selten dazu, welche herzustellen, aber vielleicht ändert sich das ja bald.«

Ich spüre, wie viel Hoffnung jeder von uns in die Dreharbeiten steckt und dass es eine noch viel größere Sache ist, als ich zuerst dachte.

»Hendrik, meinst du, das Gebäck reicht fürs Erste?«, will Elsa nun wissen, und er beruhigt sie.

»Ja, das reicht ganz sicher.«

»Danke«, sagt Mama mit einem Mal zu ihm.

»Wofür?«

»Dafür, dass du hier bist. Ganz ehrlich, ich habe Lina lange nicht mehr so fröhlich gesehen. Eigentlich alle von uns. Es ist, als wärst du uns geschickt worden.«

Hendrik lächelt. »Das klingt sehr nett, danke. Ich habe in gewisser Weise auch das Gefühl, als ob ich hier sein soll. Wirklich. Der Auslöser war übrigens ein Brief, den ich gelesen habe.«

»Ein Brief?«

»Ja, ein Leserbrief in einer Zeitschrift, in dem es um Sylt ging und um die Liebe zweier Menschen. Ich dachte mir, so eine Liebe muss wundervoll sein. Dann kam das Angebot für diesen Film, und ich habe irgendwie gleich gespürt, dass es vielleicht so sein soll.«

Mama sieht ihn eindringlich an. »Ja, wer weiß, vielleicht soll es wirklich so sein. Für dich, für uns. Und für Lina.«

Ich klopfe mit den Fingerknöcheln auf die Tischplatte. »Hallo«, rufe ich. »Ich sitze auch hier, ich kann euch hören.«

Mama lächelt. »Das weiß ich, und du sollst das auch hören.«

»Was machst du denn da?«, frage ich Hendrik, als ich ihn am Abend auf der Bank vor dem Haus entdecke. Er liest im Schein der Hoflampe in einem zusammengehefteten Stapel Papier, der aussieht wie das Drehbuch, das er mir vor die Tür gelegt hat.

Es ist recht spät, und ich bin eigentlich schon fast auf dem Weg ins Bett, doch Hendrik wirkt noch ziemlich beschäftigt. Seit dem Mittagessen und den letzten Checks habe ich ihn nicht mehr gesehen und mich schon gewundert, wo er abgeblieben ist.

»Ich übe«, erklärt er mit einem schwachen Lächeln und wirkt dabei sehr angespannt.

»Jetzt noch?«

»Na ja, ich bin doch etwas nervös.«

»Wirklich?«, frage ich verwundert. »Das war also kein Spaß heute Morgen?«

»Nein, es ist tatsächlich so.«

»Aber warum? Bist du noch nicht textsicher?«

Sein Blick sucht meinen. »Ich habe ihn angerufen, Lina.«

»Wen? Deinen Papa?«

Er nickt.

»Und? War es …«

»Es war gut, richtig gut. Er hat sich gefreut und mir gesagt, wie sehr er mich liebt.« Er atmet schwer, und Tränen stehen in seinen Augen.

»Aber das ist doch super.«

»Schon, und er möchte auch den Film sehen. Doch jetzt habe ich plötzlich Angst, zu enttäuschen. Was, wenn ich es vergeige?«

»Hendrik«, antworte ich eindringlich. »Du wirst es nicht vergeigen. Sicher nicht.«

»Wer weiß das schon.« Er rückt unruhig auf der Bank hin und her, als könnte er auf diese Weise seine Nervosität vertreiben.

»Pass auf, wir kriegen das hin«, sage ich. »Zeig mal her. Welche Szene schaust du dir denn gerade an?« Er reicht mir das Drehbuch, und ich lasse meine Augen darüberfliegen. »Das ist eine sehr lustige Szene. Sie ärgert ihn darin ganz schön – da müsstest du dich doch einfühlen können.«

»Jap, eigentlich sollte ich das hinkriegen«, stimmt er mir jetzt grinsend zu.

»Wollen wir üben? Wenn du möchtest, helfe ich dir.«

»Ehrlich? Das würdest du tun?«

»Klar. Würde ich es dir sonst anbieten?«

In Hendriks Augen liegt nun ein herausforderndes Funkeln. »Also gut, dann legen wir mal los.«

Unsere Stimmen verschmelzen in den Dialogen, und wir versuchen, die Emotionen und den Humor der Szene einzufangen. Hendrik entspannt sich zunehmend, und seine Nervosität weicht einem selbstbewussteren Auftreten.

»Na also, geht doch. Das wird großartig, wenn du es so spielst«, lobe ich ihn, nachdem wir die Szene mehrmals durchgegangen sind.

Er nickt zufrieden. »Ich hoffe es. Und danke, Lina. Du hast mir wirklich geholfen, jetzt bin ich fast nicht mehr nervös. Ich möchte doch, dass er stolz auf mich ist.«

»Kein Problem. Es hat mir auch Spaß gemacht. Und er wird ganz sicher stolz sein.« Unsere Blicke treffen sich einen Moment zu lange, ehe ich zaghaft weiterspreche. »Danke auch dir, wegen des Motorrads und allem. Du hast mich da schon auch wachgerüttelt.«

Hendrik wirkt ein wenig verlegen, als er sich nun durch die Haare streicht. »Freut mich, dass ich nicht nur der nervige Typ bin, der den Frieden auf dem Hof stört. Das wollte ich nie, ich schwöre es dir.«

Ich lächele leicht. »Ich bin gespannt, was in den nächsten Tagen noch kommt. Aber Hauptsache, du bist nicht mehr nervös und machst dir keine Gedanken mehr, okay?«

Er legt den Kopf schief. »Eine Szene gibt es aber schon noch, die mir irgendwie zu schaffen macht.«

»Welche denn?«

»Ach, sie ist sehr emotional und …«

»Kann ich dir dabei nicht auch helfen?«

»Es ist schon spät. Wir haben heute alle viel gearbeitet, und ich möchte dich auch nicht vom Schlafen abhalten …«

Ich rolle mit den Augen. »Jetzt zeig schon her.«

»Also schön, warte.« Er blättert im Drehbuch und gibt es mir dann zurück. »Hier gestehen sich die beiden mehr oder weniger ihre Gefühle. Vorher haben sie sich ja nicht wirklich verstanden. Klar war da was, wie du weißt, aber … Hier geht es los. Er sagt: ›Ich dachte, du wolltest mich nicht mehr sehen?‹«

Ich muss schlucken. Natürlich weiß ich, welche Szene das ist. Beim Lesen habe ich das Kribbeln regelrecht gespürt. Allerdings komme ich nicht dazu, mir noch länger Gedanken darüber zu machen, denn Hendrik beginnt bereits mit dem Dialog.

»Ich dachte, du wolltest mich nicht mehr sehen?«, fragt er mich gespielt und sieht mich ernst an.

Ich halte seinem Blick stand. »Das wollte ich auch nicht.«

»Und warum stehen wir dann hier?«

Ich atme tief durch. »Vielleicht, weil es nicht so einfach ist und ich dich doch sehen wollte. Ich muss dir einiges erklären.«

»Ach ja? Und was soll das sein? Willst du mir erklären, warum du …« Er hält inne, um dem Ganzen noch mehr Emotionalität zu geben. »Warum du möchtest, dass ich verschwinde?«

»Das möchte ich doch gar nicht«, entgegne ich.

»Okay, und was willst du dann?«

196

»Sollten wir nicht lieber aufstehen?«, frage ich und unterbreche damit den Dialog. »So will es zumindest das Drehbuch.«

»Da hast du recht, also gut.« Er steht auf, und ich tue es ihm gleich. »Okay, dann noch mal von vorne: *Ich dachte, du wolltest mich nicht mehr sehen?*«

Wir sprechen den Dialog noch einmal bis zu der Stelle durch, an der wir ihn gerade unterbrochen haben. »*Okay, und was willst du dann?*«

»*Ich weiß es nicht. Jedenfalls möchte ich nicht, dass du gehst.*«

»*Du hast mir gesagt, dass ich dich verletzt hätte. Und dass du mir in hundert Jahren keine Chance mehr geben würdest.*« Seine Stimme wird rauer, als er seinen Kopf zu mir beugt und wir uns mit einem Mal ziemlich nah sind. »*Und was ist jetzt? Was willst du wirklich?*«, flüstert er.

Mein Puls rast, und durch meinen Bauch krabbelt gefühlt eine ganze Horde von Ameisen. Schnell weiche ich ein wenig zurück. Denn irgendwie … ja, da ist dieses Gefühl, dass mein Herz bei seinem sein möchte. Ich räuspere mich. »Das war doch gut«, sage ich. »Du wirst es schaffen, davon bin ich überzeugt.«

Noch immer ist sein Blick tief. »Bestimmt. Danke für die Hilfe, Lina. Jetzt fühle ich mich sicherer.«

»Gern.«

Wieder kommt er ein Stück näher und zieht mich dann ganz plötzlich in seine Arme. Mein Herz pocht heftig gegen seine Brust – genau so, wie ich es mir gewünscht habe. Ich habe jedoch nicht damit gerechnet, dass er es bemerkt.

»Dein Herz«, raunt Hendrik mir zu.

»Was ist damit?«, frage ich, obwohl ich sehr wohl weiß, was er meint und spürt.

»Es klopft ziemlich schnell.«

»Ja, weil ich gerade daran denke, dass es schon ein Abenteuer werden wird in den nächsten Tagen«, antworte ich.

Doch in Wahrheit denke ich nur noch daran, wie es wäre, Hendrik zu küssen.

»Dein Herzschlag passt so gut zu meinem.«

Hat er das wirklich gesagt?

»Das war jetzt aber echt romantisch«, flüstere ich.

Als er sich nun zu mir beugt, ist sein Mund dicht an meinem Ohr. »Ja, und es wird ein Abenteuer werden, doch das kriegen wir schon hin.«

Ich kann seinen warmen Atem spüren, und sofort überzieht eine Gänsehaut meinen Körper.

Er streicht mir über den Arm. »Verrätst du mir noch was?«

»Was denn?«

»Was hast du neulich geträumt?«

»Das sage ich dir nicht. Nur wenn du mir umgekehrt verrätst, ob du wirklich drei Brustwarzen hast.«

Er lächelt. »Finde es heraus.«

Und nun geht es nicht mehr anders. Einfach so berühren sich unsere Lippen – erst zart, beinahe fragend, dann immer intensiver und drängender.

Das alles ist doch verrückt, oder? Und dennoch fühlt es sich so unerwartet gut an, dass mein Herz noch heftiger gegen meinen Brustkorb pocht. Der sanfte Druck seiner Lippen auf meinen lässt mich kurz alles vergessen, vor allem, dass wir das hier nicht tun sollten. Aber es ist mir egal, und Hendrik wohl auch.

Meine Hand berührt seine Brust. Sie ist warm, und ich fühle seine Muskeln, seine Atmung, seinen Herzschlag und seinen Mund. Die Hitze zwischen uns ist greifbar. Er drückt mich mit seinem Körper gegen die Wand hinter mir, und durch die Stoffschichten spüre ich wieder diese Wärme, die sich anfühlt wie Sonnenstrahlen an einem Sylter Sommermorgen.

Ich weiß, wir sollten uns bremsen, doch die Sehnsucht wird jetzt beinahe unerträglich. Ich würde lügen, wenn ich sage, dass ich diese unsagbar gespannte Atmosphäre nicht genieße.

Ich weiß nicht, wie lange wir uns schon küssen. Es fühlt sich ewig an – und doch noch nicht genug.

Seufzend streicht Hendrik mir über die Wange, dann hebt er mich hoch und trägt mich in sein Zimmer. Ich muss lachen, als wir beim Eintreten gegen die Tür rumpeln. Kurz hält er inne und sieht mich mit solch einer Leidenschaft an, dass mir ganz anders wird.

»Von dir habe ich geträumt«, flüstere ich nun, und als er daraufhin seinen Kopf zu mir neigt und mich erneut küsst, vibriert mein gesamter Körper – und am allermeisten mein Herz.

Schnuckelchen

»Oh mein Gott, du hast mit Hendrik rumgemacht? Und, hat er drei Brustwarzen?«, ruft Jane in einer solchen Lautstärke, dass ich mir das Handy ein Stück vom Ohr weghalten muss. Wohlweislich habe ich mich zum Telefonieren ins Bad verzogen, sodass Hendrik hoffentlich nichts davon mitbekommt.

»Pssst, nicht so laut. Ja, das habe ich. Und das mit den Brustwarzen ist Schwachsinn.«

Sie lacht. »Aber wie kommen die darauf?«

»Die dritte Brustwarze ist ein Muttermal.«

»Ach so. Und, wie war es?«

»Es war romantisch und total verrückt. Und das alles nur, weil wir diese eine Szene geübt haben. Das war so ganz und gar nicht der Plan.« Ich öffne die Badezimmertür einen Spaltbreit und luge hinaus. Hendrik liegt noch immer im Bett und schläft. Ja, es war schön, ihn zu küssen und so nah bei mir zu fühlen, dennoch … »Das war absolut nicht klug, wir haben uns da zu etwas hinreißen lassen.«

»Aber warum denn nicht, wenn es doch schön war?«, gibt Jane zu bedenken.

Ich setze mich auf den Rand der Badewanne. »Weil es keinen Sinn macht. Wenn der Film abgedreht ist, geht er

wieder, dann ist das mit uns ohnehin vorbei. Ach, wir hätten es gar nicht erst tun sollen.«

»Wie kannst du nur immer daran denken, was alles nicht klappt? Das ist doch furchtbar anstrengend. Genieße es einfach. Hendrik ist doch jetzt noch ein paar Tage hier, oder?«

»Ja, schon, aber was sind ein paar Tage? Ich denke eben realistisch«, entgegne ich beharrlich.

»Jetzt mach dich nicht verrückt, Lina. Außerdem – gehen heute nicht die Dreharbeiten los? Das ist so spannend. Alles andere wird sich zeigen. Wo ist er denn gerade?«

»Er schläft noch.«

»Echt? Ihr müsst doch sicher noch einiges vorbereiten?«

Mein Handy gibt einen grellen Ton von sich, und ich zucke zusammen. »Der Wecker, oh Gott, ich muss auflegen.«

Schnell drücke ich Jane weg und schalte die Wecker-App aus. Als ich zurück zum Bett komme und mich auf die Bettkante setze, schlägt Hendrik die Augen auf und streckt sich. Süß sieht er ja schon aus, so halb verschlafen und mit den zerzausten Haaren.

»Moin, müssen wir echt schon raus?«, brummt er.

»Ja, ich befürchte es. Wir haben schon noch einiges zu tun und …«

Doch ehe ich weiterreden kann, zieht er mich an sich. »Ach ja? Steht heute irgendwas an?«

»Sehr witzig.«

Er küsst mich auf die Nase, und sofort spüre ich wieder Wärme in meinem Bauch.

Eine Weile liegen wir noch eng umschlungen da und halten uns einfach nur fest.

»Bist du noch nervös?«, will ich wissen.

Er streicht mir über die Wange. »Ja. Du auch?«

»Schon.«

»Aber das brauchst du nicht zu sein, mit dem Hof wird alles gut werden.«

»Okay, jetzt baust wieder du mich auf«, stelle ich mit einem leichten Lächeln fest.

»Ich denke, wenn es erst mal losgeht, ist das alles vergessen. So ist es meistens. Glaub mir, bei so einem Dreh steckt schon einiges an Arbeit dahinter. Und es ist gar nicht so romantisch, wie man es sich vorstellt. Das Setting muss ausgewählt werden, die Einstellungen festgelegt und getestet. Und die Szenen müssen teilweise zigmal wiederholt werden, bis sie endgültig im Kasten sind. Das zieht sich schon hin. Dadurch wird man gelassener.«

»Hauptsache, hier kann alles weiterlaufen wie bisher.«

»Sicher. Und du kannst bestimmt auch mal zusehen, wenn du möchtest.«

Als er die Worte ausspricht, spüre ich plötzlich Unbehagen. Gut, es ist nur eine Rolle, aber mir wird eines klar: Hendrik wird das, was wir zusammen geübt haben, auch mit ihr spielen.

Er mustert mich aufmerksam. »Alles okay?«

»Was? Ja klar, alles okay. Und ich werde schon mal zuschauen. Ich muss doch sehen, wie du dich in deiner Rolle machst. Zusammen mit Emilia.«

Habe ich das wirklich gesagt?

»Bist du etwa eifersüchtig?«

»Was? Nein, wir … ich meine …«

Ehe ich weitersprechen kann, zieht er mich noch enger an sich und küsst mich. Oh Mann, das ist so verrückt und verursacht in mir ein großes Durcheinander, was gar nicht gut ist.

»Mach dir keinen Kopf, okay?«, flüstert er.

Ich nicke. »Kaffee?«, frage ich, weil es jetzt wirklich Zeit ist, aufzustehen.

Hendrik drückt mir noch ein Küsschen auf die Nasenspitze. »Ja, Kaffee klingt gut.«

Ich schleiche aus Hendriks Zimmer und gehe in meine Wohnung, wo ich mich noch rasch fertig mache. Vor dem Spiegel im Badezimmer atme ich tief durch. Vorhin beim Aufwachen war es schön mit Hendrik, aber das ist doch alles Unsinn, oder? Was ist das überhaupt mit uns? Zudem hoffe ich, dass meine Familie nicht gleich Wind davon bekommt, dass ich heute Nacht mit Hendrik zusammen war. Ich habe keine Lust, jetzt irgendwelche Fragen beantworten zu müssen, vor allem, da ich das Ganze selbst noch nicht verstehe.

Als ich die Küche betrete, sitzen Elsa, Piet und Mama bereits am Frühstückstisch. »Moin«, grüße ich in die Runde.

Mama lächelt. »Moin. Du hast es ja heute gemütlich angehen lassen. Bereit für den Tag?«

»Ja. Sorry, dass es etwas später geworden ist«, antworte ich. »Und was ist mit euch? Seid ihr aufgeregt?«

»Ein wenig, aber das wird schon«, meint Piet.

»Ich bin vor allem gespannt, wie die Leute sind, die da noch mitspielen«, sagt Elsa. »Apropos, wo ist denn eigentlich Hendrik?« Sie mustert mich mit einem merkwürdigen Blick. Oh nein, hat sie doch etwas mitbekommen?

»Ähm, der ist …«

»Bin schon hier«, unterbricht er mich und streckt den Kopf zur Tür herein. »Moin, alle zusammen. Sorry für die Verspätung.«

Als er sich nun zu uns an den Tisch setzt, strahlt Elsa ihn an. »Moin, wir haben gerade gesagt, dass wir alle ziemlich nervös sind.«

Er lächelt. »Wir kriegen das hin, glaubt mir. Allerdings rückt das Team schon um neun an, ich habe soeben einen Anruf bekommen.«

»Schon um neun? Okay, dann sollten wir uns jetzt aber beeilen.«

Piet grinst. »Alles klar, packen wir es an.«

Bis zur Ankunft des Teams haben wir noch so viel zu tun, dass die Zeit beinahe wie im Flug vergeht. Und auch wenn ich es nicht will, kreisen meine Gedanken doch viel zu sehr um die Sache zwischen Hendrik und mir. Sie drängt sich immer wieder in meinen Kopf und in mein Herz. Ob es Hendrik auch so geht? Oder war es für ihn einfach nur ein schöner Moment, ein Abenteuer, eine gelungene Abwechslung? Himmel, was denke ich da? Ich sollte mir doch keinen Kopf machen.

Kurz vor neun stehen wir alle auf dem Platz vor dem Haupthaus, und meine Nervosität wird fast übermächtig.

»Da kommt ein Auto«, ruft Piet mit einem Mal, und tatsächlich fahren nun drei Wohnmobile und zwei Vans auf den Hof. Okay, jetzt geht es also wirklich los.

Beim Anblick der Autos und der vielen fremden Menschen, die auf einmal den Platz bevölkern, werden meine Knie weich, und mein Herz dreht beinahe durch. Hendrik sieht kurz zu mir, er lächelt, und ich lächele zurück. Ja, so ist es gut, wir verhalten uns einfach ganz normal. Warum auch nicht?

Und zum Nachdenken komme ich jetzt auch nicht mehr, denn aus einem der Vans steigt ein Mann mit kräftiger Statur und dunklen Haaren aus und sieht sich neugierig um. Wenige Augenblicke später kommt er auf Hendrik und mich zu. »Guten Tag, sind Sie Lina Sörens?«

»Ja, die bin ich.«

»Ich bin Uwe Regbert, wir haben telefoniert. Und wenn ich mich nicht irre, waren wir schon beim Du.« Er streckt mir seine Hand hin, und ich ergreife sie.

»Freut mich sehr. Das sind meine Mama Inga sowie meine Geschwister Piet und Elsa. Außerdem Katharina, unsere Mitarbeiterin. Hendrik kennst du ja.«

Uwe reicht nun auch allen anderen die Hand. »Freut mich wirklich, euch alle kennenzulernen.« Und zu Piet meint er: »Wir hatten ja auch schon Kontakt.«

»Ja, das stimmt«, antwortet Piet. »Das werden sicher aufregende Tage.«

»Wir sind alle ziemlich nervös«, bemerkt Elsa nun.

»Das muss nicht sein, wir beißen nicht. Nicht wahr, Hendrik?« Uwe geht zu ihm hin und klopft ihm freundschaftlich auf die Schulter. »Na, wie sieht es aus? Bist du gut vorbereitet?«

Hendrik räuspert sich. »Ja, ich denke, alles wird wie geplant laufen können. Ich bin quasi schon mit dem Hof verschmolzen.«

Warum spüre ich bei seinen Worten Hitze auf meinen Wangen? Und warum schaut mich meine Schwester so an?

Uwe allerdings lacht. »Das wollte ich hören.« Dann sieht er in Richtung Parkplatz, wo jetzt reges Treiben herrscht. »Die gehören alle zum Team«, sagt er und deutet auf die Menschen, die schon begonnen haben, die Autos auszuladen. Berge von Gepäck türmen sich auf den alten Pflastersteinen. Uwe lässt seinen Blick nun über das Anwesen und die Umgebung schweifen. »Ein toller Hof, das muss ich sagen. Sehr gut, Hendrik, wirklich sehr gut. Auf den Fotos sah er schon genial aus, aber so in echt ist es noch mal was ganz anderes. Und diese Luft erst!« Er atmet tief ein. »Man kann das Meer förmlich riechen. Die gute Sylter Luft. Wie sage ich immer? Sylt ist schon eine Reise wert.« Er wendet sich nun wieder Piet und mir zu. »Nur damit ihr Bescheid wisst, wie der Plan aussieht: Die erste Szene wird hier auf dem Platz vor dem Hofladen spielen, wir würden sie gern heute schon abdrehen. Aber vorher schaue ich mir noch alles an. Ist das okay?«

»Klar«, sage ich. »Möchtest du gleich mitkommen? Gerade sitzen noch ein paar Gäste in unserem kleinen Hofcafé. Wir haben ihnen schon erzählt, dass hier nachher gedreht werden wird. Die meisten von ihnen sind sehr interessiert. Wir wussten ja nicht, ob wir für heute alle wegschicken sollen.«

Er winkt ab. »Nein, nein, alles gut. Allerdings muss jeder, der hierbleibt, eine Einverständniserklärung wegen der Bildrechte unterschreiben.«

»Das geht sicher klar.«

»Super, Vordrucke haben wir immer dabei. Aber Moment, da kommt ja auch schon Emilia«, sagt er, als lautes Hupen ertönt und ein roter Sportwagen mit einer blonden Frau am Steuer auf den Parkplatz einbiegt. Ich erkenne sie von den Fotos auf Instagram.

Nachdem sie ausgestiegen ist, blickt sie sich um. Okay, ich muss sagen, sie sieht echt gut aus. Lange Beine, hochhackige Pumps, ein kurzer dunkler Rock, dazu eine helle Bluse. Ihre Haare sitzen perfekt, und ihre tadellos manikürten Nägel sind in einem leichten Pastellton lackiert.

Die Leute vom Filmteam begrüßen sie überschwänglich, allen voran Uwe, der sogleich auf sie zugeht. »Moin, Emilia, du Wunderbare. Schön, dass du da bist.«

Noch einmal wandert ihr Blick über den Hof, dann rümpft sie leicht die Nase. »Sylt also. Ist ja sehr charmant. Und ganz anders, als ich gedacht habe. Und diese Luft … na ja. Ist das nicht die Insel der Schönen und Reichen?« Sie winkt ab, und ich spüre leichtes Unbehagen. Hat sie das ernst gemeint?

Nachdem sie Uwe umarmt hat, geht sie zu Hendrik und gibt ihm einen Kuss auf die Wange – der etwas länger dauert, als ich es erwartet hätte.

»Na, mein Lieber, schon aufgeregt?«, fragt sie ihn.

Hendrik lacht. »Ein wenig doch immer.«

Sie legt ihm ihre Hand, an der ein auffällig großer Ring prangt, auf die Brust. »Musst du doch nicht. Und du hast die letzten Tage hier überlebt? Schon bemerkenswert.«

Bemerkenswert? Ich spüre einen Stich im Magen, denn ihr Ton gefällt mir nicht.

»Was riecht hier eigentlich so … so tierisch?« Sie sieht sich suchend um.

»Wenn es tierisch ist, stammt es vermutlich von den Tieren, die wir hier auf dem Hof haben«, kommt es mir einfach so über die Lippen, weil sie mich nach dieser kurzen Zeit schon zu nerven beginnt.

»Ah, klar. Und du bist?«

»Lina Sörens.«

Emilia nickt. »Natürlich, das Hofmädchen. Nun gut, es soll ja authentisch sein.«

Das *Hofmädchen?* Ich frage mich, wie sie das meint. Hat Hendrik etwa mit ihr über mich gesprochen?

»So ist es, meine Liebe«, schaltet sich nun Uwe wieder ein. »Darf ich dir noch den Rest der Familie Sörens vorstellen? Ihr gehört dieser Hof, der perfekt zu unserem Film passt. Wir hatten ja die Ausschreibung gemacht, und Hendrik hat sich besonders für den Hof eingesetzt.«

»Ja, gern.« Sie lächelt breit und lässt dabei ihre perfekten weißen Zähne aufblitzen. Dennoch wirkt es irgendwie falsch.

»Ich bin Piet«, stellt mein Bruder sich nun vor. Er streckt ihr seine Hand hin, doch sie denkt nicht daran, sie zu ergreifen. Stattdessen nickt sie allen der Reihe nach hoheitsvoll zu.

»Na dann, freut mich«, meint sie. »Ich bin, wie ihr sicher wisst, Emilia. Und ihr lebt hier? Immer?«

Ich räuspere mich. Immer? Was soll das denn heißen?

»Nein, nur ab und zu. Je nachdem, wie wir Lust haben.« Die Antwort rutscht mir einfach so heraus.

Emilia lacht. »Lina, du hast Humor. Aber im Ernst, das ist sehr bewundernswert, wirklich.« Dann wendet sie sich wieder Uwe zu. »Wo kann ich mich denn umziehen?«

»Die Garderobe befindet sich in einem der Camper, ebenso die Maske, allerdings sind Bea und Chris, die dafür zuständig sind, noch unterwegs. Offenbar verzögert es sich mit der Autoverladung in Niebüll.«

Sie seufzt. »Na schön.«

»Möchten Sie vielleicht inzwischen einen Kaffee?«, fragt Mama freundlich in die Runde.

Alle nehmen ihr Angebot spontan an, lediglich Emilia zögert. »Ja, schon, aber haben Sie auch Hafermilch oder nur Kuhmilch?«

»Leider nur die Milch von unseren Kühen«, antworte ich an Mamas Stelle.

»Zu schade. Uwe, ich dachte für die Verpflegung ist gesorgt? Stand das nicht auf der Liste mit meinen Wünschen?«

»Natürlich, Emilia, Liebes, aber wir haben dich etwas später erwartet. Wenn du dich noch einen Moment geduldest, wird alles erledigt.«

Sie seufzt schon wieder. »Dann trinke ich ihn eben schwarz, geht ja auch.« Dennoch rollt sie mit den Augen.

»Piet, kommst du mal bitte kurz?« Uwe winkt meinen Bruder zu sich, erklärt ihm etwas und drückt ihm dann ein Blatt Papier in die Hand.

Ist das etwa die besagte Liste mit Emilias Sonderwünschen? Und das soll Piet jetzt erledigen? Was denkt sie eigentlich, wer sie ist? Jennifer Lopez?

Mama und Elsa betreten nun zusammen mit Emilia und ein paar anderen Teammitgliedern das Haus. Ich hingegen warte noch, weil ich neugierig bin, was auf dem Papier steht, das Uwe Piet gegeben hat.

»Was ist denn?«, frage ich meinen Bruder, als er nach seinem Gespräch mit Uwe zu mir herkommt.

Er reicht mir den Zettel. »Das ist eine Liste mit Emilias Extrawünschen. Uwe hat mich gebeten, die Dinge möglichst schnell zu besorgen.«

Ich mache mir erst gar nicht die Mühe, die Liste im Detail zu lesen, das würde mich nur noch mehr verärgern. »Das wird aber von der Produktionsfirma übernommen, oder?«, frage ich nur.

»Ja, mach dir deswegen keine Gedanken. Es geht ausschließlich darum, dass Emilia die Sachen schnell bekommt.

Sie ist wohl sehr empfindlich, jedoch für den Film äußerst wichtig.«

Empfindlich ist gar kein Ausdruck. Das geht ja schon mal gut los.

»Schau nicht so«, sagt Piet. »Wir lassen uns nicht von ihr ärgern. Los, lächele doch mal. Und vielleicht wird alles halb so wild.«

»Hoffen wir es«, entgegne ich und sehe zu Hendrik, der sich immer noch mit Uwe unterhält. »Also gut, ich gehe dann auch mal rein.«

Piet nickt. »Ist okay. Und sag Mama und Elsa, dass ich einkaufen gefahren bin.«

Als ich die Tür zur Küche öffne, unterhalten sich alle ganz angeregt – bis auf Emilia, die gelangweilt aus dem Fenster blickt. Mama ist dabei, Kaffee aufzubrühen, und ich helfe ihr.

»Der hier ist für Emilia, schwarz.« Sie reicht mir eine Tasse, die ich vor Emilia auf den Tisch stelle.

»Ach herrje, der ist aber stark«, meint diese, nachdem sie daran genippt hat. Sie wirkt durch und durch so, als würde ihr das alles hier überhaupt nicht passen.

Mama lächelt sie dennoch freundlich an. »Ich kann auch gern einen Tee machen, wir haben eine große Auswahl.«

Doch Emilia zieht die Augenbrauen nach oben und seufzt theatralisch. »Nein, nein, schon gut.«

Uwe betritt nun ebenfalls die Küche und lässt sich von Mama einen großen Becher Kaffee und eine Rosinenschnecke in die Hand drücken. »Danke, liebe Inga, für die erste Verpflegung«, bedankt er sich ganz charmant, und Mama genießt es sichtlich. Dann blickt er in die Runde und erklärt seinen Kollegen: »Sobald Bea und Chris hier sind, geht es in die Garderobe und die Maske. Einstweilen bauen wir alles auf. Die erste Szene wird vor dem Laden spielen …«

Uwe redet und redet über Dinge, die ich nicht verstehe, aber vermutlich auch nicht verstehen muss. Als er mit seinen Erläuterungen fertig ist, wendet er sich Emilia zu. »E-milia, Liebes, wir freuen uns so, dass du dabei bist. Das wird super werden, für den Film und für uns alle.«

Sie nickt hoheitsvoll und nippt dabei an ihrem Kaffee.

Auf einmal herrscht allgemeine Aufbruchstimmung. Die Filmcrew verlässt die Küche, um auf dem Platz vor dem Laden den Dreh der ersten Szene vorzubereiten. Elsa macht sich auf den Weg in den Laden, um die Kunden, die gerade eingetroffen sind, zu bedienen und Waren aufzufüllen.

Schließlich sitzen nur noch Emilia, Mama, Uwe und ich am Tisch. Uwe versucht, die unangenehme Spannung, die deutlich spürbar ist, zu entschärfen. »Emilia, die Anreise war anstrengend, und das mit der fehlenden Hafermilch tut mir leid, aber wir haben alles im Griff, mach dir keine Sorgen. Jetzt lass uns langsam an den Dreh denken. Was meinst du, schauen wir uns mal ein wenig um? Hendrik ist auch draußen.«

Emilia rollt mit den Augen und murmelt etwas Unverständliches. Sie scheint sich jedoch ein wenig beruhigt zu haben und schließt sich Uwe nun an, wenn auch etwas widerwillig.

Als die beiden weg sind, schlage ich mir die Hände vors Gesicht und schüttele den Kopf. »Na, das kann ja was werden.«

Doch Mama winkt ab. »Ach, sie muss bestimmt erst richtig hier ankommen, Lina. Ist Piet schon losgefahren, um alles für sie zu besorgen?«

»Ja, der Arme. Mal ernsthaft, wie kann man sich so benehmen wie diese Tussi? Schrecklich.«

»Wir lassen uns nicht ärgern«, sagt Mama bestimmt. »Und eigentlich ist es ja auch nicht unser Problem.«

Ich sehe sie an. »Doch, das ist es. Und sie soll auch noch eine Hofbesitzerin spielen, das heißt, jemanden, der so ist wie wir? Also wirklich.«

»Beruhige dich, Kind, und atme ganz ruhig. Wir stehen da drüber. Und wie gesagt, vielleicht wird ja alles halb so wild.«

»Na schön.« Seufzend stehe ich auf. »Ich bin dann auch mal draußen. Hab dich lieb, Mama.«

Beim Hinausgehen nehme ich sie kurz in den Arm. Ja, sie hat recht, warum soll es uns belasten? Und doch fühle ich mich innerlich unwohl und frage mich, was es mit dieser Frau auf sich hat. Sie mag berühmt sein, aber das gibt ihr noch lange nicht das Recht, sich so arrogant zu verhalten. Ich versuche jedoch, es erst einmal beiseitezuschieben, denn der Hof muss ja nebenbei ganz normal am Laufen gehalten werden.

Im Laden treffe ich auf Elsa. »Diese Emilia ist ja wirklich …«, meint sie und gibt ein Würgegeräusch von sich.

»Psst«, zische ich. »Aber du hast recht, sie regt mich auch schon auf.«

»Und was ist mit dir und Hendrik, hmm?«

Wie kommt sie denn jetzt darauf? »Wieso, was soll sein?«

»Na, du warst wohl heute Nacht nicht in deiner Wohnung. Das habe ich zumindest gehört. Und er meinte ja, er sei mit dem Hof verschmolzen …«

Ich spüre, wie meine Wangen rot werden. »Das hast du gehört? Soso. Von wem denn?«

»Haben mir die Möwen gekiekt. Also raus mit der Sprache, was ist jetzt mit euch?«

»Nichts, was soll sein? Ich habe ihm nur ein wenig mit seiner Rolle geholfen, und dann sind wir eben …«

Elsa kichert. »Genau so wird es gewesen sein. Du hast ihm nur mit der Rolle geholfen.«

»Lass das. Wirklich, da ist nichts. Wie auch immer, hoffen wir mal, dass heute alles gut geht und diese Frau uns nicht allzu sehr mit Beschlag belegt.«

Sie nickt. »Da sagst du was.«

Währenddessen trudeln neue Mitglieder der Filmcrew ein, und ich beobachte, wie sie ihr Equipment ausladen und dann – vermutlich für die erste Szene – vor dem Laden aufbauen. Außerdem steht jetzt ein weiterer großer Camper auf dem Parkplatz, das dürften Chris und Bea mit der Garderobe und der Maske sein. Von den beiden war ja vorhin auch schon die Rede. Und ich muss sagen, bis auf Emilia sind wirklich alle aus dem Team nett. Ich tausche hier und da ein paar freundliche Worte mit ihnen aus, und in mir wächst die Hoffnung, dass es doch angenehm werden wird.

Emilia werde ich einfach ausblenden. Als Piet mit den Einkäufen zurückkommt, scheint sie tatsächlich etwas gelassener zu werden. Sie bedankt sich sogar bei ihm – was ja das Mindeste ist, auch wenn ich es ehrlich gesagt nicht erwartet habe.

Ich beobachte sie und Hendrik, wie die beiden zusammen üben und sich für die erste Szene einspielen, und mein Herz klopft dabei heftig. Die Nacht mit Hendrik war schön, obwohl es ja eigentlich nicht der Plan war, dass wir uns so nahekommen. Aber es ist nun mal geschehen. Was soll's, denke ich mir, es war nur eine Nacht, nicht mehr. Ein Abenteuer. »Mach dir keinen Kopf«, hat er gesagt. Und das sollte ich auch nicht tun.

Schließlich beginnen die Dreharbeiten, und ich riskiere immer wieder einen Blick auf das Geschehen. Erst wird Emilia allein abgedreht, wie sie ihrer Arbeit auf dem Hof nachgeht. Dann kommt Hendrik dazu und unterhält sich mit ihr vor dem Hofladen. Die beiden spielen ihre Rollen mit einer solchen Intensität, dass man schon denken könnte, dass ihr Flirt echt ist. Gut, so soll es natürlich auch sein, aber irgendwie ist es für mich seltsam, Hendrik mit Emilia zu sehen.

 212

Und sie scheint Hendrik schon zu mögen, denn auch in den Drehpausen sucht sie ganz offen seine Nähe und berührt ihn immerzu irgendwo. Ich frage mich, wie viel von dem, was die beiden zeigen, nur gespielt ist. Ob wohl schon mehr zwischen ihnen war? Mehr als nur Kaffeetrinken? Was auch immer Kaffeetrinken bedeutet. Hendrik ist attraktiv, er ist ... Und wenn schon, ermahne ich mich selbst, was geht es mich an? Zudem ist das echt albern, ich kann ja nicht eifersüchtig sein, oder? Dennoch fühlt es sich ein wenig so an.

Ich versuche, mich mit meiner Arbeit abzulenken. Nach einer Weile reißt mich das Motorengeräusch einer Vespa aus meinen Gedanken. Eine Frau steigt ab und kommt auf mich zu. Als sie nun ihren Helm abnimmt, erkenne ich sie. Es ist Wiebke Wieland.

»Moin, Lina. Hier ist ja schon einiges los«, begrüßt sie mich.

Ich ergreife ihre Hand, die sie mir entgegenstreckt. »Moin. Ja, ganz schön aufregend das Ganze.«

»Super. Ich habe einen Termin mit Herrn Regbert. Weißt du, wo ich ihn finde?«

»Dort drüben«, entgegne ich. »Wenn ich es richtig verstanden habe, muss wohl gleich Pause sein.«

Wie aufs Stichwort ruft Uwe: »Cut!« Er redet noch kurz mit Hendrik und Emilia, dann kommen alle drei zu uns her. »Sie sind Wiebke Wieland vom Sylter Inselblatt, richtig?«, fragt Uwe, und sie nickt selbstsicher.

»So ist es. Vielen Dank, dass ich Sie interviewen und einen Blick hinter die Kulissen werfen darf. Darauf freuen sich meine Leser auf der Insel und auch über die Insel hinaus.«

»Ihr könnt euch gern an einen der Tische vor dem Laden setzen«, schlage ich vor. »Elsa soll euch einen Kaffee bringen.«

Wiebke nickt. »Wunderbar, dazu sage ich nicht Nein.«

Während die anderen schon losgehen, bleibt Hendrik bei mir stehen. »Und, was meinst du?«, will er wissen.

Ich schaue ihn an. Gut sieht er aus, wie immer. Mit seinen kurzen Jeans, dem weißen T-Shirt und den lässig gestylten Haaren sogar noch besser, wobei ich ihn in den Arbeitsklamotten ja schon gut fand. Und dazu sein Lächeln ... Mit einem Mal ist das Kribbeln in meinem Bauch wieder da. Viel zu heftig. Ich habe sogar kurz das Gefühl, ihn wieder wie letzte Nacht zu spüren.

»Das Outfit passt doch, oder?« Er blickt an sich hinunter, und ich nicke.

»Du siehst gut aus, wirklich, und du machst dich auch gut«, antworte ich. »Die Frauen vor dem Fernseher werden dich anschmachten – und Emilia tut es ja sowieso.«

Ups, das wollte ich doch gar nicht sagen.

Für einen kurzen Moment schaut er mir intensiv in die Augen. »Meinst du?«

»Ja, ich denke schon.«

Er winkt ab. »Und bei dir ist alles okay?«

»So weit schon, nur ...«

Ich stoppe, denn Uwe ruft nach ihm. »Hendrik, kommst du?«

Hendrik legt seine Hand auf meinen Oberarm. »Reden wir später weiter?«

»Ja, klar.«

Dann geht er zu den anderen, die bereits an einem Tisch Platz genommen haben. Ich schreibe Elsa noch eine kurze Nachricht wegen des Kaffees für die Runde, ehe ich mich auf den Weg in den Stall mache, um meine Arbeit zu erledigen.

Die Zeit vergeht schnell. Gegen Abend bin ich mit meiner Arbeit so weit fertig und geselle mich zu Elsa und Mama, die in einiger Entfernung auf einer Bank sitzen und gebannt das Treiben vor dem Laden beobachten. Die Szene, die gerade gedreht wird, muss ein paarmal neu eingespielt werden, bis Uwe endlich zufrieden ist. Die Crew applaudiert, und Emilia und Hendrik lächeln einander an. Es scheint, als seien auch sie wirklich zufrieden mit ihrem Spiel.

Erneut frage ich mich, wie ich mich in dieser Situation fühlen soll. Einerseits freue ich mich für Hendrik und bin stolz auf ihn, gerade weil ich weiß, wie viele Gedanken er sich wegen seines Vaters gemacht hat. Andererseits beunruhigt mich die Nähe zwischen ihm und Emilia, ohne dass ich es wirklich will. Noch immer muss ich an ihre Worte denken. *Das Hofmädchen.* Es ist schwer zu sagen, was in dieser ungewöhnlichen Situation richtig oder falsch ist. Und was mit mir los ist. Jedenfalls nervt es ganz schön.

Ich atme tief durch und versuche, meine eifersüchtigen Gedanken zu vertreiben. Es ist schließlich nur ein Schauspiel, und ich sollte nicht so reagieren. Trotzdem kann ich nicht leugnen, dass sich mein Herz schwer anfühlt, wenn ich sehe, wie vertraut Hendrik und Emilia miteinander umgehen.

»Geschafft«, ruft Hendrik, als er nun auf zu uns zukommt.

»Es scheint ja alles gut gelaufen zu sein«, bemerkt Elsa. »Das, was ich gesehen habe, sah zumindest echt gut aus.«

»Ja, die ersten Szenen sind im Kasten. Und Uwe ist wirklich zufrieden.«

Mit einem Mal zupft Elsa Mama am Ärmel. »Mir fällt gerade ein, dass ich dir in der Küche noch etwas zeigen muss. Kommst du kurz mit?« Ohne Mamas Antwort abzuwarten, zieht Elsa sie einfach mit sich mit und grinst mich dabei vielsagend an. Am liebsten würde ich ihnen sagen, dass sie nicht zu gehen brauchen. Aber noch ehe ich ein Wort von mir geben kann, sind sie bereits verschwunden.

»Alles okay?«, fragt Hendrik mich nun, während er sich zu mir auf die Bank setzt.

»Klar, warum nicht? Und bei dir?«

Er lehnt sich zurück. »Ja, auch. Ich wollte dir noch was sagen, ich …« Doch dann hält er abrupt inne, denn Emilia taucht neben uns auf.

»Huhu, Schnuckelchen, wir wollen alle zusammen essen gehen. Kommst du mit?« Sie schenkt ihm ein breites Lächeln mit einem lasziven Augenaufschlag, mich hingegen mustert sie nur kurz. Beinahe so, als wäre ich absolut unbedeutend.

Und sie nennt ihn *Schnuckelchen*? Würg.

»Ja, klar. Möchtest du auch mitkommen, Lina?« Als Hendrik die Frage ausspricht, sieht sie mich nun doch etwas genauer an. So recht zu passen scheint es ihr nicht.

Ihr Blick wandert über meine Kleidung. »Witzig, du siehst wirklich aus wie das Mädchen, dessen Rolle ich spiele. Schau.« Tatsächlich trägt sie ähnliche Kleidung wie ich, was mir aber gar nicht direkt aufgefallen wäre.

»Na ja, muss ja auch praktisch sein zum Arbeiten«, entgegne ich nur und bemühe mich um einen möglichst neutralen Tonfall.

»*Praktisch* trifft es optimal.« Sie lacht. »Wie auch immer, ich muss jetzt erst mal raus aus diesen praktischen Klamotten. In einer Viertelstunde, Hendrik? Ein bisschen normale Inselluft schnuppern? In letzter Zeit habe ich so viel von der *Sansibar* gehört – das ist genau das, was ich jetzt brauche.« Ohne seine Antwort abzuwarten, wendet sie sich ab und rauscht in Richtung Garderobe davon.

»Normale Inselluft? Wow, sie ist ja wirklich sympathisch«, kommt es mir über die Lippen.

Hendrik wartet noch kurz, bis sie im Camper verschwunden ist, dann nickt er. »Ja, ich muss zugeben, sie ist in der Tat anstrengend.«

»*Anstrengend* ist ja mal so was von untertrieben«, entgegne ich. »Nicht böse gemeint, aber sie benimmt sich, als wäre sie die Königin dieses Hofes.«

»Da hast du recht. Doch sie zieht wohl. Soweit ich weiß, wurde sie in erster Linie deshalb für den Film verpflichtet, weil sie eine Menge Fans hat, die dann sicher einschalten und für gute Quoten sorgen werden. Na ja, eigentlich kann sie auch ganz nett sein.« Aha, ganz nett.

»Ich weiß, dass sie viele Fans hat, das habe ich auch schon gesehen …«

»Du warst auf ihrem Instagram-Profil?«, fragt er verwundert.

»Ja.« Ich seufze.

»Was ist los? Stimmt etwas nicht?«

»Ach, heute gab es wieder so viel zu tun.«

»Und, kommst du jetzt mit?«

Ich schüttele den Kopf. »Nein, macht ihr mal euer Ding allein. Ich bin heute wirklich müde und muss ja morgen wieder in aller Frühe raus. Zudem müssen wir noch klären, wer dich ersetzt. Piet hat eine Anzeige aufgegeben und scheint auch bereits jemanden im Auge zu haben.«

Er lächelt. »Verstehe. Und wir beide hatten letzte Nacht wirklich wenig Schlaf.«

Sofort schießt mir die Röte auf die Wangen. »Ja, schon«, antworte ich nur, weil ich nicht weiß, was ich sonst sagen soll.

»Wirst du rot?«, neckt er mich nun auch noch.

»Nein.«

»Doch, das wirst du.« Mit einem Mal beugt er sich näher zu mir. Will er mich küssen? Aber dann sieht er sich um und lehnt sich wieder nach hinten.

»Was wolltest du mir eigentlich sagen?«, frage ich.

Er räuspert sich. »Klar, also … Es geht um gestern, die Sache …« Er wirkt nervös. Jaja, ist schon klar. Ich weiß genau, was er sagen will. Dass es nicht hätte passieren sollen und dass es ihm jetzt vermutlich unangenehm ist. Dass es unter uns bleiben soll. Und da ist ja auch noch Emilia, die eigentlich ganz nett ist.

»Hendrik, wir fahren gleich. Kommst du?« Wie schnell hat sich Emilia bitte umgezogen? Und auch noch so schick in einem kurzen und zugegeben ziemlich sexy weißen Kleid. Oh Mann.

»Ja, ich komme«, ruft er und legt seine Hand auf meine. »Also, ich gehe dann mal. Wir reden noch, ja? Es ist mir schon wichtig.«

»Klar, wobei …« Mit einem Mal werde ich angespannt. »Ich weiß nicht, was dich beschäftigt, aber es ist doch alles gut. Es ist aus Versehen passiert, mehr nicht. Mach dir keinen Kopf wegen *dieser Sache*.« Die letzten beiden Wörter betone ich besonders. Er soll nicht denken, dass es mich irgendwie bewegt.

Er mustert mich eindringlich. »Siehst du das so, Lina? Ernsthaft?«

Ist er jetzt sauer? Ich zucke nur mit den Schultern.

»Hendrik? Schnuckelchen?«

Hat Emilia ihn schon wieder *Schnuckelchen* genannt? Oh mein Gott!

Ich winke ab. »Mach lieber mal dein Ding, Schnuckelchen. Wir sehen uns ja morgen.«

»Okay, dann … danke für alles«, sagt er, und ich weiß nicht, ob ich mich freuen oder schlecht fühlen soll. Wie meint er das jetzt? *Danke für alles.* Für den Sex, für das Üben der Szenen? Ahhh!

Doch ehe ich reagieren kann, steht Hendrik bereits auf und geht zu Emilia hinüber, die ihn lachend in Empfang nimmt. »Dann nichts wie weg von diesem Hof!«, höre ich sie rufen.

In mir staut sich jetzt doch eine heftige Wut an. *Normale Inselluft. Weg von diesem Hof!* Was ist bitte bei ihr kaputt?

Während ich mich ebenfalls erhebe und in die andere Richtung davongehe, presse ich die Lippen zusammen. Ich hätte Hendrik niemals so nahekommen dürfen, sondern auf mein Herz aufpassen müssen. Doch jetzt ist es schon pas-

siert. Denn mir wird bewusst, dass ich mehr für ihn empfinde, ob ich es will oder nicht.

Als ich mich noch einmal kurz umdrehe, steigt Hendrik
gerade zu Emilia ins Auto. Emilia drückt aufs Gaspedal,
dass die Reifen beinahe durchdrehen, und wenige Sekunden
später sind sie auch schon verschwunden.

Das Meer kann auch nicht
alle Wunden heilen, es macht
jedoch alles etwas besser.

Alles nur ein Schauspiel?

»Also, jetzt noch mal von vorn und ganz in Ruhe«, sagt Jane. Wir sitzen in einem unserer Strandkörbe am Meer, das ich so liebe. Eigentlich wollte ich mich gleich ins Bett verkriechen, doch dann habe ich vorher noch meine beste Freundin angerufen, um ihr zu erzählen, wie der Tag gelaufen ist. Sie meinte, dass wir uns auch schnell treffen könnten, worüber ich echt froh bin.

Ich rede mir alles von der Seele, und als ich fertig bin, schüttelt Jane den Kopf. »Tja, wer hätte das gedacht? Dabei wirkt sie im Internet so sympathisch. Aber das ist ja oft so, dass die in echt total mies sind.«

»Du sagst es. Das ist alles nur Schein. Wirklich, die ist so was von unangenehm. Und dann noch ihre Liste mit Extrawünschen … Was glaubt sie, wer sie ist? Jennifer Lopez?« Diesen Gedanken hatte ich vorhin ja auch schon, schließlich soll die Dame für ihre Extrawünsche bekannt sein.

Jane lacht. »Anscheinend ja. Aber ist das nicht Mariah Carey, die immer alles in Weiß haben möchte?«

»Mir egal, auf alle Fälle ist diese Emilia so was von abgehoben. Und sie ist auch keine Mariah Carey, bei der ich das vielleicht noch akzeptieren würde. Ernsthaft.«

»Und Hendrik? Hat er was dazu gesagt?«

»Na ja, er meinte nur, dass sie für den Film natürlich wichtig ist, weil sie bei den Zuschauern gut ankommt und viele Fans hat. Und dass sie doch ganz nett ist. Ich sage dir, bei den beiden ist was im Busch. Wenn ich nur daran denke, wie diese Emilia mich als *das Hofmädchen* bezeichnet hat – so als ob sie genau wüsste, was es mit mir auf sich hat. Irgendwie habe ich ein merkwürdiges Gefühl.«

»Glaubst du?«

»Ich denke schon. Als ich dieses Telefonat belauscht hatte, behauptete Hendrik danach, er hätte mit seinem Bruder gesprochen. Was, wenn es am Ende gar nicht sein Bruder war, sondern Emilia? Und ich bin voll darauf reingefallen. Ich meine …« Mit einem Mal drehen sich meine Gedanken. Denn mal ehrlich, er sagte ja in diesem Telefonat auch, dass er mich um den Finger wickeln würde. War das alles nur eine miese Tour?

»Hm, aber warum sollte er dich angeschwindelt haben?«

»Weil er was mit ihr hat. Oder weil er den Film unbedingt hier drehen wollte. Deswegen hatten wir ja auch diesen Pakt.«

Jane seufzt. »Tu das jetzt nicht.«

»Was meinst du?«

»Alles so zu zerkrümeln. Das macht keinen Sinn. Weil es am Ende ganz anders ist, und ich glaube auch nicht, dass es irgendwas mit ihr zu tun hat. Er hat dich doch sogar gefragt, ob du mitkommen möchtest.«

»Oh Mann, das ist echt nervig.« Ich beginne, Emilia nachzuäffen: »*Hendrik Schnuckelchen. Wie gewöhnlich hier. Lebt ihr immer hier? Wie bemerkenswert.*«

»Ach, da musst du drüberstehen. Du kriegst das schon hin.«

Ich blicke auf das Meer hinaus. »Vermutlich, aber warum muss ich immer alles hinbekommen? Bin ich wirklich so dumm? Habe ich mich am Ende total in Hendrik getäuscht?«

»Quatsch. Und ich glaube auch nicht, dass er ein Lügner ist. Der Dreh dauert jetzt noch einige Tage, doch in der Zeit darfst du dich nicht verrücktmachen. Bald ist diese Emilia wieder weg. Denn mal ehrlich, du bist schon eifersüchtig.«

Ich atme tief durch. »Ich bin ja so doof, doof, doof …«

»Das sind eben Gefühle.«

»Und die Nerven. Und das alles nur, weil ich dann irgendwann auch dachte, dass Hendriks Anwesenheit hier eines der Zeichen sein könnte, von denen Papa immer gesprochen hat. Zumal Hendrik ja auch von Zeichen geredet hat. «

»Er hat von Zeichen geredet?«

»Ja, er wollte wissen, ob ich daran glaube, und meinte, dass ihn der Hof angezogen hätte. Warum, weiß ich auch nicht. Ach, und dass er wegen eines Briefs auf die Insel gestoßen sei.«

»Aber vielleicht sollte es ja wirklich so sein«, gibt Jane zu bedenken. »Und nur weil Emilia doof ist, heißt das noch lange nicht, dass jetzt alles bescheuert ist.«

»Klar, damit hast du vermutlich recht, trotzdem frage ich mich, ob es nicht ein großer Fehler war. Als ich Hendrik neulich belauscht habe, sagte er so viele merkwürdige Dinge. Er erklärte es damit, dass sein Bruder ihn immer wegen der Schauspielerei aufzieht. Aber warum sagte er zu ihm, dass er mich noch herumbekommt? Ich mag Hendrik und …« Ein wenig verlegen beiße ich auf meiner Unterlippe herum.

»Ach Lina«, sie legt den Arm um mich und zieht mich an sich, »man weiß doch nie, was passiert. Und ich verstehe dich auch, du bist jetzt mittendrin in etwas Neuem. Aber glaub mir, das wird schon werden.«

»Ja, wobei … Er wollte vorhin noch mit mir reden, doch es war keine Zeit. Ich habe ihm dann gesagt, dass alles gut bei uns ist und dass er sich wegen dieser Sache keinen Kopf machen muss. Dass ich nichts von ihm will oder so …«

223

»Ohne dass du wusstest, worüber er mit dir reden will?«

»Was hätte er mir denn anderes sagen sollen, als dass es eine einmalige Sache war?«

»Ach Lina, wie bescheuert ist das bitte? Das ist so typisch du, erst mal die Tür zuzuhauen.«

»Das ist manchmal leichter. Für mich selbst.«

»Ja, ich weiß. Dennoch rede mit ihm. Wenn er dir das, was du vermutest, dann wirklich sagt – okay. Aber mach nicht schon vorher den Fehler. Diese fehlende Kommunikation ist doch Kindergarten.«

»Vermutlich hast du recht«, antworte ich nachdenklich.

Wir sitzen noch eine Weile da und genießen das Meer, bevor wir uns voneinander verabschieden. Während ich zum Hof zurückgehe, lasse ich in Gedanken den gestrigen Abend und die Nacht noch einmal Revue passieren. Ich sollte vielleicht wirklich nicht so misstrauisch sein, sondern mit Hendrik reden. Und dass ich ihm gleich sagte, dass zwischen uns nichts ist, war ja auch Quatsch. Kein Wunder, dass er etwas angefressen wirkte.

Als ich den kleinen Weg nach oben gehe, der in den Parkplatz mündet, beschließe ich, noch schnell nachzusehen, ob Hendrik schon da ist. Vielleicht kann ich dann gleich mit ihm reden. Doch kaum habe ich diesen Entschluss gefasst, schrecke ich zurück, denn ich entdecke Hendrik und Emilia auf dem Parkplatz neben Emilias Flitzer. Sie sind wohl gerade vom Essen zurückgekommen, und Emilia lacht ausgelassen.

Mist. Ich möchte nicht, dass sie mich sehen, also bleibe ich stehen und warte.

»Es war doch gar nicht so schlimm, oder?«, höre ich Hendrik jetzt fragen.

»Na ja, ich hatte zuerst schon meine Zweifel, aber mit dir ist es auf alle Fälle viel erträglicher hier.« Emilia lächelt ihn an und spielt aufreizend an ihren Haaren herum.

»Ja, danke«, antwortet er nur.

»Dieses Hofmädchen hat es dir ganz schön angetan, kann das sein? Ich dachte ja, du wickelst sie nur um den Finger, aber ... ist das wirklich so?«

Plötzlich spüre ich ein Engegefühl in der Brust. Sie meint offenbar mich. Und überhaupt, was soll die Bemerkung, dass Hendrik mich um den Finger wickelt? Jetzt bin ich gespannt.

»Hofmädchen?«, fragt er.

Ach, komm schon, Hendrik, du weißt doch, wen sie meint.

»Ja, diese Hofbesitzerin. Wie heißt sie noch? Lilli? Lotta? Ist es was Ernstes oder nur deine Taktik?«

Mein Herz setzt einen Schlag lang aus. Seine Taktik?

»Sie heißt Lina. Und wie kommst du darauf, dass es Taktik sein könnte?«

»Das dachte ich mir eben. Jedenfalls steht sie auf dich, das sieht sogar ein Blinder mit Krückstock. Aber ich kann es verstehen, Hendrik.«

Sie geht einen Schritt auf ihn zu, und er legt den Kopf schief. »Ach ja, du kannst das verstehen?«

Flirtet er etwa mit ihr? Würg.

»Ja, denn du bist schon eine Augenweide, mein Lieber. Aber ganz ehrlich: Sie passt doch überhaupt nicht zu dir und in dein bekanntes Beuteschema. Sie ist einfach zu gewöhnlich.«

Gewöhnlich? Ich bin gewöhnlich? Gut zu wissen.

»Lina ist schon in Ordnung«, entgegnet Hendrik. »Der Hof bedeutet ihr sehr viel.«

Okay, ich weiß nicht, was ich schlimmer finde: dass diese blöde Kuh mich als *gewöhnlich* bezeichnet hat oder dass Hendrik meint, ich sei *schon in Ordnung*.

Unfassbar. Durch meinen Körper rauscht eine unbändige Wut. Und noch viel mehr. Denn ich habe Fragen, viele Fragen. Was sollte die Anspielung mit der Taktik? Habe ich mich vielleicht doch nicht getäuscht? Hat Hendrik das alles nur gemacht, um mich bei Laune zu halten, so wie ich es vorhin zu Jane gesagt habe? Hat er neulich doch nicht mit seinem Bruder telefoniert? Warum hat er nicht die Größe, Emilia zu widersprechen?

»Nun gut, wie auch immer. Was interessiert es mich. Es war ein schöner Abend heute.« Emilia legt ihre Hand auf Hendriks Brust. »Und wenn du nicht möchtest, dass er schon endet, dann weißt du ja, wo du mich findest.«

Ich übergebe mich gleich hier direkt in die Dünen. Sie baggert ihn so was von an und hat ihm tatsächlich ein Angebot gemacht. Ein ganz offensichtliches. Augenblicklich muss ich an die Schlagzeilen denken. Hendrik, der Aufreißer, auf den die Frauen stehen. Ist da doch etwas Wahres dran?

Ohne Hendriks Antwort abzuwarten, stöckelt Emilia davon, doch nach ein paar Schritten dreht sie sich noch einmal zu ihm um. »Könnte ja sein, dass du die nächsten Szenen üben willst.« Sie lacht ein wenig hämisch. »Du bist ein schlimmer Finger, Hendrik, ein ganz schlimmer. Du weißt ganz genau, an welchen Schrauben du drehen musst.« Dann rauscht sie endgültig davon.

Gespannt warte ich. Was wird Hendrik jetzt tun? Wird er ihr folgen? Sieht nicht so aus.

Einen Moment bleibe ich noch stehen und sehe zu, wie Hendrik sich nun auch auf den Weg in sein Zimmer macht – zumindest wirkt es erst so. Doch dann scheint er sich anders zu besinnen und mich in meiner Wohnung aufsuchen zu wollen, denn er drückt unten auf die Klingel.

Lina ist schon in Ordnung.

Noch immer hallen seine Worte durch meinen Kopf. Und jetzt klingelt er bei mir, um womöglich an den richtigen Schrauben zu drehen. Oder um … keine Ahnung. Ist das alles hier wirklich nur ein Schauspiel? Warum ist er tatsächlich hier auf dem Hof gelandet? Wegen eines Zeichens? Ach was.

 226

Als ich ihm nicht öffne, wendet Hendrik sich ab und verzieht sich nun doch auf sein Zimmer.

Es ist kaum zu glauben. Erst redet er so über mich, dann versucht er, mich aus dem Schlaf zu klingeln. Ja, an den Schrauben drehen kann ich auch. Und das werde ich ihn spüren lassen.

An den richtigen Schrauben drehen

In dieser Nacht träume ich davon, Hendrik in den Dünen zu verscharren, und dieser Traum stört mich ganz und gar nicht. Er schafft es sogar, mir ein Lächeln auf die Lippen zu zaubern. Ja, mein Unterbewusstsein zeigt mir, wie sauer ich bin, und das ist schon in Ordnung. Wenigstens habe ich mich nicht getäuscht und kann froh sein, die Tür zugeschlagen zu haben, bevor er es noch tut.

Am Morgen versuche ich, alles wie immer zu machen. Unsere Arbeit kann ja nicht liegen bleiben. Zudem ignoriere ich Hendrik, so gut es geht. Was denkt er, wer ich bin? Ernsthaft. Ich werde das alles ausblenden und wie gewohnt meine Arbeit tun, schließlich haben wir eine Menge zu erledigen. Der Hof muss wie jeden Tag in Ordnung gehalten werden, die Tiere müssen versorgt und die Bestellungen ausgeliefert werden.

Nachdem heute Wiebke Wielands Artikel erschienen ist, tummeln sich auf dem Hof schon seit neun Uhr zahlreiche Schaulustige, die alles rund um den Dreh hautnah mitbekommen wollen. Gut, der Vorteil ist, dass viele von ihnen im Hofladen einkaufen oder etwas konsumieren und die Kasse dadurch wirklich brummt. Es könnte so schön sein. Ja, es könnte, denn während die Filmcrew mit den Dreharbeiten beschäftigt ist, hat Emilia ständig neue An-

228

liegen und Sonderwünsche. Sie verlangt nach ausgefallenen Snacks und Getränken, einem ganz bestimmten orthopädischen Kopfkissen für ihr Bett und besteht auf eine spezielle Pausenregelung. Immer wieder muss Piet etwas für sie erledigen, wegen des Kopfkissens sogar aufs Festland fahren. Und das nervt so sehr.

Gegen Mittag stehen Elsa und ich im Hofladen und trinken einen Kaffee. Gerade sind alle Gäste versorgt, und so kommen wir auch mal kurz zum Durchatmen.

Piet betritt den Laden. Er hat mal wieder für Emilia eingekauft, diesmal Hafermilch und einen speziellen veganen Brotaufstrich. »Bin ja mal gespannt, wie es heute noch weiter abläuft«, sagt er, nachdem er seinen Einkaufskorb in die Küche getragen und ausgeräumt hat.

»Ja, und ob die Diva noch irgendwelche Sonderwünsche hat«, ergänze ich spöttisch. »Vielleicht sollen wir ihr auch noch die Rinde vom Brot abschneiden.«

Piet lacht. »Ja, sie ist echt ziemlich … na ja, anders.«

»Das Wort *anders* beschreibt es wirklich gut.«

Elsa, die grundsätzlich jedem eine Chance gibt, sieht uns streng an. »Ich mag sie auch nicht, aber wir meistern das doch gerade super. Und ihr müsst zugeben, nach dem Artikel im Inselblatt ist der Hofladen so gut besucht wie noch nie. Für uns ist das doch eine absolut positive Sache. Mich haben sogar schon einige gefragt, ob man auch online bestellen oder hier übernachten kann.«

»Ja, da hast du schon recht, das ist echt super«, gebe ich zu. »Dennoch ist sie ein ziemlicher Tyrann.«

»Oder eben eine Frau, die weiß, was sie will«, entgegnet Elsa. »Sicher ist es in diesem Business auch nicht so einfach, und man muss sich regelmäßig durchsetzen – gerade als Frau. Deswegen sollten wir versuchen, etwas nachsichtig zu sein, auch wenn es schwerfällt.«

»Das bedeutet jedoch nicht, dass man seine Mitmenschen automatisch mies behandeln muss. Man kann auch wissen, was man will, ohne so eklig zu sein.«

»Da gebe ich dir mal zu hundert Prozent recht«, stimmt Piet mir zu. »Doch was soll's, es dauert ja nicht allzu lange, dann sind sie alle wieder weg. Wobei ich den Rest der Crew wirklich okay finde. Und wegen des Ladens stimme ich dir ebenfalls zu. Diese Reporterin hat aber auch ganz schön draufgehauen.«

»Was hat sie noch mal geschrieben?«, fragt Elsa. »*Ein Hof und ganz viel Syltseeliebe, Dreharbeiten ins Glück* und solche Dinge.«

»Ja, das habe ich auch gelesen«, sage ich. »Da kam sogar Emilia sympathisch weg. Aber sie weiß sich eben zu verkaufen, diese Miesmuschel.«

Sie ist schon in Ordnung. Hendriks Worte dringen erneut in meine Gedanken. Bislang habe ich es so gut geschafft, sie beiseitezuschieben, und jetzt kommen sie doch wieder hoch.

»Alles okay?« Piet sieht mich an. Vermutlich, weil mir beinahe meine Kaffeetasse aus der Hand gefallen wäre.

»Jaja, alles super.«

»Ehrlich? Dieses ›alles super‹ kenne ich zu gut. Was sagt eigentlich Hendrik über Emilia, so ganz im Vertrauen? Habt ihr mal darüber geredet?«

»Nein. Wenn du es wissen willst, frag ihn doch.« Ich zucke mit den Schultern, worauf er sofort die Hände hochhebt.

»Sorry, sorry. Habt ihr wieder Stress? Mir ist sowieso schon aufgefallen, dass du heute sehr reserviert wirkst.«

»Tut mir leid, ich wollte nicht so pampig sein. Aber Hendrik macht sein Ding und ich meines. Wir sind alle eingespannt …«

Elsa beginnt zu grinsen. »Aha, ihr habt also Stress. Warum das?«

»Was? Nein, wir haben keinen Stress«, widerspreche ich bestimmt. »Aber ich habe trotzdem keine Ahnung, wie er wirklich über Emilia denkt. Ach doch, er meinte mal, sie sei ganz nett. Und vermutlich stört sie ihn auch nicht, schließlich dürfte er durch die Zusammenarbeit mit ihr auch Vorteile haben.«

Piet nickt. »Das sicherlich.«

»Na also.« Ich klopfe mit den Fingerknöcheln auf den Tisch. »Ich muss dann mal weitermachen«, sage ich und bin froh, den Fragen meiner Geschwister zu entkommen.

Zudem klingelt mein Handy. Ich werfe einen Blick aufs Display und verlasse den Laden.

Nach dem Telefonat beschließe ich, ans Meer zu gehen. Denn das Gespräch mit Herrn Knebel, unserem Bankberater, hat mich doch ziemlich aufgerieben.

»Ich habe den Zeitungsartikel gelesen, Frau Sörens«, sagte er mir. »Das klingt alles sehr gut, sicherlich wird es viel Publicity geben, und das Honorar von der Filmfirma, das schon eingetroffen ist, verschafft Ihnen etwas Luft. Allerdings kann ich den Kredit leider nicht genehmigen. Aber ich hoffe das Beste für Sie.«

Ja, zu schade. Wenn es geklappt hätte, hätten wir auf jeden Fall den Onlineshop realisieren können. Aber gut, es wird schon auf anderem Wege funktionieren. Und wenn es wirklich so weitergeht mit dem Interesse der Leute, schaffen wir es bestimmt auch. Irgendwie.

Als ich am Laden vorbeigehe, wird gerade eine Szene gedreht, in der Hendrik und Emilia sich kabbeln. Ich weiß, um welche Szene es sich handelt. Laut Drehbuch nähern sich die beiden nun langsam an. Ohne dass ich es will, verdrehe ich die Augen, denn ich weiß, was das noch bedeutet. Nach dieser Szene dauert es nicht mehr allzu lange bis zum ersten Kuss der beiden. Ob Hendrik Emilia so küssen wird, wie er mich geküsst hat? Mein Magen zieht sich zusammen, und ich ärgere mich darüber. So ein dummer Gedanke. Wobei, vielleicht war es mit mir ja auch nur ein Spiel, eine Rolle, und womöglich war dieses ganze Gerede um seinen Vater Unsinn.

Nein, so schätze ich Hendrik eigentlich nicht ein. Und doch habe ich immer im Hinterkopf, was Emilia gestern noch sagte. Dass er schon weiß, an welchen Schrauben man drehen muss. Klar ist, wir hatten diesen Pakt, da war er ganz offen. Er sagte mir, wie blöd er dastünde, wenn ich die ganze Sache absagen würde. Weil er unbedingt auf dem Hof sein wollte. Die Frage ist, warum. Weil er angezogen wurde und an Zeichen glaubt? Ist das wirklich so? Aber ich möchte mich nicht schon wieder so sehr diesen Gedanken hingeben, ich wollte doch ans Meer, mal kurz durchatmen …

»Cut! Sehr gut, wir bauen für die nächste Szene auf«, ruft Uwe in diesem Augenblick, wodurch ich wieder im Hier und Jetzt lande. Nun aber schnell weg.

»Lina!«

Mist, Hendrik hat mich entdeckt. Ich beschleunige meine Schritte, dennoch hat er mich rasch eingeholt.

»Hey, hast du uns zugesehen?«, fragt er grinsend.

Doch ich schüttele den Kopf, was zugegeben ziemlich bescheuert ist, schließlich hat er mich ja dabei ertappt.

»Nicht?« Er wirkt ein wenig enttäuscht.

»Ja, doch, allerdings nur kurz. Ich bin gerade auf dem Sprung.«

»Ah okay. Was hast du zu tun?«

»Verschiedenes.«

Hendrik lacht. »Und, was meinst du? Wie sah es für dich aus, so von außen?«

»Ja, also …« Ich mustere ihn mit zusammengekniffenen Augen. »Weißt du was? Es war in Ordnung – ja, ganz und gar in Ordnung.«

Er hebt eine Augenbraue. »Okay, in Ordnung also. Das klingt ja nicht so begeistert. Was könnte ich denn deiner Meinung nach besser machen?«

Er kapiert es echt nicht.

Dennoch bin ich neugierig. »Also würdest du die Bezeichnung *in Ordnung* so interpretieren, dass man etwas nicht besonders gut findet?«, frage ich.

Er scheint immer noch nicht zu wissen, worauf ich hinauswill. »Nein, nicht direkt, aber es hört sich auch nicht danach an, dass man sonderlich begeistert von etwas ist.«

Ich verschränke die Arme vor der Brust. »Ach, ist das so?«

»Ja, das finde ich schon.«

»Na dann, gut zu wissen. Und was du besser machen kannst? Vielleicht an den richtigen Schrauben drehen.« Mit hoch erhobenem Kopf wende ich mich ab und lasse ihn einfach stehen.

Langsam reicht es wirklich

»So ein Idiot«, fluche ich, als ich kurze Zeit später über den Strand gehe.

Eigentlich habe ich nicht wirklich Zeit, um eine längere Pause zu machen, aber ich halte es gerade einfach nicht mehr aus. Ich will nur weg, am Meer entlangspazieren und alles vergessen: die Dreharbeiten, Emilia mit ihren Sonderwünschen, das Telefonat mit Herrn Knebel und auch Hendriks Worte, die mich schon getroffen haben.

Während ich versuche, das alles aus meinen Gedanken zu verbannen, atme ich den Duft von frischem Fisch ein, beobachte eine Weile die Schiffe draußen auf dem Meer und winke Björke zu, als ich an der Bar vorbeigehe. Schließlich setze ich mich in der Nähe einer kleinen Holzbude, an der es die leckersten Lachs- und Krabbenbrötchen gibt, in den Sand. Früher, wenn wir als Kinder mit unseren Eltern zum Muschelsammeln am Strand waren, haben wir uns danach immer gern in den Sand gesetzt und uns überlegt, was die Leute um uns herum wohl so denken und vorhaben. Ich hatte das schon fast vergessen, doch jetzt kann ich endlich mein Herz wieder dafür öffnen.

Apropos Herz. Nicht weit von mir entfernt sitzt eine Frau und liest in einem Buch, auf dessen Cover ein Herz abgebildet ist. Ob darin wohl eine Geschichte steht, die etwas mit dem Herzen zu tun hat und vielleicht mal zu einem Film wird? Nun hebt sie den Kopf und blickt sich nach allen Seiten um. Ob die Frau wohl auf der Suche nach etwas ist?

Und was suche ich gerade? Antworten. Ah!

Wie klar war doch alles, als Papa noch lebte. Er war überzeugt davon, dass so viel in uns steckt, und hat uns immer das Gefühl vermittelt, dass alles möglich ist. Und ja, wenn ich an die letzten Tage denke, haben wir doch einiges auf die Beine gestellt. Sollte das so sein? Ich erinnere mich an den Moment, als ich am Meer gesessen und auf ein Wunder gehofft habe. Aber ist das ein Wunder? Die Dreharbeiten auf dem Hof – mit dieser Miesmuschel?

Die Frau mit dem Buch packt nun ihre Sachen zusammen und steht dann auf. Was ist das wohl, das sie bewegt? Und wie wirke ich auf die anderen hier am Strand? Sind wir am Ende alle miteinander verkettet, ohne es zu bemerken? Unsinn, oder? Ach, diese Sache mit den Zeichen macht mich ganz kirre. Dabei habe ich früher genau das geglaubt. Ich war mir sicher, dass es keine Zufälle gibt, doch heute weiß ich nicht mehr, was ich davon halten soll. Denn was soll zum Beispiel der Grund dafür sein, dass mein Papa uns so früh verlassen musste?

Auf einmal höre ich seine Stimme, als würde er direkt neben mir stehen: *Achte auf die Zeichen, sie sind überall.*

Oh Mann, das ist doch alles Unfug, denke ich und stehe nun ebenfalls auf, um mich auf den Weg nach Hause zu machen.

Als ich den schmalen Pfad erreiche, der zum Hof führt, treffe ich auf einen älteren Herrn, der sich suchend umsieht. Nachdem er mich entdeckt hat, kommt er auf mich zu. »Entschuldigen Sie bitte, ich suche den Syltseehof«, sagt er.

»Da sind Sie schon richtig. Wollen Sie mitkommen?«

»Das würde ich gern, danke.« Er lächelt. »Hier finden doch gerade Dreharbeiten statt, oder?«

»So ist es. Das haben Sie sicher in der Zeitung gelesen?«

»Ja, unter anderem«, antwortet er nur. Irgendwie erinnert er mich an jemanden, ich kann es jedoch überhaupt nicht einordnen.

Gemeinsam gehen wir den Weg nach oben. »Das ist ein sehr schöner Hof«, meint er, als die Gebäude in Sichtweite kommen.

Erfreut nicke ich. »Danke, wir sind auch sehr stolz darauf. Der Hof ist schon in der vierten Generation im Besitz der Familie.«

»Ja, das ist wirklich besonders. Aber gerade auf Sylt doch sicher auch sehr kostspielig?«

»Da haben Sie recht. Wir geben jedoch alle unser Bestes, gerade jetzt nach dem Tod meines Vaters. Und die Dreharbeiten helfen auch. Das hätte ich zwar nicht gedacht, aber …« Ich sehe ihn an. »Tut mir leid, ich rede so viel.«

Er winkt ab. »Kein Problem. Ich kann mir schon vorstellen, dass es nicht immer leicht ist.«

»Das stimmt. Und in solchen Momenten denke ich dann daran, was mein Papa immer gesagt hat: Egal, wie stürmisch oder verregnet es auch ist, einmal Liebe, immer Liebe – Syltseeliebe. Das bedeutet, dass man alles schaffen kann.«

»Das klingt sehr schön.«

Kurze Zeit später kommt Piet auf mich zu. Er wirkt ziemlich hektisch. »Lina, gut, dass du da bist.«

»Alles okay? Was ist denn los?«

»Ach, Emilia hat mal wieder ein paar Sonderwünsche geäußert.«

»Nein, ernsthaft, langsam reicht es wirklich«, brumme ich. Dann wende ich mich dem Mann zu und deute auf die Tische vor dem Hofladen. »Nehmen Sie doch gern hier Platz und trinken einen Kaffee. Und drinnen im Laden können Sie sich Kuchen aussuchen, wenn Sie möchten. Meine Schwester ist eine geniale Bäckerin.«

»Danke, das mache ich sehr gern.«

Als ich nun gemeinsam mit Piet den Laden betrete, lehnt Emilia am Tresen und betrachtet ihre sorgfältig manikürten Fingernägel. Uwe steht neben ihr und redet ohne Unterlass auf sie ein. »Emilia, Liebes, lass uns doch bitte weitermachen. Inzwischen werden wir es ganz sicher besorgen.«

»Was gibt es denn für ein Problem?«, frage ich ungeduldig.

Sie hebt den Kopf und sieht mir direkt in die Augen. »Ich will Sushi – aber nur das aus der *Sansibar*. Und ohne Sesamcreme esse ich es nicht, das sage ich euch gleich.«

Am liebsten würde ich sie erwürgen. »Ja, gut, wir kümmern uns darum«, antworte ich nur, obwohl ich am liebsten laut schreien würde. Mir ist bewusst, dass es besser ist, jetzt nicht mit ihr zu diskutieren. Denn je reibungsloser alles läuft, umso schneller ist sie wieder von hier weg.

Während ich in der *Sansibar* anrufe und das Sushi ordere, betritt der ältere Herr, mit dem ich mich vorhin unterhalten habe, den Laden und bestellt bei Elsa ein Kännchen Ostfriesentee und eine Rosinenschnecke. Er sieht sich interessiert um und mustert besonders die Produkte in den Regalen genau. Warum kommt er mir nur so bekannt vor?

»Ja, bitte unbedingt mit Sesamcreme«, betone ich noch einmal, bevor ich das Telefonat beende.

Emilia ist inzwischen verschwunden, und ich entdecke sie draußen auf dem Platz vor dem Laden, wo sie telefonierend auf und ab geht.

»Wir können das Sushi gleich abholen«, sage ich zu Piet.

»Super, dann fahre ich mal los.«

Während Piet sich auf den Weg macht, trete ich zu Elsa hinter den Tresen. Sie deutet mit dem Kopf auf Emilia und rollt mit den Augen. Jaja, langsam wird selbst ihre Geduld ziemlich auf die Probe gestellt.

Der Mann kommt jetzt zu uns her. Er hält eine Packung mit Elsas selbst gebackenen Friesenkeksen in der Hand und legt sie zum Abkassieren auf den Tresen. »Sie haben wirklich tolle Produkte«, meint er.

»Danke. Meine Schwester hier ist dafür zuständig.«

»Sehr gut, wirklich. Versenden Sie diese Dinge denn auch? Wissen Sie, meine Frau und ich lieben es, uns das Gefühl von Urlaub nach Hause zu holen.«

Elsa lächelt, aber ich sehe ihr an, dass sie doch etwas bedrückt ist. »Das verstehe ich gut, und ich kann Ihnen auch verraten, dass wir uns schon mit diesem Thema befassen.«

Er nickt. »Ja, das wäre in der Tat eine gute Sache. Gerade weil die Produkte so ein heimeliges Gefühl vermitteln. Auch das Design ist sehr ansprechend.«

»Danke. Das Logo auf den Etiketten hat unser Bruder Piet entworfen. Er hat diesbezüglich viel Talent.«

»Sehr schön, wirklich. Damit könnten Sie sicher zusätzliche Umsätze generieren. Also, ich genieße dann mal die Sonne und freue mich auf meinen Tee und das Gebäck.« Nachdem der Mann bezahlt hat, verlässt er den Laden und setzt sich draußen an einen der Tische.

Elsa macht sich sogleich daran, seine Bestellung herzurichten. »Oh Mann, die Leute würden das echt feiern«, meint sie.

»Ich weiß. Wir machen das schon. Irgendwie kriegen wir das hin.«

»Ehrlich?« Sie wirkt beinahe verwundert.

»Ja, ehrlich. Lass uns später mit Piet reden. Vielleicht können wir wenigstens schon mal mit ein paar Produkten starten, solange die Dreharbeiten noch laufen.«

»Das wäre toll.« Elsa fällt mir um den Hals, und ich drücke sie fest. »Wo ist eigentlich Hendrik?«, will sie gleich darauf wissen.

Ich zucke mit den Schultern. »Gute Frage. Vielleicht hat er sich wegen dieses Theaters mit Emilias Sushi zurückgezogen und lässt sich irgendwo die frische Brise um die Nase wehen.«

»Das kann sein.«

Es dauert etwa eine halbe Stunde, bis Piet zurückkommt. Gedreht wird in dieser Zeit nicht, schließlich kann man Emilia ja nicht zumuten, ihre Kunst mit leerem Magen darzubieten. Sie hat sich in der Zwischenzeit ausgeruht – zumindest wird mir das gesagt, als ich ihr Bescheid geben möchte, dass das Sushi nun da ist.

Elsa lässt es sich nicht nehmen, das Sushi appetitlich auf einem Teller anzurichten. Natürlich hält Emilia es nicht für notwendig, sich bei uns für unsere Mühe zu bedanken, als sie etwas später wieder in den Laden kommt. Sie nimmt einen Bissen und stellt dann den Teller weg. »Ich bin satt«, verkündet sie.

Ich mustere sie mit zusammengekniffenen Augen. Ernsthaft, was ist bitte mit dieser Frau los? Alle geben sich so viel Mühe: Piet, Elsa, Mama, die Filmcrew – einfach alle. Und sie hat nichts Besseres zu tun, als andauernd zu meckern und ihre Mitmenschen herumzukommandieren. Es nervt.

Hendrik betritt nun zusammen mit Uwe ebenfalls den Laden. »Und, bist du satt und zufrieden? Können wir weitermachen?«, fragt er Emilia, die ihn breit anlächelt.

»Ja, klar. Danke für die Geduld, du bist ein Schatz.«

Hendrik lächelt charmant zurück. »Kein Problem. Und mit leerem Magen ist das ja auch nichts.«

Dieser Schleimer. Er nervt mich genauso. Warum macht er nicht mal Emilia eine Ansage? Aber gut, sie ist der Star, und wir sind nur die ganz kleinen Nebendarsteller.

Uwe beweist da schon mehr Anstand. »Danke, dass ihr das Sushi so schnell besorgt habt«, meint er. »Wir sind übrigens alle sehr dankbar, dass wir hier drehen können. Der Hof ist toll. Mich würden auch mal die Hintergründe interessieren, die Geschichte des Hofes zum Beispiel.«

Emilia blickt gelangweilt in unsere Richtung. Im Gegensatz zu Uwe scheint es sie null Komma null zu interessieren.

239

»Der Hof ist schon in der vierten Generation im Familienbesitz«, erzählt Mama, die gerade die Gebäcktheke mit neuen Leckereien auffüllt. »Zuletzt hat mein Mann den Hof geleitet. Leider ist er verstorben. Seitdem haben meine Kinder die Hauptverantwortung, allen voran Lina.«

»Woran ist er denn gestorben? An Langeweile?« Emilia lacht, und ich starre sie nur an. Hat sie das gerade ernsthaft gesagt? Was bildet sich diese … eigentlich ein? Ich will schon loslegen und ihr eine entsprechende Antwort ins Gesicht knallen, da hebt sie die Hand. »Ich mache nur Scherze, tut mir leid. Und ihr lebt alle hier? Auf so engem Raum?«

Ich verschränke die Arme vor der Brust. »Ich würde mal sagen, wir haben mehr als genug Platz hier, oder? Und wenn das ein Scherz sein soll …«

»Dann was?« Herausfordernd sieht sie mich an, mit einer Arroganz, die mir fast den Boden unter den Füßen wegzieht.

»Dann hast du absolut keinen Humor«, ergänze ich schnippisch. Langsam reicht es mir wirklich.

»Humor ist eben für jeden etwas anderes. Ich will damit nur sagen, dass das für mich nichts wäre. Niemals. Und dann auch noch auf einer Insel. Bis man von hier überhaupt mal aufs Festland kommt …«

»Dann passt es ja echt gut, dass du ein Hofmädchen auf einem kleinen Inselbauernhof spielst«, stelle ich fest. Ja, ich weiß, es ist etwas bissig von mir, aber ich kann einfach nicht anders. Und auch ihre Bemerkung über Papa sitzt noch tief.

»Ich bin ja auch keine Serienkillerin, wenn ich eine spiele, oder?«, entgegnet Emilia mit erhobenem Kopf. »Es ist eine Rolle, nicht wahr, Hendrik? Deswegen sind wir Schauspieler, weil wir uns so gut einfühlen und in andere Rollen schlüpfen können.«

Hendrik sieht sie an und nickt. Er muss doch merken, wie daneben das vorhin von ihr war.

 240

»Das ist mir schon klar«, sage ich. »Aber sollten sich gute Schauspieler nicht immer auch mit ihren Rollen identifizieren können?«

»Ach, sie ist so süß naiv.« Emilia blickt in die Runde und grinst. »Weißt du, Lina, ich bin nicht nur Schauspielerin, sondern auch Geschäftsfrau. Man muss den Zuschauern das bieten, was sie sehen wollen. Und die Leute lieben das hier, weil es so schön einfach ist und … Ja, einfach, mir fällt kein besseres Wort dafür ein. Eine Geschichte, die für dich geschrieben sein könnte. Ein armes Mädchen vom Land – und dann kommt das große Geld und die Liebe. Alle Klischees erfüllt.« Sie nimmt einen Schluck von ihrem Wasser. »Ist doch so. Ich meine, Hendrik, du musstest ja auch erst mal ein paar Tage hier verbringen, um dich einfühlen zu können. Ist schließlich ein völlig anderes Leben.«

»Also, ich denke, die Leute lieben es, weil es einfach schön ist und dem Herz guttut. Vorausgesetzt, man hat überhaupt eines.« Der letzte Satz rutscht mir einfach so heraus, und kurz herrscht Schweigen – bis Emilias kreischendes Lachen die Stille durchbricht.

»Du kannst ja doch lustig sein.«

»Ja, stell dir vor, ich bin ein richtiger Spaßvogel.«

Die Stimmung im Laden ist ziemlich schwer. Und mein Herz auch. Ich bin nicht nur wütend auf Emilia, sondern vor allem enttäuscht wegen Hendrik.

»Also, ich mag den Hof. Es ist toll, hier zu sein«, sagt er jetzt. »Und der Zusammenhalt unter den Bewohnern ist unfassbar groß.«

Auch wenn ich eigentlich sauer auf ihn bin, tut es gut, dass er nun doch noch etwas Nettes von sich gibt.

»Jaja, sicher.« Emilia streicht ihm über den Arm. »Was ist jetzt, machen wir dann mal weiter? Ich will endlich vorankommen, wenn du verstehst, was ich meine.«

Erst warten alle auf sie, und dann stellt sie es so hin, als müsste sie auf die anderen warten. Unfassbar.

»Das ist doch so was von …« Meine Verärgerung kann ich nun nicht mehr unterdrücken, und ich fange an, laut zu zählen – wie immer, wenn ich vor Wut beinahe platze. »Eins, zwei, drei …« Ich will diese Frau erwürgen, in den Dünen verscharren. Jetzt.

»Was ist denn mit ihr los?« Fragend sieht Emilia in die Runde. »Und was soll die Zählerei?«

»Ach, Lina, kommst du mal bitte mit?« Elsa nimmt mich an der Hand, zieht mich nach nebenan in die Küche und schließt die Tür hinter uns. »Atmen, atmen, atmen«, flüstert sie mir zu. Ich aber möchte am liebsten schreien. »Hier hast du einen Keks, beiß rein.« Sie schiebt mir den Keks beinahe in den Mund, und ich muss jetzt doch lachen. Oder eher weinen? Habe ich womöglich einen Nervenzusammenbruch?

»Sie soll von hier verschwinden, Elsa. Ich drehe noch durch, ernsthaft.«

»Ich weiß.« Sie seufzt.

»Was stimmt mit dieser Frau nicht? Sag mir das mal bitte. Und jetzt komm mir nicht wieder damit, dass sie weiß, was sie will, und sich durchsetzen muss, sonst werde ich dich erwürgen.«

Elsa schüttelt den Kopf. »Nein, nein, ich sage nichts mehr. Sie ist wirklich unausstehlich. Was sie vorhin über Papa gesagt hat, ging gar nicht.«

»Nein, überhaupt nicht. Und alle schleimen sich auch noch bei ihr ein.«

»Schon, aber bald sind sie wieder weg und wir haben dann …«

Ich winke ab. »Ich weiß, wir profitieren davon, doch langsam bin ich mir dessen gar nicht mehr so sicher. Emilia benimmt sich furchtbar, und diese Reporterin schwirrt dauernd hier herum. Was, wenn sie darüber in ihrer Zeitung schreibt? Am Ende ist es total negativ, ich meine, Emilia passt doch null zu dem Film.«

»Mach dich nicht verrückt. Dann blamiert sich Emilia und nicht wir. Sie ist es doch, die dieses unmögliche divenhafte Verhalten …«

In diesem Augenblick klopft es an die Tür, die zum Laden führt, und gleich darauf erklingt die Stimme einer Frau. »Habe ich doch richtig gehört, dass hier jemand ist. Entschuldigung.«

Ich schrecke auf und drehe mich schnell um. Ausgerechnet Wiebke Wieland steht vor uns. Hat sie etwa gehört, was Elsa und ich miteinander gesprochen haben? Das wäre ja nicht so toll.

Sie lächelt. »Draußen im Laden ist niemand, und ich dachte, ich könnte vielleicht einen Cappuccino bekommen. Und auch ein Stück von eurem leckeren Kuchen?«

»Sehr gern«, antwortet Elsa, die sich als Erste von uns beiden wieder gefangen hat. »Komm ruhig herein.«

»Danke.« Wiebke nimmt am Tisch Platz, während ich mich daran mache, eine Tasse Cappuccino aufzubrühen. »So ein Dreh ist schon aufregend, oder?«, will sie wissen.

Ja, aufregend, nervig und vieles mehr. Doch das sage ich natürlich nicht.

»Unsere Leser sind schon unheimlich gespannt auf die Fortsetzung meines Artikels. Alle wollen wissen, was auf dem Syltseehof los ist«, erzählt sie.

Elsa gibt ein Stück Apfel-Käsekuchen auf einen Teller und stellt es vor Wiebke auf den Tisch. »Ja, wir haben schon gemerkt, dass in den letzten Tagen viele Leute auf den Hof gekommen sind, um zuzusehen.«

»Danke.« Wiebke nickt Elsa lächelnd zu. »Das ist schön. Natürlich wollen alle Emilia und Hendrik sehen. Und auch den Hof.«

Ich rolle mit den Augen. Hoffentlich hat sie es nicht bemerkt. Doch sie fragt prompt: »Du scheinst nicht so zu begeistert zu sein, Lina?«

Mist.

»Doch, doch, es ist toll, dass sie hier sind. Emilia ist ja ein großer Star, und sie weiß, was sie will.«

Elsa scheint alle Mühe zu haben, sich das Lachen zu verkneifen, während Wiebke uns fragend ansieht. »Ach ja? Ist das so?«

»Ich denke schon, sonst wäre sie doch nicht so erfolgreich, oder?«

Wiebke nimmt einen Schluck von ihrem Kaffee. »Da hast du auch wieder recht.«

In diesem Moment geht erneut die Tür auf, und Hendrik kommt herein. »Alles okay bei euch?« Hat er sich wohl doch Gedanken gemacht?

»Klar, alles in Ordnung.« *In Ordnung.* Ich kann einfach nicht anders.

»So, das war es heute für mich«, meint er. »Jetzt wird noch eine Szene ohne mich gedreht und danach alles für morgen vorbereitet.«

Toll, super, echt spannend. Innerlich klatsche ich Beifall.

Er wendet sich Wiebke zu. »Gut, dass Sie da sind, Uwe wollte noch mit Ihnen reden. Denn morgen geht es ans Eingemachte.«

»Ans Eingemachte? Das klingt spannend.« Wiebke scheint in Gedanken schon daran zu sein, ihren Artikel zu formulieren.

»Ja, morgen wird die erste Kussszene gedreht, und Uwe dachte, Sie könnten Ihre Leser schon mal ein wenig neugierig machen.«

Soso, die erste Kussszene also. Wow. Und warum muss er das jetzt erzählen? Eigentlich möchte ich das gar nicht so genau wissen.

»Eine Kussszene? Schön für dich«, rutscht es mir heraus.

Natürlich habe ich durch meine Bemerkung Wiebkes Neugierde erst recht geweckt. »Ist doch super. Oder stört dich das etwa?«

Ich fühle mich leicht überfahren, dass sie mich das ernsthaft fragt. Schnell winke ich ab. »Was? Nein, ich …«

»Lina hat nur diesen speziellen Humor«, erklärt Elsa an meiner Stelle.

»So, ich muss dann mal weitermachen. Die Tiere warten nicht gern, wenn sie hungrig sind«, erkläre ich, bevor Wiebke noch irgendetwas sagen oder fragen kann. Hoffentlich ist das Thema damit beendet.

Schnell verabschiede ich mich von Wiebke, dann verlasse ich die Küche und mache mich auf den Weg zum Stall.

»Morgen ist die erste Kussszene«, murmele ich, während ich den Stall betrete. Aber was interessiert mich das? Ich könnte gerade echt …

Mein Handy klingelt. Es ist Jane, und ich gehe ran.

»Na, alles gut?«, will sie wissen.

Ich seufze tief. »Nein, ganz und gar nicht. Das alles hier nervt, besonders diese Emilia. Die Frau ist ein Monster, anders kann ich es nicht ausdrücken.«

Ich berichte ihr, was Emilia von sich gegeben hat, und als ich fertig bin, meint Jane: »Oje, das war echt mies.«

»Das kannst du laut sagen. Und morgen dreht Hendrik auch noch die erste Kussszene mit ihr, das musste er uns natürlich gerade brühwarm auf die Nase binden. Mal ehrlich, wen interessiert das? Ich hoffe, er bekommt davon Herpes …«

»Es stört dich sehr, oder?«, fragt Jane nun auch noch, und mein Herz zieht sich zusammen. »Habt ihr denn gar nicht mehr miteinander geredet?«

»Nicht wirklich. Er meinte ja, ich sei in Ordnung. Wie schön. Wir hatten eine Liebesnacht, haben miteinander geschlafen – und ich bin in Ordnung. Aber gut, dass ich das jetzt weiß.«

»Vielleicht solltet ihr es aber mal klären. Wäre das nicht sinnvoll, bevor es sich noch mehr hochschaukelt?«

»Ich rede nicht mit ihm. Er ist ein Schleimer. Und es nervt mich, dass er sich so von Emilia einnehmen lässt und ihr nicht mal die Meinung sagt. Sie ist so bösartig. Aber was soll's. Von wegen Syltseeglück, es ist ein Syltseedrama hier.«

»Es tut mir so leid, Lina.«

»Ja, mir auch. Vor allem, dass ich so dumm war. Er hat mich doch gefragt, ob ich an Zeichen glaube. Weißt du was? Er ist ein Zeichen dafür, dass man aufpassen soll, mit wem man sich einlässt.«

Den Rest des Tages bringe ich tatsächlich hinter mich und bin froh, als ich nach Feierabend endlich unter der Dusche stehe und mich danach aufs Sofa fallen lassen kann.

Ich komme gerade aus dem Bad, da klopft es an die Tür. Wer kann das sein? Ich hoffe, es ist nicht Piet, weil Emilia wieder irgendetwas braucht.

Doch als ich die Tür öffne, steht Hendrik vor mir. Ich halte das Handtuch fest, das ich mir um den Körper gewickelt habe, und sehe ihn an. »Was ist los?«, frage ich kühl. »Ist irgendwas nicht in Ordnung?«

»Anscheinend.« Er hebt eine Braue. »Kann ich reinkommen?«

»Ehrlich gesagt bin ich müde und …«

»Verärgert?«

»Bist du deswegen hier? Um mich das zu fragen? Habt ihr nicht noch irgendwo ein tolles Essen?«

Er winkt ab. »Nein. Ich wollte dir etwas ganz anderes erzählen«, sagt er. »Mein Papa war hier. Kannst du das glauben? Wir waren zusammen essen und haben uns lange unterhalten.«

Für einen Moment verfliegt mein Ärger, da ich weiß, wie wichtig ihm das ist. »Ehrlich? Das freut mich, Hendrik.«

»Danke. Und er sagte, der Hof sei toll. Du hast übrigens auch mit ihm gesprochen. Er meinte, du seist so freundlich zu ihm gewesen. Allgemein ist er total begeistert und sieht so viel Potenzial …«

Ich habe mit ihm geredet? Doch nun dämmert es mir. Klar, der ältere Herr, den ich erst draußen getroffen habe und der danach noch im Hofladen Tee getrunken und unsere Produkte gelobt hat – das muss Hendriks Vater gewesen sein. Ich dachte ja noch, dass er mir irgendwie bekannt vorkommt.

»Das ist echt eine Überraschung«, sage ich.

»Ja, das war es. Und er meinte, er würde gern helfen, den Onlineshop ganz groß aufzuziehen. Er wäre auch bereit, in Werbung zu investieren. Darüber möchte er mal mit euch reden. Ist das nicht toll?«

Ich sehe ihn an, dann nicke ich. »Ja, es ist toll, und ich freue mich auch.«

»Das ist schön. Natürlich muss man auch darüber sprechen, wie eine eventuelle Vergütung aussehen könnte, vielleicht in Form einer Umsatzbeteiligung oder so. Aber er ist da sehr fair, und man kann wirklich mit ihm reden.«

»Okay, danke für die Info. Aber es ist schon spät, und du musst dich ja sicher noch auf deine Kussszene vorbereiten.«

Sein Blick liegt auf mir. »Du bist echt sauer auf mich, oder?«

»Sauer? Nein.«

»Ach komm schon, sei ehrlich. Denn ich verstehe gerade mal wieder so einiges nicht. Auch nicht deine Aussage wegen der Sache mit uns. Das hat mich überrascht.«

»Was denn? Was wolltest du denn hören?«

»Nicht das!«

»Ja gut, das war voreilig. Aber weißt du, es war vielleicht auch richtig, denn es nervt mich, wie du dich verhältst. In Bezug auf Emilia und alles.«

»Ach ja? Und warum?«

»Warum? Das sage ich dir. Hast du das ernst gemeint? Dass ich in Ordnung bin?«

Er schluckt. »Jetzt verstehe ich. Ich habe mir schon gedacht, dass irgendwas nicht stimmt.«

»Du bist ein Blitzmerker, Hendrik. Ganz toll. Und was sollte das mit dem Hofmädchen? Ach ja, war das neulich am Telefon überhaupt dein Bruder? Oder wie kommt Emilia darauf, dass du mich um den Finger gewickelt hast? Und überhaupt, sie redet so mies über mich, und du sagst nichts dagegen, widersprichst ihr nicht.«

Er räuspert sich. »Erstens habe ich das nicht so gemeint. Wirklich nicht. Vor allem nicht, dass du *nur* in Ordnung bist. Zweitens hätte ich Emilia schon mal die Meinung sagen müssen, das ist mir klar. Was sie da von sich gegeben hat, war ätzend. Und drittens habe ich wirklich mit meinem Bruder telefoniert. Als ich mich vor dem Dreh mit Emilia zum Kaffee getroffen habe, konnte ich sie davon überzeugen, diese Rolle zu spielen. Vielleicht habe ich da allgemein etwas zu dick aufgetragen, tut mir leid. Ich hätte ihr natürlich schon längst widersprechen müssen.«

»Und warum hast du das noch nicht getan?«

»Weil so viel an ihr hängt. Was, wenn sie den Dreh platzen lässt? Dann ist das für uns alle Mist. Auch für dich. Verstehst du das nicht? Ich mache das auch für dich.«

Ich wiege den Kopf hin und her. Offenbar weiß Emilia sehr gut, dass der Film mit ihrer Person praktisch steht und fällt. »Ja, ich verstehe es irgendwo schon, aber auch wieder nicht. Sie muss doch auch mal merken, dass es so nicht geht – und wenn sie noch so beliebt beim Publikum ist. Würdest du mich mögen, könntest du trotzdem etwas zu ihr sagen. Wie auch immer, ich muss jetzt schlafen. Danke, dass du mir das von deinem Papa erzählt hast«, sage ich nur noch und schließe dann einfach die Tür.

Syltseeliebe oder Syltseedrama?

»Moin«, rufe ich, als ich am nächsten Morgen den Hofladen betrete. Ich habe heute Nacht noch nachgedacht und bin zu dem Entschluss gekommen, dass ich einfach versuchen muss, über alles, was mit Hendrik und Emilia zu tun hat, hinwegzusehen. Immerhin bin ich vorher auch gut ohne das alles klargekommen.

»Moin.« Elsa sieht mich merkwürdig an und wirkt auch irgendwie ein wenig bedrückt.

»Was ist los?«, frage ich sie. »Jetzt bin ausnahmsweise mal ich gut gelaunt und du nicht? Ist dir der Kuchen verbrannt?«

»Eigentlich wäre ich auch gut gelaunt, weil ich erfahren habe, dass Hendriks Papa hier war und uns helfen möchte. Aber da ist noch was anderes.«

»Was denn?«

»Na ja, wenn du so fragst, hast du bestimmt noch nicht die Zeitung von heute gesehen.«

Okay, warum schaut sie mich so an?

»Nein. Was ist denn los?«

Sie nimmt die Zeitung vom Tresen und reicht sie mir. »Hier, lies das mal.«

Als mir die Schlagzeile ins Auge springt, wird mir sofort ganz anders. Das kann doch wohl nicht wahr sein!

Eifersucht auf dem Syltseehof? Syltseeliebe oder doch Syltseedrama?
Am Set geht es chaotisch zu. Wer küsst hier wen?

»Oh mein Gott, ich muss mich setzen«, kommt es mir über die Lippen, und ich lasse mich auf einen Stuhl sinken. Ernsthaft, steht da *Syltseedrama*?

Geschockt lese ich weiter: *Eine heimliche Liebesaffäre mit dem Schauspieler Hendrik Feddersen?* Spinnt diese Wiebke Wieland denn? »Was soll das? Wie kommt diese Reporterin auf so etwas?«

»Sie hat wohl gestern doch was mitbekommen und sich das irgendwie zusammengesponnen«, antwortet Elsa.

»Was soll sie denn mitbekommen haben? Wir haben doch über diese Dinge gar nicht gesprochen.«

»Na ja, deine Bemerkung wegen der Kussszene – da habe ich mich auch gefragt, was da los ist.«

»Gar nichts ist los«, blaffe ich. »Und dass Emilia ein Monster ist, wie sie hier schreibt, habe ich auch nicht gesagt.« Oder doch, Moment, sie wird doch nicht mein Telefonat mit Jane im Stall mitgehört haben? Sofort klopft es wieder heftig in meiner Brust. »Diese … Sie muss mich belauscht haben. Ich habe den Ausdruck *Monster* nur ein einziges Mal verwendet, nämlich als ich gestern im Stall mit Jane telefoniert habe. Ich glaube echt, ich spinne!«

Just in diesem Augenblick geht die Tür auf, und Piet kommt herein. Ich strecke ihm die Zeitung entgegen. »Moin, hast du das schon gelesen?«

Er nickt. »Ja, das habe ich.«

»Das ist doch eine Katastrophe!«

»Und Lina steht jetzt da, als wäre sie total unsympathisch!«, entrüstet sich Elsa.

Piet atmet tief durch. »Stimmt, das ist wirklich mies.« Er setzt sich auf den Stuhl neben mir.

»Möchtest du einen Kaffee?«, fragt Elsa.

»Klar.«

Sie nimmt ein Glas aus dem Schrank und beginnt, einen Latte Macchiato für ihn zuzubereiten.

Währenddessen sieht Piet mich an und beginnt zu grinsen. Ist das wirklich sein Ernst? »Hast du echt gesagt, dass Emilia ein Monster ist?«

»Das ist nicht lustig, ehrlich nicht. Ich habe das nur im Vertrauen zu Jane gesagt, und jetzt werde ich hier dargestellt wie die eifersüchtige Hoftrulla! Und du lachst?«

»Tut mir leid«, antwortet er. »Das waren jetzt zwar nicht Emilias Worte, aber …«

»Aber was? Hat sie sich denn auch schon über mich geäußert?«

»Du folgst ihr nicht auf Instagram, oder?«

»Was? Natürlich nicht!«

Elsa hat ihr Handy aus der Tasche gezogen und sucht bereits nach Emilias Account. »Ach du Scheiße!«, ruft sie und reicht mir das Telefon. »Schau mal hier, dreh aber nicht gleich durch.«

Emilia hat den Artikel aus dem Inselblatt gepostet und dazugeschrieben: *Hendrik ist ja auch heiß, trotzdem bin ich diejenige, die ihn küsst.*

Ich balle meine Hände zu Fäusten. »Das ist echt schlimm. Wie stehe ich denn jetzt da? Als ob ich was von ihm will. Das macht sie doch nur zur Promo!«

»Vermutlich«, stimmt Piet mir zu. »Aber reg dich nicht auf, morgen interessiert das keinen mehr. Und wenn da nichts dran ist, brauchst du dich doch auch nicht zu ärgern.«

Anscheinend hat Wiebke Wieland zum Glück nichts von meiner Liebesnacht mit Hendrik mitbekommen, denn darüber habe ich mit Jane ja auch gesprochen. Oder kommt da womöglich noch was? Piet sieht mich jedenfalls merkwürdig an.

»Was ist?«

»Apropos Promo und so, wir haben jetzt mit dem Sylt-seehof einen Account auf Instagram. Das wollten wir dir sagen. Das erste Bild wurde auch schon reichlich kommentiert«, berichtet mir Elsa.

»Bitte was?«

Sie zeigt mir nun unseren Account. Das Logo, das Piet entworfen hat, ist darauf zu sehen, und das erste Foto zeigt unsere Familie. »Klar gibt es auch blöde Kommentare, aber viele sind auf deiner Seite und haben geschrieben, dass sie Emilia nicht mögen«, erklärt sie.

Das muss ich erst mal verdauen. »Ich habe keinen Bock mehr auf das alles hier«, sage ich und stehe auf. Die ganze Sache nimmt mich doch mehr mit, als ich zugeben will. Ja, das mit dem Instagram-Account ist schön, aber alles andere nervt nur noch.

»Ach, komm schon, ist doch irgendwie spannend und auch … lustig.«

»Ja, superlustig.«

Wütend verlasse ich den Laden. Lustig? Das ist absolut *nicht* lustig.

Als ich am Set vorbeigehe, starren mich gefühlt alle an, und ich würde ihnen am liebsten sagen, was das für ein Unsinn ist. Doch ich beschließe, es nicht zu tun. Ich will einfach nur meine Ruhe haben.

In Mamas Wohnung brennt Licht, und ich klopfe an ihre Tür. Als sie mir öffnet, nimmt sie mich in den Arm und drückt mich fest. Darüber bin ich so froh, weil ich genau das gerade brauche.

»Na, mein Liebes, wie geht es dir?«

»Besch…eiden, um es mal so auszudrücken. Du hast den Artikel auch gelesen, oder? Und dann die Instagram-Seite …«

Sie nickt nur.

»Weißt du, das ist so … so …«

»Wahr?«

Ich schlucke, denn mit dieser Frage erwischt sie mich heftig. »Was meinst du?«

»Na ja, sie ist doch ein Monster.« Mama lacht leise, und auch ich muss jetzt grinsen.

»Total.«

»Und wegen der anderen Sache: Man merkt schon, dass da zwischen Hendrik und dir etwas ist. Zumindest ich als deine Mama merke es.«

»Ja, vielleicht. Aber seit diese Emilia da ist und er sich so benimmt, habe ich überhaupt keine Lust mehr auf ihn. Und ich weiß jetzt auch, wie sie über mich redet. Am besten bleibe ich heute den ganzen Tag hier bei dir, ich möchte einfach meine Ruhe haben.«

»Das verstehe ich. Aber es ist Unsinn. Wir sind Sörens, und eines tun wir absolut nicht: uns unterkriegen lassen. Schon gar nicht von so einer wie Emilia. Da haben wir schon schlimmere Monster besiegt, oder?«

Ich weiß, was sie meint.

Mama hebt mein Kinn an und sieht mir fest in die Augen. »Also, was tun wir nicht?«

»Uns unterkriegen lassen«, wiederhole ich brav.

»Und du schon gar nicht. Da stehst du drüber, okay? So, und jetzt gehst du mit erhobenem Kopf da raus und machst deine Arbeit.«

Ihre Worte haben mich aufgebaut. Sie hat recht. Nein, ich lasse mich nicht unterkriegen. »Jawohl, Mama.«

»Papa wäre übrigens stolz auf dich.« Sie lächelt, und sofort breitet sich Wärme in meinem Bauch aus.

»Ach ja? Warum? Weil ich ein Syltseedrama veranstalte?«

Sie lacht. »Nein, weil du hier der eigentliche Star bist.«

Als ich Mamas Wohnung verlasse, geht es mir etwas besser. Gut, es nervt, dass ich immer wieder neugierige Blicke auf mir spüre, doch ich versuche, das Beste daraus zu machen.

Also kümmere ich mich um alles, was ansteht. Gegen Mittag gehe ich zu Elsa in den Hofladen, um sie zu unterstützen, weil dort richtig viel los ist. Der neueste Artikel hat noch mehr Menschen angelockt, weshalb wir vor dem Laden ein paar zusätzliche Tische aufstellen mussten.

»Etwas Gutes hat das Ganze ja«, meint Elsa irgendwann, als ich mit benutztem Geschirr und neuen Bestellungen in die Küche komme. »Es ist doch der Wahnsinn, was hier los ist, oder? Und auf der Instagram-Seite ist ebenfalls so viel Action – was ja ungewollt auch irgendwie Werbung für uns ist.«

»Ungewollt. Da sagst du was«, antworte ich nur, denn in diesem Augenblick betritt Hendrik die Küche.

»Sorry, ich möchte nicht nerven, aber habt ihr vielleicht einen Kaugummi für mich?«, fragt er.

Ich verdrehe innerlich die Augen. Ah, jetzt geht sie wohl los, die kleine Kussszene. Und dazu braucht Hendrik natürlich einen frischen Atem. Meine Güte.

Genervt sehe ich ihn an. »Da draußen wimmelt es von Gästen, und du kommst wegen so was daher«, rutscht es mir heraus.

Dieser Idiot. Sicher hat er auch mitbekommen, was in der Zeitung steht und in den sozialen Medien passiert. Doch der Herr benötigt einen Kaugummi.

»Ja, warte. Ich muss in unserem Süßwarenglas einen haben«, antwortet Elsa. Sie geht hinaus in den Laden und stöbert in dem großen Glasbehälter, in dem wir allerlei Süßigkeiten für die Kinder der Kunden aufbewahren. »Ah, da ist einer. Wusste ich es doch.« Sie reicht Hendrik den Kaugummi, und er bedankt sich mit seinem charmantesten Lächeln.

»Ich hoffe, Emilia schert sich was um ihren Atem«, sage ich ein wenig schnippisch, als ich mit meinem Tablett voller Kaffeetassen und Kuchenteller an den beiden vorbeigehe.

Okay, das war jetzt doch etwas zickig. Aber wie sagt man so schön? Ist der Ruf erst ruiniert …

Draußen vor dem Laden spricht mich eine ältere Frau an, als ich ihr gerade Kaffee serviere. »Sie sind Lina, oder?«

Ich nicke nur. Oh Mann, jetzt kommt bestimmt wieder die gleiche Leier. Heute haben mich schon einige Leute auf den Artikel angesprochen.

»Ich wollte Ihnen etwas sagen, nur so unter uns.« Sie lächelt mich an. »Ich finde, Sie sind viel hübscher als diese Schauspielerin.«

»Danke, das ist nett von Ihnen.«

»Ich bin nur ehrlich. Und Sie würden so viel besser zu der Rolle passen – und zu dem Jung.«

Ich muss lachen, obwohl mir eigentlich gar nicht danach ist. »Dafür bekommen Sie einen Muffin gratis«, entscheide ich spontan.

Die Frau freut sich sichtlich, als ich ihr kurze Zeit später den Muffin bringe. Dabei wandert mein Blick unweigerlich hinüber zum Set. Jaja, Hendrik und Emilia sind sich gerade ziemlich nah, und sie scheint es offensichtlich zu genießen. Gleich kommt der Kuss, doch mir ist das total egal. Ich bin so was von darüber hinweg.

Mein Herz zieht sich zusammen. Nein, ich will das gar nicht sehen, also gehe ich wieder hinein zu Elsa, damit sie kurz für mich einspringt.

»Elsa? Übernimmst du bitte mal schnell für mich? Ich muss etwas aus dem Lager holen. An Tisch vier wartet eine Frau noch auf ihre Limonade. Ich bin gleich wieder da, ja?«

Sie zieht eine Augenbraue nach oben. »Sag doch einfach, dass du das da draußen nicht sehen möchtest.«

»Darum geht es nicht«, entgegne ich erst. Aber Elsa kann ich ohnehin kaum etwas vormachen, also gebe ich es einfach zu: »Okay, ja, ich will es nicht sehen. Machst du es dann bitte?«

255

»Ja, gut. Ich rufe dich an, wenn es vorbei ist. Aber danach möchte ich wissen, was hier los ist, und zwar ernsthaft.«

»Okay, versprochen, ich erzähle dir alles.«

Gemeinsam treten wir nach draußen. Während Elsa die Limonade an Tisch vier bringt und dann ein wenig stehen bleibt, um dem Treiben am Set zuzusehen, mache ich mich auf den Weg zum Lager, wo ich mal wieder nach den Frühäpfeln sehen muss.

Nachdem ich das Lager betreten habe, lehne ich mich an die Wand und atme erst einmal tief durch. Dann wandert mein Blick zu den Äpfeln. Mit ihnen scheint alles in Ordnung zu sein. Wobei – einer der Körbe steht doch ein wenig im Weg. Ich sollte ihn lieber auf die andere Seite ziehen, nicht dass noch jemand im dämmrigen Licht darüberstolpert.

Gerade als ich nach dem Korb greifen möchte, steht Hendrik auf einmal vor mir.

»Was machst du da?«, fragt er.

»Sieht man das nicht? Ich schiebe die Äpfel herum. Und was willst du hier?«

»Ich muss mit dir reden, und zwar allein. So geht es nicht weiter.«

Ich kneife die Augen zusammen. »Was geht so nicht weiter? Ach, ich wüsste da was. Braucht die Prinzessin auf der Erbse noch irgendwas für die Szene? Vielleicht ein ganz besonderes Bonbon? Oder spezielle Luft zum Atmen?«

Hendrik streicht sich ein wenig verlegen durch die Haare. »Tut mir echt leid, dass es so schlimm ist, das mit dem Zeitungsartikel und Emilias Instagram-Post. Und was auf eurer Seite los ist. Das wollte ich dir vorhin schon sagen.«

»Hast du aber nicht.«

»Ich wusste nicht, was ich …«

»Was du sagen sollst?«

Er nickt. »Ja. Ich weiß, dass es nervt, aber du solltest versuchen, es nicht so sehr an dich heranzulassen. Das Ganze ist auch einfach Show, um die Leute neugierig zu machen.«

»Also hör mal.« Entrüstet stemme ich die Hände in die Hüften. »Emilia hat gefragt, ob mein Papa aus Langeweile gestorben ist, das lasse ich sehr wohl an mich ran. Und da war noch so einiges mehr. Und du sagst nichts zu ihr, niemand sagt etwas. Jedenfalls kann sie froh sein, dass Elsa so viel backt und damit meine Nerven beruhigt.«

Er grinst. »Das hat Emilia vermutlich das Leben gerettet, oder?«

»Das ist nicht lustig«, ermahne ich ihn und trete einen Schritt auf ihn zu. »Und du … Mal ehrlich, so wie das hier gerade läuft, ist es doch absoluter Mist. Da ist eine Schauspielerin, die gar nicht wirklich versteht, um was es in dem Film, in dem sie mitwirkt, geht. Sie wurde nur engagiert, weil sie gerade in ist und eine große Fanbase hat. Das ist schrecklich. Und ich sage dir was: Das spüren doch auch die Zuschauer.«

»Ja, ich weiß.«

»Und was willst du jetzt überhaupt von mir? Musst du Emilia nicht endlich mal küssen?«

»Schon, aber … ich wollte mit dir reden. Wie gesagt, so geht es nicht weiter. Die Sache ist die …« Er hält inne und sieht mich an, seine Augen funkeln. »Ich war sauer auf dich, weil du meintest, dass zwischen uns nichts sei, doch das stimmt nicht. Du magst mich, Lina, das weiß ich. Und ich denke auch die ganze Zeit an dich und vermisse dich. Ich wollte dir das schon an jenem Tag sagen, aber du musstest ja wieder so sein …«

Ich schlucke schwer. »Wie war ich denn? Jetzt übertreib mal nicht. Wir befinden uns auf demselben Hof – wie kannst du mich da vermissen?« Meine Worte klingen schwächer als beabsichtigt. Die Wärme in meinem Herzen ist nicht zu leugnen.

»So, wie du eben bist, und ich gebe zu, das nervt mich. Aber …« Er lächelt sanft. »Aber ich brauche das auch, dich und dieses Drama. Und du bist nicht einfach nur gewöhnlich oder in Ordnung, sondern … Lina, ich empfinde so viel für dich. Du bist der Grund, warum ich überhaupt hier bin. Du bist dieses Zeichen. Und du hast recht, ich hätte etwas zu Emilia sagen müssen.« Mein Herz schlägt schneller, als er nun meine Hand nimmt und sanft darüberstreicht. »Ich möchte dich küssen, am liebsten die ganze Zeit.«

Ein Teil von mir wehrt sich immer noch gegen die aufkommenden Gefühle, doch der andere Teil beugt sich erwartungsvoll zu ihm vor. Einen Augenblick später treffen mich bereits seine Lippen, die weich und warm sind. Ich schmelze dahin, lasse mich einfach fallen. Hitze rauscht durch mich hindurch, und ich erwidere den Kuss, immer und immer wieder. Es fühlt sich so gut an. Und auch wenn da noch tausend Fragen sind, kann ich nicht anders, als sie in diesem Moment einfach zu vergessen.

Zumindest so lange, bis die Tür aufgestoßen wird.

Ich empfinde so viel für dich.
Du bist der Grund, warum
ich überhaupt hier bin.
Du bist dieses Zeichen.

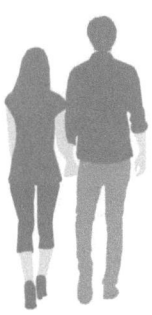

Auf nimmerwieder-sehen

»Das ist nicht dein Ernst!«, schallt Emilias messerscharfe Stimme durch den Raum. »So bereitest du dich also auf unsere Szene vor? Indem du die da küsst?« Sie deutet auf mich, und ihre Augen scheinen mich mit Blitzen töten zu wollen.

Die da. Wie nett.

Und sie ist noch nicht fertig mit ihrer Tirade. »Ich bin ja so unglaublich enttäuscht von dir, Hendrik. Das ist … Noch nie wurde ich so bloßgestellt.«

Fragend hebe ich eine Augenbraue. Bloßgestellt? Keine Ahnung, was sie für ein Problem hat. Ich hoffe nur, dass sie nicht gleich irgendwas von sich gibt, das mich schwer treffen würde, zum Beispiel dass Hendrik doch etwas mit ihr hat oder schon mal hatte.

»Also, ich finde nicht, dass ich dich damit bloßstelle«, entgegnet Hendrik. »Wir sind nicht zusammen und hatten auch noch nie etwas miteinander, also weiß ich nicht, was dein Problem ist.« Sofort bin ich unsagbar erleichtert.

Sie winkt mit einer theatralischen Geste ab. »Unfassbar! Excuse me, aber du bist so was von gecancelt, das verspreche ich dir!«

Excuse me? Gecancelt? Oh Mann. Kann sie nicht einfach deutsch sprechen?

Ohne ein weiteres Wort macht sie auf dem Absatz kehrt und rauscht davon, dabei schlägt sie die Tür des Lagers mit einem lauten Knall hinter sich zu.

Hendrik verzieht das Gesicht, doch dann lächelt er und küsst mich noch einmal.

Als wir uns voneinander lösen, sehe ich ihn etwas betrübt an. »Sollten wir nicht lieber mal nachschauen, was sie jetzt vorhat?«, frage ich ihn. »Schließlich ist sie unberechenbar, oder? Zumindest klang das ja ganz schön dramatisch.«

Er atmet tief ein und streicht sich durch die Haare. »Du hast recht. Na schön, dann lass uns gehen.«

Als wir aus dem Lager treten, hören wir bereits Emilias Gezeter. Diese Frau ist doch echt ... Ich finde keine Worte dafür.

»Aber Emilia, du kannst jetzt nicht alles hinwerfen! Wir sind doch so gut dabei«, ruft Uwe, der verzweifelt versucht, sie zu beruhigen. Als er uns entdeckt, kommt er auf uns zu. »Was um Himmels willen ist denn passiert?«

Hendrik legt den Arm um meine Schultern. »Ich habe Lina geküsst, Emilia hat es gesehen und ist durchgedreht«, antwortet er mit einer Seelenruhe.

Uwe rollt mit den Augen und geht wieder zu Emilia hinüber. »Jetzt hör doch mal zu, Emilia ...«, beginnt er, doch sie läuft einfach davon und verschwindet im Haus. Wahrscheinlich ist sie auf dem Weg in ihr Zimmer.

»Was ist denn jetzt?«, will Hendrik wissen, woraufhin Uwe ein Taschentuch aus seiner Jeans zieht und sich die Schweißperlen von der Stirn tupft.

»Was los ist? Sie will allen Ernstes die Dreharbeiten hinschmeißen. Sie hat gesagt, sie reist ab, sofort!«

Betreten sehe ich Uwe an. Das wollte ja auch niemand. »Das tut mir leid. Willst du nicht versuchen, sie zu beruhigen?«, frage ich Hendrik.

Er zuckt mit den Schultern. »Ja, vielleicht. Doch ehrlich gesagt geht sie mir genauso auf die Nerven wie allen hier.

Sorry, das musste ich jetzt mal loswerden.« Einige Mitarbeiter der Crew nicken, Uwe ebenso.

»Ja, aber wie sollen die Dreharbeiten ohne sie funktionieren?«

In diesem Moment wird die Haustür aufgerissen, und Emilia stöckelt mit ihrem Koffer in der einen und dem Beautycase in der anderen Hand aus dem Haus. »Also viel Spaß noch. Das war's, ich gehe. Jetzt könnt ihr zusehen, was ihr ohne mich mit eurem Film macht!«

Uwe ist jetzt wirklich verzweifelt. »Emilia, Liebes, beruhige dich doch endlich. Lass es uns bitte einfach zu Ende bringen.«

Sie schüttelt den Kopf. »Nein. Ich drehe nicht mehr mit Hendrik. Wenn er bleibt, gehe ich. Denn entschuldige mal, ich bin Emilia, und er schätzt mich nicht. Darauf habe ich keine Lust. Ihr könnt ja als Ersatz das Hofmädchen nehmen, sie küsst er ja sowieso lieber.« Sie grinst fies in unsere Richtung und eilt dann zu ihrem Auto. »Auf Nimmerwiedersehen! Endlich komme ich von diesem stinkenden Hof weg!«, ruft sie noch, bevor sie ihr Gepäck ins Auto wirft, sich hinters Steuer setzt und mit durchdrehenden Reifen davonbraust.

Vielleicht sollte es so sein

»Das war ja mal ein Abgang«, sagt Uwe, als wir etwas später zusammen vor dem Hofladen sitzen. Auf den Schock hat Mama erst einmal für alle Kaffee gemacht und Eierlikör bereitgestellt, von dem sich Uwe bereits das zweite Glas eingegossen hat. Die übrigen Gäste und Kunden, die noch hier waren, haben wir vertröstet und sie gebeten, morgen wiederzukommen.

»Was machen wir denn jetzt?«, fragt Bea, die Maskenbildnerin.

Nervös trommelt Uwe mit seinen Fingerknöcheln auf die Tischplatte. »Das ist eine gute Frage. So ein Chaos, zumal ja auch die Leute reden werden.« Er wirkt in der Tat ziemlich überfahren. »Wenn Emilia Ernst macht und komplett raus ist, können wir die Szenen, die wir bisher gedreht haben, vergessen. Dann ist alles im Eimer!«

»Abgesehen davon, dass ihr Verhalten unmöglich ist«, mische ich mich jetzt ein, »aber sie hat doch bestimmt einen Vertrag? Wenn sie den einfach bricht, ist eine Strafe fällig, oder?«

»Ja, sicher.« Uwe seufzt. »Das Wichtigste ist jetzt allerdings, dass wir den Film ordentlich zu Ende bringen, und dafür muss dringend eine Lösung her. Ich habe jedoch keine Ahnung, wie die aussehen könnte. Zudem bin ich mir sicher, dass sie … irgendwas in den sozialen Medien treiben wird.«

»Wie wäre es, wenn Lina die Rolle übernimmt?«

Perplex sehe ich Mama an. Wie kommt sie denn auf so etwas? Ich kann doch nicht einfach eine Rolle in einem Film übernehmen! Und es geht offensichtlich nicht nur mir so. Auch die anderen scheinen mehr als verblüfft, dass Mama so etwas überhaupt nur vorschlägt.

»Klar, sie ist keine Schauspielerin, ich weiß schon«, führt Mama ihre Idee weiter aus. »Doch sie ist hübsch und wirkt ehrlich gesagt tausendmal authentischer als diese Emilia. Es geht mich ja nichts an, aber könnte man es nicht wenigstens einmal versuchen? So ein Film wird doch von ganz normalen Menschen angeschaut, die sich bestimmt freuen, jemanden zu sehen, der das Mädchen von nebenan sein könnte. Aber wie gesagt, das ist nur meine Meinung.«

Mein Puls rast, und in meinem Bauch zwickt es.

»Nun ja.« Uwe räuspert sich. Erneut steht ihm der Schweiß auf der Stirn, den er sich mit einer Serviette abtupft. »Emilia hat sich monatelang auf die Rolle vorbereitet, wie soll das jetzt so spontan machbar sein? Und außerdem hast du keinerlei Filmerfahrung, Lina. Andererseits …« Er blickt mich ernst an. »Im Endeffekt haben wir jetzt auch nichts mehr zu verlieren. Würdest du dir das überhaupt zutrauen? Du musst ja auch den Text kennen und wissen, worum es in der Geschichte geht.«

»Also, worum es in der Geschichte geht, weiß ich bereits …«, beginne ich, werde jedoch von Hendrik unterbrochen.

»Darf ich auch mal etwas sagen? Ich habe zusammen mit Lina verschiedene Szenen geübt und da schon den Eindruck bekommen, dass sie sich gut in die Geschichte einfühlen könnte. Vielleicht wäre es ja wirklich einen Versuch wert. Klar hat Lina keine Schauspielausbildung, aber gerade dadurch könnte sie in ihrer Rolle natürlicher und authentischer rüberkommen als Emilia. Und was den Text angeht, den Lina natürlich noch nicht so gut kennt: Wie wäre es, wenn wir es mit einem Prompter versuchen?«

Uwe sitzt da und atmet tief durch. Eine gefühlte Ewigkeit antwortet er nichts, dann sieht er in die Runde. »Was meint ihr? Ich weiß, es ist verrückt, aber wollen wir es wenigstens mal ausprobieren, bevor das Projekt komplett ins Wasser fällt?« Als praktisch alle nicken, klopft er mit der flachen Hand auf die Tischplatte. »Okay, dann versuchen wir es. Alles auf Anfang. Das wird jetzt hart werden, aber vielleicht ist es ja doch machbar.«

Auf einmal herrscht eifriges Treiben. Uwe kommt mit Bea zu mir her. »Du könntest mich gleich mal in den Garderobenwagen und die Maske begleiten, Lina«, meint Bea.

»Und während du vorbereitet wirst, kannst du auch bereits die ersten Szenen lesen«, ergänzt Uwe. »Wir schalten den Text zur Sicherheit auf den Prompter. Die Idee war gut, Hendrik.«

Passiert das hier wirklich? Ich bekomme sicher gleich Panik.

Hendrik legt mir ermutigend die Hand auf die Schulter. Sein Blick ist ganz sanft. »Das bekommst du hin, ganz sicher. Und ich bin ja auch noch da.«

Oh mein Gott, mir schwirrt der Kopf. Vor einer Stunde hätte ich mir das alles nicht mal in meinen kühnsten Träumen ausgemalt. Und auf einmal bin ich mittendrin.

»Also dann, alle bereit? Action!«, ruft Uwe.

Mein Herz dreht jetzt beinahe durch. Doch vermutlich nicht nur meines. Alles ist so schnell gegangen, dass ich es immer noch nicht so recht glauben kann. Gerade war ich noch in der Garderobe und in der Maske, und jetzt stehe ich schon hier. Die Aufregung liegt förmlich in der Luft, während ich mit meinem Korb in der Hand über den Hof gehe und so tue, als wäre ich beschäftigt. Denn in der Szene soll die Hofbesitzerin Sina Hansen – also jetzt ich – bei ihrer täglichen Arbeit dargestellt werden. Glücklicherweise habe ich bei diesen ersten Sequenzen noch keinen Text zu sprechen. Ich werde erst im Stall gefilmt, dann bei den Hühnern und im Hofladen, danach werde ich zum ersten Mal auf Hendrik treffen, der im Film Jan heißt.

Als die Sequenzen, in denen ich allein auftrete, nach ein paar Versuchen endlich im Kasten sind, kommt Hendrik dazu.

»Lina, in dieser Szene muss deine Abneigung gegenüber Jan ganz deutlich sichtbar werden«, erklärt uns Uwe mit einem Augenzwinkern. »Und du, Hendrik, bist natürlich aufgeregt, weil es ja um einen Job geht, den du dringend brauchst.«

Noch ein paar letzte Einstellungen, dann geht es los. Es fühlt sich schon noch merkwürdig an, mit Hendrik vor der Kamera zu stehen und zu wissen, dass all die Menschen um uns herum darauf warten, dass ich meine Rolle spiele. Aber ich erinnere mich an die Proben mit Hendrik und versuche einfach, mein Bestes zu geben.

Und es ist tatsächlich, als würde die Welt um mich herum verschwinden. Ich bin nur noch Sina, die sich in dieser Geschichte bewegt. Die Worte fließen geradezu aus mir heraus, und ich fühle die Emotionen, die meine Figur gerade durchlebt. Dennoch bin ich froh, im Notfall auf den Prompter zurückgreifen zu können. Und Hendrik spielt seine Rolle ebenso überzeugend, dass ich fast vergesse, dass wir vor der Kamera stehen.

Die Zeit vergeht wie im Flug, und als Uwe mal wieder »Cut!« ruft, klatschen alle Beifall.

Uwe spricht noch kurz mit einem der Kameramänner, ehe er zu Hendrik und mir herkommt. »Super, das war es für heute. Das hast du wirklich gut hinbekommen«, lobt er

266

mich, und ich bin überwältigt von den Gefühlen, die mich gerade durchströmen. »Wir machen dann morgen weiter. Für heute könnt ihr euch entspannen, wobei du dir aber die Szenen von morgen schon mal ansehen solltest, Lina.«

Ich nicke. »Klar, das mache ich.«

»Hendrik, hilfst du ihr?«

»Natürlich, sehr gern.«

»Gut.« Uwe reibt sich die Hände. »So, ich brauche jetzt echt ein Bier.«

Gemeinsam gehen wir zum Hof zurück. Als wir die Küche betreten, werden wir schon von Mama und Elsa erwartet. »Kommt rein, wir haben Eintopf für alle gekocht«, ruft Mama uns zu.

Hendrik und ich setzen uns nebeneinander an den Tisch, sein Blick liegt intensiv auf mir. »Wie sieht es aus?«, fragt er mich mit einem Lächeln. »Möchtest du nach dem Essen noch üben?«

Die Art und Weise, wie er das Wort *üben* ausspricht, bringt mich ebenfalls zum Grinsen. »Nun ja, das können wir machen.«

Langsam füllt sich die Küche. Es hat sich in der Crew herumgesprochen, dass es heute Abend hier etwas Leckeres zu essen gibt. Und die Stimmung ist jetzt wirklich gelöst. Alle scheinen erleichtert zu sein, dass wir eine einigermaßen annehmbare Lösung gefunden haben.

Elsa setzt sich nun ebenfalls neben mich und stupst mich ausgelassen in die Seite. »Na, große Schauspielerin, in dir stecken ja ungeahnte Talente.«

»Übertreib mal nicht. Aber ja, ich bin froh, dass die Dreharbeiten weitergehen können.«

Sie mustert Hendrik und mich und kichert dabei leise. »Jaja, die Chemie stimmt, das merkt man schon.«

»Ach herrje, auch das noch!«, ruft Uwe mit einem Mal. Er tippt noch kurz auf seinem Handy herum, dann hebt er den Kopf.

»Was ist los?«, will Hendrik wissen.

»Emilia ist los. Sie hat gerade etwas auf Instagram gepostet. So etwas hatte ich ja schon vermutet. Hier, seht selbst.« Er reicht Hendrik und mir das Handy, und gemeinsam beginnen wir zu lesen.

»Spinnt diese Frau?«, entfährt es mir. Denn was ich da sehe, ist echt unfassbar.

Dreh abgebrochen! Bald mehr dazu.

»Sie hat darauf schon total viele Kommentare bekommen. Kein Wunder, wenn man so sehr auf Drama macht«, meint Piet, der den Post auch auf seinem Handy aufgerufen hat.

»Wisst ihr was? Ich habe da eine Idee«, antwortet Hendrik und zückt dann sein Telefon.

Eine Stunde später sitzen Hendrik und ich mit Wiebke Wieland in Björkes Bar. Hendriks Idee, Emilia zuvorzukommen, ist vielleicht wirklich nicht schlecht, auch wenn ich noch immer nicht so begeistert von Wiebkes letztem Artikel bin. Ihr Diktiergerät läuft, während wir ihr jetzt berichten, was sich heute am Set zugetragen hat. Dass Emilia überstürzt abgereist ist und einen entsprechenden Post abgesetzt hat und dass ich nun die Hauptrolle im Film übernehmen werde. Hendrik betont auch, dass er sich Sorgen macht, denn Emilia wird jetzt natürlich alles tun, um den Film und besonders uns beide schlecht zu machen. Deswegen hofft er ja auf Wiebkes Unterstützung.

»Das ist ein starkes Stück«, meint sie, nachdem wir ihr alles erzählt haben. »Ich werde es in jedem Fall versuchen, denn die Leute sind an dem Film äußerst interessiert. Die Klickzahlen waren unglaublich, und auch die Papierausgabe hat sich verkauft wie warme Semmeln. Alle wollen wissen, was los ist. Ich sehe die Schlagzeile bereits vor mir: *Ein Kuss*

und weg. Oder … Ach, da fällt mir sicher etwas Originelles ein. Und ich habe auch schon ein paar Ideen, wie wir es schaffen können, zumindest die Sylter auf eure Seite zu bringen. Lasst mich nur mal machen.« Wiebke ist nun voll in Fahrt, trotzdem bin ich mir unsicher.

»Aber ist das wirklich gut? Ich meine …«

Wiebke sieht mich ernst an. »Mal unter uns, Lina, euer Hof kann doch sicher Werbung gebrauchen. Und was ist schöner als eine wahre Geschichte?« Sie tippt ein paar Notizen in ihr Handy, dann wendet sie sich wieder Hendrik und mir zu. »Und das mit euch beiden, was ist das jetzt? Ganz ehrlich bitte. Seid ihr ineinander verliebt?«

Hendrik lächelt. »Ja, ich bin verliebt«, antwortet er freiheraus.

Erstaunt sehe ich ihn an. Hat er das wirklich gesagt?

»Das ist ja unglaublich! Mehr als das«, ruft Wiebke euphorisch. »Das verändert natürlich in Bezug auf die Schlagzeile alles. *Syltseeliebe: Aussicht auf Meer – oder mehr? Hendrik Feddersen verliebt sich auf dem Syltseehof.*«

Sie lacht, und ich spüre das Klopfen in meiner Brust. Er ist wirklich in mich verliebt? Das zu hören ist einfach nur schön.

Schließlich überlegen wir, was sonst noch wichtig ist, und Wiebke notiert sich alles in ihrem Handy. Zum einen brauchen wir ehrenamtliche Helfer. Jeder, der Zeit hat, soll irgendwie an dem Film mitwirken, damit das Budget nicht überschritten wird.

»Das ist ein sehr guter Gedanke«, meint Wiebke, während sie fleißig auf ihrem Handy herumtippt.

»Vielleicht hilft es ja auch, dass ich selbst von Sylt komme«, gebe ich zu bedenken. »Die Insel ist meine Heimat, und es wäre doch schön, wenn alle Sylter die Möglichkeit hätten, ein Teil des Films zu werden.«

Wiebke nickt und tippt noch ein paar Augenblicke weiter, dann legt sie das Telefon beiseite. »Ich habe eine Idee, das wird der Knüller. Wir machen aus dem Film eine reale Geschichte, und alle werden einbezogen. Ich bin mir sicher, die Zuschauer werden den Film lieben. Und die Medien werden dies dankbar aufgreifen.«

Als wir etwas später aufbrechen, bin ich hundemüde. Morgen wird wieder ein anstrengender Tag werden. Und doch muss ich andauernd daran denken, was Hendrik gesagt hat. Dass er sich in mich verliebt hat.

Ich gehe noch schnell an den Tresen, um mich von Björke zu verabschieden. Vorhin bei unserer Ankunft habe ich ihm schon kurz über das Treffen mit Wiebke berichtet.

»Und, habt ihr alles geklärt?«, will er wissen.

»Ja, morgen erscheint wieder ein Artikel im Inselblatt.«

»Also, wenn ihr Hilfe braucht, bin ich gern für euch da. Solange ihr noch dreht, gebe ich dir hier selbstverständlich frei – nicht, dass du uns noch umkippst. Und wenn du dann mal eine berühmte Schauspielerin bist, möchte ich dafür ein Autogramm, das ist doch wohl klar.«

Ich lache. »Das wird nicht passieren. Ich bleibe auf dem Hof, dort gehöre ich hin.«

Schließlich gehen Hendrik und ich über den Strand zurück zum Hof. Wiebke ist direkt von der Bar nach Hause gefahren. Nachdem wir ein Stück Weg zurückgelegt haben, bleibe ich stehen und blicke auf das Meer hinaus. Der Himmel ist dunkel, nur die Sterne erhellen ihn ein wenig und verleihen der Nacht einen ganz besonderen Zauber.

»Ich bin so gespannt, wie es morgen wird«, sage ich. »Hoffentlich packe ich es überhaupt.«

Hendrik legt die Arme um mich. »Es wird alles funktionieren, mach dir keine Gedanken.«

»Du bist also in mich verliebt?«, kommt es mir auf einmal über die Lippen, weil ich es nicht länger aushalte.

»Hast du das noch nicht gemerkt?« Ehe ich eine Antwort geben kann, küsst er mich auf den Mund, und spätestens jetzt weiß ich es: Ja, es kann gar nicht anders sein, als dass er in mich verliebt ist.

Nach einer gefühlten Ewigkeit löst er sich von mir und sucht trotz der Dunkelheit meinen Blick. »Ich muss dir noch etwas sagen«, meint er. »Etwas, das mir auf dem Herzen liegt.«

»Okay, und was?«

»Vielleicht ist es besser, wenn ich es dir zeige. Ich weiß, es ist schon spät, aber ich denke, es wäre wirklich wichtig.«

Als wir zurück auf den Hof kommen, begleite ich Hendrik noch auf sein Zimmer. Er gibt mir mit einer Handbewegung zu verstehen, dass ich mich auf die Bettkante setzen soll, und nimmt neben mir Platz.

»Kannst du dich noch daran erinnern, wie ich zu dir sagte, dass der Hof mich angezogen hat?«, fragt er mich.

»Ja, und du wolltest wissen, ob ich an Zeichen glaube.«

Er atmet tief durch. »Die Sache ist die, ich habe dir nicht ganz die Wahrheit gesagt.«

Mein Magen zieht sich zusammen. Kommt jetzt doch noch der große Knall? Unweigerlich muss ich daran denken, was ich bei seinem Telefonat aufgeschnappt habe.

»Was in der Presse geschrieben wurde, stimmt. Ich war schon ein ziemlicher Hallodri«, gibt er jetzt zu. »Aber ich war damit nie glücklich, sondern habe mir immer gewünscht, irgendwie anzukommen. Vielleicht bin ich deswegen auch auf diesen Leserbrief gestoßen. Ich dachte mir, so eine Liebe möchte ich auch. Und ob du es mir glaubst oder nicht, ich hatte immer den Traum von diesem Hof. Ich weiß, das klingt bescheuert, doch es war wirklich so. Und dann war da dieser Abend, irgendeine Geburtstagsparty, bei der auch mein Bruder und seine Freundin anwesend waren.

271

Und diese Freundin … na ja, wie soll ich es sagen? Sie glaubt ganz fest an Zeichen und all diese Dinge. Ich erzählte ihr, dass ich die Liebe finden möchte, und irgendwann zu später Stunde fanden wir diese Anzeige auf Instagram.«

»Jaja, das magische Instagram«, sage ich mit einem Augenzwinkern.

»Verrückt, ich weiß. Jedenfalls stand in dieser Anzeige, dass man sich von so einem neuen KI-Tool ein Bild seines Seelenpartners zeichnen lassen könne – gegen eine Gebühr von siebzehn Euro. Ich sagte sofort, das ist der totale Schwachsinn. Aber sie meinte, ich soll es doch mal versuchen. Nur zum Spaß.« Er sieht mich an. »Ich hatte das Ganze schon wieder vergessen. Doch dann bekam ich über meine Agentur die Anfrage für diese Filmproduktion auf Sylt und nahm die Rolle hauptsächlich wegen dieses Briefes an. Am Ende hatte Uwe zwei Höfe in der engeren Auswahl: euren und einen in Hörnum. Er wollte eigentlich schon den anderen nehmen, bat mich jedoch, die beiden Höfe noch mal für ihn anzusehen, bevor er sich endgültig entscheidet. Und so kam ich hierher und wollte dann nur noch eines: herausfinden, warum ich hier auf dem Hof einer Frau begegnet bin, die so aussieht wie die auf dem KI-Bild.«

Er öffnet die Schublade seines Nachttischs, nimmt ein Bild heraus und reicht es mir. Als ich es sehe, befürchte ich für einen Moment, mein Herz bleibt stehen.

»Das bin ja ich«, flüstere ich.

Hendrik nimmt meine Hand und streicht sanft darüber. »Das habe ich immer damit gemeint, wenn ich sagte, dass der Hof mich angezogen hat. Ich weiß, es klingt verrückt, aber vielleicht ist es wirklich ein Zeichen. Vielleicht sollten wir uns ja begegnen.«

Ich lächele. Es ist verrückt, ja. Doch wer weiß, am Ende gibt es diese Zeichen tatsächlich. Irgendetwas, das wir nicht verstehen, das verrückt, aber dennoch wahr ist und das einfach so sein soll.

Ein perfekter Abschluss

Als der Wecker mich am nächsten Morgen aus dem Schlaf holt, ist es warm und weich um mich herum. Das Gefühl kann ich erst überhaupt nicht einordnen. Doch dann realisiere ich, woher es kommt: Hendrik liegt neben mir und haucht mir nun einen Kuss auf die Stirn.

»Moin, hast du gut geschlafen?«, fragt er.

Ich halte ihn ganz fest. Seine warme Haut gibt mir ein Gefühl von Geborgenheit, das ich so lange vermisst habe.

»Moin, ja«, murmele ich und küsse seine Brust.

»Du hast ein bisschen geschnarcht, meine liebe Seelenverwandte«, meint er schmunzelnd.

»Ach, von wegen. Ich schnarche nicht.«

»Doch, doch. Du bist ein Schnarchmädchen.« Er zieht mich an sich. »Ich mag das, so spart man sich wenigstens die Einschlafmusik. Dieses beruhigende Brummeln kann einem doch viel mehr geben als irgendein Sound vom Band.«

Ich lache, und schließlich finden sich unsere Lippen.

»Na, dann wollen wir mal, heute ist einiges los«, sage ich. Noch ein letzter Kuss, dann verlassen wir schweren Herzens das Bett.

Als wir im Hofladen ankommen, ist Elsa schon da. Am liebsten würde ich ihr alles erzählen, doch das werde ich später tun.

»Moin, ihr Turtelmöwen. Der Kaffee ist gleich fertig.« Sie stellt eine Tasse unter die Maschine. »Das wird heute was werden, ich sage es euch.« Sie schiebt uns ihr Handy zu. Darauf erkenne ich die Schlagzeile des Artikels, den Wiebke wohl gestern noch verfasst hat.

Schnell nehme ich das Handy an mich. »Das ist ... oh mein Gott, das hat sie nicht gemacht!«, rufe ich, während ich meine Augen über das Display wandern lasse.

Hendrik linst über meine Schulter und liest laut vor: »*Syltseeliebe – eine Insel hält zusammen. Intrigen und ein geplatzter Dreh für die wahre Liebe ...*«

»Oh mein Gott, ich sterbe!« Ich lege das Handy zurück auf den Tisch und schlage mir die Hände vors Gesicht. »Ob das wirklich so eine gute Idee war? Ich meine, Emilia wird durchdrehen, oder?«

Nachdem Elsa Hendriks Milchkaffee fertiggestellt hat, macht sie sich daran, meinen Cappuccino zuzubereiten. »Soll sie doch. Außerdem war sie es ja, die mit dieser Schmutzkampagne im Internet angefangen hat. Und die Leute lieben es. Unser Account platzt heute beinahe. So viele wollen helfen, mehr wissen, beim Dreh dabei sein. Der Wahnsinn.«

Ja, vielleicht hat sie recht. Dennoch bin ich jetzt wirklich aufgeregt.

»Friesentorte?«, fragt sie mich, weil sie offenbar meine Nervosität spürt. »Kann ja nicht schaden.« Sie schiebt mir einen Teller mit einem Stück Torte hin und danach den Cappuccino.

Gerade als ich den ersten Bissen zu mir nehme, kommt Piet in den Laden. »Moin, habt ihr schon den Artikel gelesen? Und hat Elsa von dem Ansturm auf Instagram erzählt?«

»Natürlich, was denkst du denn?«, antwortet Elsa für uns alle.

Nun betritt auch Uwe zusammen mit einigen Crewmitgliedern den Hofladen. Er reibt sich tatkräftig die Hände. »Moin. Na, seid ihr bereit? Der Tag wird ziemlich aufregend werden, wir haben einiges zu tun.« Ich nicke, auch wenn ich gerade nicht weiß, wie wir das alles hinbekommen sollen.

»Auf meinem Account ist auch so viel los«, sagt Hendrik. »Das ist echt verrückt.«

»Nein, es ist toll«, entgegnet Elsa.

Während sie nun heiße Getränke für alle zubereitet, erklärt Uwe uns die Szenen, die heute anstehen. Allerdings halten wir uns damit nicht lange auf, denn wir wollen keine Zeit verlieren. Ich bin froh, dass alle mit anpacken und wir gleich mit dem Drehen beginnen können, während Piet sich mit Mama und Katharina um die Tiere und alles, was sonst noch auf dem Hof ansteht, kümmert.

Gegen neun Uhr sind Hendrik und ich bereit, um die erste Szene, die heute auf dem Drehplan steht, spielen zu können. Ich versuche, mich darauf zu konzentrieren und alles andere auszublenden, was mir erstaunlicherweise sogar gelingt.

Erst als wir fertig sind und Uwe »Cut!« ruft, realisiere ich, wie viele Menschen sich bereits auf dem Hof eingefunden haben. Unter ihnen entdecke ich auch Wiebke, die mir lachend zuwinkt.

Elsa kommt zu uns her. »Ist das nicht der Wahnsinn? Der Laden platzt beinahe aus allen Nähten. Die Leute haben den Artikel gelesen und wollen uns helfen und unterstützen. Ein paar Anfragen habe ich beantwortet, die meisten sind aber einfach hergekommen.«

»Wirklich?«

»Ja, wirklich.« Sie grinst mich an. »Siehst du, diese Emilia kann einpacken. Und auch ihre neueste Story wird keinen interessieren.«

Ich hebe eine Braue. »Ihre neueste Story? Raus mit der Sprache.«

»Ach, sie schreibt, dass du sie loswerden wolltest und dass hier ohnehin alle bescheuert seien. Und sich selbst stellt sie hin, als wäre sie ein armes Mobbingopfer.«

In mir zieht sich alles zusammen. »Wie bitte? Also so eine ...«

Elsa legt ihre Hand auf meinen Arm. »Lass dich davon nicht ärgern, ja? Ich werde auch etwas posten, lass mich nur machen. Es wird alles gut werden.«

»Deine Schwester hat recht, du darfst das nicht an dich ranlassen.« Uwe gesellt sich jetzt ebenfalls zu uns. »Das ist ja wirklich der Wahnsinn«, sagt er. »Man könnte glauben, dass fast die ganze Insel auf den Beinen ist. Kommt, wir gehen mal zu den Leuten hin.« Ehe ich mich versehe, zieht er bereits Hendrik und mich mit sich mit.

»Vielen Dank, dass so viele gekommen sind, das ist wirklich besonders«, ruft er, als wir vor der Menschenmenge stehen. »Vielleicht haben einige von euch Emilias Post gelesen. Aber wir können euch versichern, dass sie ganz und gar nicht das Opfer ist. Uns geht es nur darum, einen guten Film zu produzieren. Und wir sind wirklich dankbar für diesen Zusammenhalt, vor allem die Familie Sörens.« Er sieht zu mir und fordert mich mit einer Handbewegung auf, ebenfalls etwas zu sagen.

»Ich bin wirklich sprachlos. Danke.« Mehr bringe ich nicht heraus. Die Leute beginnen zu klatschen, und ich bin unfassbar gerührt.

»Das ist doch selbstverständlich«, antwortet eine ältere Frau. »Wir haben von euren Schwierigkeiten gehört und möchten euch helfen. Der Hof ist ein wichtiger Teil unserer Insel, und wir sind bereit, alles zu tun, damit der Film ein Erfolg wird.«

Wieder wird geklatscht, und ich muss heftig schlucken, sonst würde ich vermutlich in Tränen ausbrechen.

Ein Mann mittleren Alters, von dem ich weiß, dass er auf der Insel als Fischer tätig ist, stellt eine Kühlbox vor uns ab. »Hier ist mein Beitrag zur Verpflegung der Crew – heute früh ganz frisch gefangen. Meine Fischerkollegen und ich können auch bei den Dreharbeiten helfen und für bestimmte Szenen gern unsere Boote zur Verfügung stellen. Wir sind stolz darauf, dass Sylt Teil dieses Films ist.«

Ich bin wirklich überwältigt von der Großzügigkeit und dem Engagement der Menschen.

In den nächsten Tagen lösen sich dann auch meine restlichen Zweifel in Luft auf. Dank der Hilfe der Menschen, die Lebensmittel und sonstige Materialien mitbringen, die wir am Set gebrauchen können, geht es viel entspannter zu. Es ist verrückt, wie viel Unterstützung wir erfahren. Manche steuern sogar Ideen für die Handlung des Films bei, die Uwe begeistert ins Drehbuch aufnimmt. Man spürt förmlich, dass jeder Einzelne das Filmprojekt ins Herz geschlossen hat und stolz darauf ist, ein Teil davon zu sein.

Und auch mit Hendrik und mir läuft es gut. Wir verbringen viel Zeit zusammen, ohne jedoch darüber zu sprechen, wie es mit uns weitergeht. Und als der letzte Drehtag ansteht, spüre ich, dass er mir wirklich fehlen wird, wenn er wieder abreist.

Die letzte Szene wird auf dem Leuchtturm in Hörnum gedreht.

»Also, dann wollen wir mal«, sagt Uwe, und nun wird mir erst so richtig bewusst, dass es tatsächlich das letzte Mal ist.

Hendrik und ich stehen auf der Plattform des Leuchtturms und sehen uns an. Das Meer rauscht in der Ferne, und die typische Sylter Brise trägt den Geruch von Salzwasser zu uns nach oben.

277

In der Szene gestehen sich Sina und Jan ihre Liebe und schwören sich, es miteinander versuchen zu wollen. Ich weiß, dass es nur für den Film ist, dennoch verschmelzen in diesem Augenblick Fiktion und Realität, und ich fühle Sinas Worte, als wären es meine eigenen.

»Und, wie geht es jetzt mit uns weiter?«, fragt Hendrik alias Jan.

Sina denkt nicht lange nach. »Das werden wir sehen. Aber egal, wie verregnet es auch ist, einmal Liebe, immer Liebe – Syltseeliebe.« Eigentlich war diese Antwort im Drehbuch nicht vorgesehen, doch sie passt in diesem Augenblick ganz wunderbar.

Die Kamera fängt den Moment ein, als Hendrik mir nun tief in die Augen sieht und mich küsst. Die letzte Einstellung des gesamten Films – das Happy End.

Und ich vergesse tatsächlich, dass es nur ein Filmkuss in einer gestellten Szene ist – zumindest so lange, bis Uwe »Cut!« ruft und Applaus um uns herum aufbrandet.

»Leute, das ist ein Wrap«, jubelt er.

Fragend sehe ich Hendrik an. »Was meint er?«

»Das sagt man so, wenn es ein perfekter Abschluss ist.«

Ich nicke. Ja, ein Wrap. Und ein Happy End. Auch wenn ich bislang nicht an ein Happy End geglaubt habe, wünsche ich mir so sehr, dass Hendrik und ich doch eines bekommen. Und zwar im echten Leben.

Das war es dann wohl

»Also, trinken wir auf diesen perfekten Abschluss«, verkündet Uwe, während er sein Glas erhebt und in die Runde prostet. »Übrigens, Lina, dein letzter Satz über die Syltseeliebe war richtig gut.«

Dadurch, dass alle mitgeholfen haben, hat es die Crew tatsächlich geschafft, nebenbei noch eine Abschlussfeier am Strand zu organisieren. Elsa und Mama haben zusammen mit weiteren Inselbewohnern ein kaltes Buffet vorbereitet, und Piet hat ein paar Feuerschalen aufgestellt.

Alle heben nun ihre Gläser und stoßen an. Auch Jane ist gekommen und nimmt mich fest in den Arm. »Das habt ihr wirklich super hinbekommen, ich bin so gespannt auf den Film.«

»Das sind wir von der Insel alle«, antwortet Björke lachend.

»Ja, so ist es.« Jane nimmt mich ein Stück auf die Seite, ehe sie etwas leiser weiterspricht. »Und, was sagst du? Bist du zufrieden?«

Ich streiche meine Haare zur Seite, die der Wind mir ins Gesicht geweht hat. »Ja, schon, ich kann das alles immer noch nicht fassen. Auch nicht, dass es morgen zu Ende ist.« Ich spreche das aus, was mich doch etwas bedrückt. Ja, ich wollte Hendrik am Anfang nicht hier haben, und nun ist es das Beste, was mir und uns allen seit Langem passiert ist.

Kurz schweigt Jane, dann räuspert sie sich. Ich kenne sie gut genug, um zu wissen, dass sie mir etwas sagen möchte. »Aber es muss ja nicht zu Ende sein, oder? Ich meine, selbst ein Blinder sieht doch, dass ihr beide zusammengehört.«

»Ja, schon ...«

»Lina, da bist du ja.« Hendrik kommt zu uns her und sieht mich begeistert an.

»Was ist los?«

»Ich kann es nicht fassen, ich habe ein Angebot für eine weitere Hauptrolle bekommen, noch bevor dieser Film hier überhaupt ausgestrahlt wurde. Kannst du das glauben?«

»Nein, das kann ich nicht«, antworte ich mit ernster Miene, grinse dann aber. »Spaß, ich freue mich. Was ist das denn für eine Rolle?«

»Auch ein Liebesfilm. Die Dreharbeiten sollen in drei Wochen beginnen. In Schweden.«

»In Schweden, wow. Das ist ... Ich freue mich wirklich für dich«, sage ich und nehme ihn fest in den Arm.

»Das ist echt toll«, pflichtet Jane mir bei.

»Ja, absolut. Das ist es, was ich immer wollte.«

Ich freue mich ehrlich für Hendrik, dennoch bin ich auch ein wenig traurig. Denn das bedeutet, dass wir uns wohl erst mal nicht mehr sehen werden und dass dieser Abschnitt mit uns vorbei ist.

»Ich bin gleich wieder da«, sagt Hendrik jetzt. »Ich muss kurz mit deiner Mutter sprechen. Sie möchte etwas über das Konzept für den Onlineshop wissen, das mein Papa mir geschickt hat.«

Ich nicke. »Klar, mach das, wir sehen uns nachher.«

Er streicht mir über die Wange, dann wendet er sich ab und geht zu meiner Mama hinüber, die gerade dabei ist, die leeren Platten und Schüsseln auf dem kalten Buffet aufzufüllen. Die beiden reden, und Mama wirkt ziemlich angetan.

 280

»Das ist so toll für ihn und auch für uns«, sage ich zu Jane.

»Und trotzdem bist du traurig, ich sehe es dir an.«

»Ach, das wird schon«, entgegne ich. »Das Leben ist nun mal so. Es geht weiter, und ich bin ja dankbar, dass sich alles so positiv entwickelt hat. Das ist doch auch ein Happy End, oder? Wir haben einfach ganz unterschiedliche Pläne fürs Leben.«

Ich sehe zu Hendrik, der sich noch immer mit Mama unterhält. Man kann förmlich spüren, wie sehr sie ihn mag.

»Und was ist mit eurem Happy End?«, will Jane wissen.

Ich zucke mit den Schultern. »Manchmal gibt es vielleicht kein direktes Happy End.«

Hendrik kommt nun mit Mama zu uns her. »Was ist denn hier los, ihr Schnattermöwen?«, fragt Mama.

»Alles gut«, antworte ich rasch.

Sie mustert mich kritisch. »Irgendwie wirkt ihr angespannt, und das akzeptiere ich heute nicht. Ihr habt es toll gemacht, also freu dich mal ein bisschen, Lina.«

»Ich freue mich doch.«

Wir plaudern noch eine Weile, aber irgendwann muss ich durchatmen und setze mich etwas abseits von den anderen in den Sand. Es ist dunkel, nur die Sterne leuchten, und ich blicke zum Himmel. Ob Papa das hier sehen kann? Ich wünsche es mir so sehr. Die Syltseeliebe – ja, sie hat das alles ermöglicht.

Nach einer Weile setzt sich Hendrik neben mich. »Schön die Sterne, oder?«

»Ja, sehr. Und, bist du schon aufgeregt? Das Angebot hört sich ja wirklich toll an.«

»Klar, aber ich bin auch ziemlich traurig, morgen von hier wegzugehen.«

»Ach was, du musst dich freuen. Das bedeutet, dass es weitergeht. So hast du es dir doch gewünscht.«

»Ja, und hier geht es auch weiter, so wie du es dir erhofft hast.«

Ich nicke. »Damit endet also unser Pakt.«

Ich muss daran denken, wie wir damals im Strandkorb saßen und ich glaubte, dass Hendrik den Hof zerstören will. Ich erinnere mich noch gut an unsere Streitereien und Missverständnisse, an die Sorgen, die wir beide hatten.

»So ist es wohl, doch ich finde, wir haben es gut hinbekommen. Weil wir beide wussten, um was wir kämpfen wollen.«

Ja, erst konnten wir uns überhaupt nicht leiden – und jetzt … Verrückt ist das alles. Aber uns beiden war das hier so wichtig.

Er sieht mich an. »Weißt du noch, wie wir über die Zeichen gesprochen haben?«

»Klar.«

»Und, glaubst du jetzt an Zeichen?«

Ich lächele. »Ein wenig, ja. Wobei ich immer noch nicht fassen kann, dass Social-Media-Kanäle Zeichen sind, aber gut.«

»So ist das nun mal. Die Zeiten ändern auch die Zeichen, oder?«

»Vermutlich«, murmele ich.

»Was hat eine weise Frau mal gesagt? Das Leben ist facettenreicher als ein Apfel.«

Sein Blick ruht auf mir, und ich spüre die Wärme von damals. Doch ich bin wie gesagt auch traurig. Wir beide wissen, dass ein Abschied in der Luft liegt.

»Ich danke dir auf alle Fälle, Lina, und ich werde dich vermissen. Das alles hier.« Er macht eine ausschweifende Handbewegung über den Strand und deutet auch hinauf zum Hof.

»Du wirst mir ebenfalls fehlen«, flüstere ich.

Kurz ist es still. Um uns herum hört man nur das Rauschen der Wellen. Es ist zu schade, aber was sollen wir machen? Vermutlich muss es so sein. Neue Türen, neue Schlüssel. Für Hendrik ist es eine tolle Chance, und auch hier steht ja einiges auf dem Plan. Sein Vater wird uns unterstützen, was wirklich wichtig und gut ist. Bei ihm möchte ich mich bei passender Gelegenheit auch noch persönlich bedanken.

»Weißt du noch, wie du gesagt hast, dass ein Leben ohne Liebe wie ein Meer ohne Wellen sei?«, frage ich nun leise.

»Ja, ich erinnere mich.«

»Das Meer wird schon etwas stiller werden ohne dich.«

Hendrik lächelt, doch es liegt auch Wehmut in seinem Blick. »Ich werde nie vergessen, wie du mich angesehen hast, als ich hier auf dem Hof ankam. Ich dachte, du würdest mich jeden Moment in den Dünen verscharren.« Er legt seinen Arm um mich und zieht mich an sich. »Bist du müde?«

»Ein wenig.«

»Das ist aber schlecht.«

»Warum?«

Er grinst. »Na ja …«

Ich boxe ihn leicht in die Seite, dann kuschele ich mich wieder an ihn. »So müde bin ich nun auch wieder nicht.«

»Dann lass uns den letzten Abend noch genießen«, schlägt er vor. Und das ist das Beste, was wir heute noch tun können.

»Hast du gut geschlafen?«, flüstert Hendrik mir zu, als wir am nächsten Morgen aufwachen. Ganz ohne Wecker, ganz ohne Druck. Dafür bin ich dankbar. Weil die letzten Tage so anstrengend waren, hat Piet vorgeschlagen, dass Hendrik und ich einfach mal ausschlafen sollen. Katharina und Astrid springen heute früh auf dem Hof für uns ein. Zudem wird sich am Vormittag eine neue Aushilfe vorstellen – auch etwas Positives, das sich durch die Dreharbeiten ergeben hat.

»Ja. Und du?« Ich versuche, mir Hendriks Gesicht ganz genau einzuprägen. Dass heute tatsächlich der Tag des Abschieds ist, habe ich noch gar nicht richtig begriffen.

Er küsst meine Nasenspitze. »Also, ich fand es schöner, als wir nicht geschlafen haben.«

»Das war ja klar.«

»Du nicht?«

»Doch.« Ich lächele und nehme mir vor, jetzt nicht traurig zu sein.

Hendrik dreht sich ein wenig nach hinten und tastet auf dem Nachttisch nach seinem Handy. »Schon neun. Wir sollten uns mal fertig machen.«

Und nun geht alles viel zu schnell. Hendrik packt seine restlichen Sachen zusammen, anschließend trinken wir noch im Hofladen einen Kaffee zusammen. Die Zeit verstreicht. Als ich schließlich zusammen mit Mama, Elsa und Piet auf dem Platz vor dem Laden stehe, wo wir uns von der Crew verabschieden, kommt mir alles so surreal vor. Irgendwie möchte ich nicht, dass es vorbei ist, doch auf der anderen Seite bin ich schon auch erleichtert, dass alles nun wieder seinen gewohnten Gang geht.

»Vielen Dank für alles«, sagt Uwe in die Runde. »Sobald die Postproduktion durch ist und der Sendetermin feststeht, bekommt ihr natürlich Bescheid.«

Mama nimmt ihn spontan in den Arm. »Wir sind sehr gespannt und bedanken uns ebenfalls bei euch allen. Es war eine spannende Zeit.«

Und dann ist der Moment gekommen, in dem ich Hendrik ein letztes Mal gegenüberstehe. »Dann hab viel Spaß und komm wieder gut nach München«, sage ich.

»Das mache ich. Wir telefonieren, okay?«

Ich nicke nur, und dann umarmen wir uns einfach. Mehr gibt es wohl für den Augenblick nicht zu sagen. Denn so endet die Geschichte nun mal. Wir hatten einen Pakt, haben beide für das gekämpft, was uns wichtig war – und jetzt ist es eben zu Ende.

Mein Herz wird schwer, als Hendrik zu den anderen ins Auto steigt. Tausend Bilder gehen mir durch den Kopf. Er und ich am Strand, im Obstgarten. Wie schön es mit ihm auf dem Motorrad war und wie ich sehr es genossen habe. Ich hätte nicht gedacht, dass ich ihn schon vermissen würde, noch ehe er überhaupt abgereist ist. Und dass ich mir doch mal ein Happy End wünsche, auch wenn ich nicht daran geglaubt habe. Aber so ist es eben. Das Leben hat uns verbunden, und nun hat jeder eine neue Aufgabe. Es gibt neue Schlüssel und neue Türen, die sich jetzt öffnen.

»Das war es dann wohl«, meint Elsa, als die Wagenkolonne sich immer weiter von uns entfernt und schließlich nicht mehr zu sehen ist. »Gehen wir wieder zu unserer täglichen Routine über.«

Ja, so soll es wohl sein.

Egal, wie verregnet es auch ist,
einmal Liebe, immer Liebe –
Syltseeliebe.

Ist das jetzt ein Happy End?

Egal, wie verregnet es auch ist, einmal Liebe, immer Liebe – Syltsee-liebe.

Wieder einmal stehe ich am Strand und blicke aufs Meer. Die letzten Tage waren anders und neu für mich. Beinahe kommt es mir unwirklich vor. Wenn ich früher hier stand, dachte ich immer nur daran, wie sehr mir mein Papa fehlt. Natürlich vermisse ich ihn noch immer, doch jetzt fehlt mir auch Hendrik. Wer hätte das gedacht? Mir fehlen seine Berührungen, seine Nähe, seine Küsse – einfach alles, was er in mir ausgelöst hat.

Auf dem Hof funktioniert es gerade wirklich super. Seit dem Abschluss der Dreharbeiten ist viel mehr los. Gut, die Sorgen, die wir hatten, sind noch nicht ganz verschwunden, aber nicht mehr so drückend, wie sie mal waren. Irgendwie haben wir es geschafft, die Liebe zum Hof zu wahren, obwohl sich einiges verändert hat. Und der Sturm hat sich etwas verzogen.

Wir haben so viel Zuspruch und Anfragen erhalten, dass wir uns erst mal keine Gedanken mehr darum machen müssen, wie wir alles schaffen. Es ist so viel geplant und im Entstehen. Elsa backt und verarbeitet gemeinsam mit Mama die Obst- und Gemüseernte. Piet ist mit viel Engagement dabei, den Shop, der seit Kurzem online ist, auszubauen und das Sortiment laufend zu erweitern. Und Hendriks Vater hat sogar einen Deal für einen Werbespot abgeschlossen, der unmittelbar vor dem Film im Fernsehen laufen wird.

Auch Lasse ist wieder im Einsatz, zwar noch nicht in Vollzeit, aber immerhin stundenweise. Der neue Mitarbeiter, der sich gut eingearbeitet hat, ist freundlich und fleißig, doch er ist natürlich nicht Hendrik.

Irgendwie haben wir beide das hier geschafft, und jeder hat nun das, was er sich gewünscht hat. Wir telefonieren viel und tauschen uns aus. Hendrik ist seit seiner Abreise viel unterwegs, und ich frage mich immer wieder, ob es reicht, einfach zu lieben. Denn ich liebe es hier, und doch fehlt mir etwas.

»Wie geht es dir, Lina?«

Die Stimme kommt mir irgendwie bekannt vor, ich kann sie jedoch gerade nicht zuordnen. Schnell sehe ich mich um – es ist Heiner. Wie schon damals bei unserer ersten Begegnung strahlen mich seine hellen Augen an.

»Heiner, wie schön. Das freut mich aber. Mir geht es …« Keine Ahnung, warum ich seufze, denn eigentlich geht es mir doch gut, oder? »Na ja, wie soll es einem Seestern ohne Zacken schon gehen?«, entgegne ich.

»Damit habe ich nicht gerechnet.« Er sieht mich ernst an. »Ich habe regelmäßig verfolgt, was bei euch passiert ist, und dachte, jetzt läuft alles gut.«

»Das tut es ja auch, aber …«

»Aber dir fehlt Hendrik, richtig?«

»Wenn ich ehrlich bin, ja«, gebe ich zu. »Doch das wird schon. Muss ja.«

Er lacht. »Das hast du damals auch über den Hof gesagt.«

»Ja, ich weiß.«

»Und wonach suchst du dann gerade? Wieder nach einem Zeichen?«

Damit erwischt er mich. »Ich weiß es ehrlich gesagt nicht. Vielleicht eher nach Antworten.«

»Nun, ich kann es gern wieder versuchen. Was ist denn deine Frage?«

»Das weiß ich nicht so recht. Als wir uns damals hier trafen, wollte ich den Hof retten. Und du hattest recht, es waren die kleinen Dinge, die alles gedreht haben. Auch wenn es nicht so einfach war, mich zu öffnen, weil ich Angst davor hatte, es zu vergeigen. Und nun hat das Leben irgendwie alles in die richtigen Bahnen gelenkt. Ich möchte mich nicht beschweren, aber … Glaubst du an ein Happy End?«

»Ein Happy End? Inwiefern?«

»Für die Liebe.«

Er grinst. »Es ist doch schon mal ein Happy End, überhaupt zu lieben, oder?«

Ich wiege den Kopf hin und her. »Weißt du, Hendrik und ich, wir mögen uns, doch jetzt hat eben jeder von uns beiden andere Schlüssel und Türen zu öffnen, verstehst du?«

Er streicht sich über seinen Schnurrbart. »Ich glaube, du weißt genau, was du willst, sonst würdest du mir diese Frage nicht stellen. Natürlich kann ich dir nicht sagen, ob es gut ausgeht. Eines solltest du allerdings bedenken: Wenn man etwas nicht versucht und nicht für das, was man möchte, kämpft, dann kann es kein Happy End geben. Aber ich bin mir sicher, du wirst schon das Richtige tun. Du wusstest es doch auch im Falle des Hofes. Und du hast ja den Schlüssel bereits, jetzt musst du ihn nur nutzen.«

»Den Schlüssel? Welcher soll das sein?«

»Ganz einfach: die Liebe.«

»Danke«, sage ich, denn seine Worte geben mir Mut und Zuversicht.

Heiner lächelt. »Gern geschehen. Aber mal ehrlich, ich habe doch gar nichts gemacht.«

»Na, mein Schatz, was ist los?« Als ich zurück zum Hof komme, sitzt Mama auf der Bank vor dem Haus und sieht mich fragend an.

Das Gespräch mit Heiner schwirrt mir noch immer durch den Kopf. Was er gesagt hat, macht schon Sinn. Wenn die Liebe bestehen bleiben soll, muss man es versuchen. Aber wie?

»Alles gut. Ich bin nur ein wenig … ich weiß auch nicht.«

Sie lächelt. »Du vermisst Hendrik, oder?«

»Ja, schon, aber was soll ich sagen?«

»Wie wäre es, wenn du sagst, was du dir wünschst? Komm mal her zu mir.« Sie deutet auf den Platz neben sich.

»Glaubst du an Zeichen?«, frage ich, nachdem ich mich gesetzt habe.

»Oh ja, das tue ich. Und du doch auch, oder?«

»Nach allem, was war … ja, irgendwie schon.«

»Und du weißt immer noch nicht, was du tun sollst?«

Ich nicke. »Denkst du, ich sollte Hendrik sagen, was ich fühle?«

»Ach, Lina, du bist einer der wundervollsten Menschen, die ich kenne. Du stellst deine Gefühle hinten an, trägst so viel Verantwortung. Doch jetzt ist es mal an der Zeit, das, was du möchtest, einzufordern.« Ihre Hand legt sich warm auf meine. »Du hast doch mitbekommen, dass ich am Abend des letzten Drehtags während der Party am Strand mit Hendrik gesprochen habe?«

»Ja, warum?«

»Dieser Leserbrief, von dem Hendrik erzählt hat. Ich kenne ihn.«

Erstaunt sehe ich sie an. »Du kennst den Brief?«

»Ja, denn ich war es, die ihn geschrieben hat. Ich habe darin von der Liebe erzählt, von Papa und mir und diesem Hof. Wie wichtig die Liebe ist.«

Mein Herz klopft jetzt heftig. »Das ist ja verrückt«, sage ich. »Der Leserbrief hat Hendrik dazu gebracht, hierherzukommen und nach der Liebe zu suchen.«

»Ich weiß.« Sie lächelt. »Papa sagte doch immer, es gibt diese Verbindungen, die wir nicht verstehen. Und ich glaube, das ist genau so eine Verbindung. Deswegen solltet ihr beide jetzt nicht aufgeben. Ja, es ist verrückt, aber ist es nicht auch verrückt schön?«

»Siebenundvierzig, achtundvierzig …«

Ich bin dabei, die Pakete zu zählen, die wir heute bereits zum Versand verpackt haben. Unglaublich, dass innerhalb eines Tages so viele Bestellungen eingegangen sind. Und ebenfalls unglaublich ist, dass … Ah, ich ärgere mich, dabei will ich das doch gar nicht. Nein, es ist toll, dass so viele Menschen die Syltseeliebe bei sich zu Hause haben möchten. Also warum denke ich jetzt nur wieder daran, was mit Hendrik los ist?

»Neunundvierzig«, sage ich gerade, als sich die Tür des Lagers öffnet und Elsa hereinkommt.

»Oh nein, ich habe ein Déjà-vu«, ruft sie. »Was ist denn passiert?«

»Was? Nichts, ich zähle nur die Bestellungen.« Ich ringe mir ein Lächeln ab, obwohl ich weiß, dass ich es mir sparen kann.

»Ach, komm schon. Ich weiß doch, was los ist, wenn du laut zählst. Ist es wegen Hendrik?«

Ich schlucke. »Ja. Mal ganz ehrlich, da schreibe ich ihm, wie sehr er mir fehlt und dass ich es versuchen möchte, wenn auch er es will. Ich gestehe ihm, wie sehr ich mir wünsche, dass es mit uns beiden klappt, weil ich an die Zeichen glaube und daran, dass wir zusammengehören. Ich öffne ihm mein Herz komplett – und was macht er? Nichts, seit zwei Tagen. Keine Antwort.« Ich nehme mein Handy, entriegle es und zeige ihr seine letzte Nachricht. »Warum macht er das?«

Elsa nickt. »Ja, das ist blöd, und ich verstehe dich schon. Aber ärgere dich nicht.«

Ich mustere sie mit zusammengekniffenen Augen. Wie kann sie mir allen Ernstes sagen, dass ich mich nicht ärgern soll?

»Übrigens habe ich eine gute Nachricht und eine schlechte«, sagt sie nun.

»Okay, was ist los? Ich habe mich schon gewundert, dass du gar nicht auf meinen Herzschmerz eingegangen bist.«

Auch meinen Einwand überhört sie. »Erst die gute Nachricht oder die schlechte?«

»Erst die gute bitte.«

Sie zückt ihr Handy und tippt darauf herum, dann reicht sie es mir. »Schau mal, das Sendedatum des Films wurde jetzt veröffentlicht. Ist das nicht toll?«

Das war also die gute Nachricht. Ich lächele. »Ja, wirklich gut. Ich bin schon gespannt. Und was ist die schlechte Nachricht?«

Sie räuspert sich. »Ich will dich damit eigentlich gar nicht nerven, aber schau es dir lieber selbst an.«

»So schlimm?«

»Nein, nein, doch du solltest trotzdem mitkommen.«

Mit einem Mal werde ich stutzig. »Was ist denn los?«

»Nichts, jetzt komm doch einfach. Und wie war das noch mal mit Hendrik? Hat er wirklich nichts geschrieben? Überhaupt nichts?«

Ich folge Elsa nach draußen. »Nein, absolut nichts. Ich habe ihm meine innersten Gefühle offenbart und er …«

»Und er nimmt dich gar nicht ernst?«

Ich zucke zusammen, denn die Stimme, die diese Frage ausspricht, gehört nicht Elsa, sondern …

»Das gibt's nicht. Was machst du denn hier?« Verblüfft sehe ich Hendrik an.

»Hast du das, was du mir geschrieben hast, ernst gemeint?«, will er wissen.

»Schon, sonst hätte ich es ja nicht geschrieben. Du fehlst mir, und ich … ich möchte dich in meinem Leben haben, auch wenn es nicht so leicht ist.«

»Genau das wollte ich hören.« Lächelnd kommt er auf mich zu. »Ich meine, wir drehen doch nicht einen Film von der großen Syltseeliebe und haben dann kein Happy End. Du weißt doch, ich liebe Happy Ends.«

Und dann hält uns nichts mehr. Er küsst mich, und ich küsse ihn. Kaum zu glauben, dass das hier gerade passiert.

Als wir uns voneinander lösen, stehen Piet, Elsa und Mama vor uns.

Allmählich begreife ich. »Ihr wusstet, dass er kommt?«

»Natürlich wussten wir es. Du glaubst nicht, wie anstrengend es in den letzten zwei Tagen war, es vor dir geheim zu halten.« Elsa kichert.

Ich wende mich wieder Hendrik zu. »Und du bist dir sicher, dass wir es miteinander versuchen sollen, auch wenn wir erst mal nur eine Fernbeziehung haben werden?«

»Ich bin mir so was von sicher. Und mal ehrlich, ich bezahle doch keine siebzehn Euro, um meinen Seelenpartner zu finden und ihn dann wieder gehen zu lassen.«

Jetzt muss ich lachen. »Du bist verrückt. Habe ich dir das schon gesagt?«

»Das eine oder andere Mal.«

»Also, was meinst du? Gilt das auch für unsere Herzen? Egal, wie verregnet es auch ist, einmal Liebe, immer Liebe?«

Er streicht mir über die Wange. »Das ist Syltseeliebe.«

»Ja, das ist es. Und auch wenn wir nicht wissen, ob es klappt, möchte ich es doch versuchen.«

»Es wird klappen, Lina«, antwortet er fest entschlossen. »Weil wir beide wissen, was wir wollen, und für das kämpfen, was wir lieben.«

Er hat ja so recht. Ausgelassen falle ich ihm um den Hals und küsse ihn, als gäbe es kein Morgen.

»Ach, ist das schön, ein Happy End!«, ruft Elsa und klatscht in die Hände.

»Mal sehen«, antworte ich nur.

»Von wegen mal sehen. Los, kommt, wir müssen das feiern. Ich habe einen Beerenkuchen gebacken – mit einer geheimen Zutat.«

»Du und deine geheimen Zutaten. Was ist es denn diesmal?«

»Liegt das nicht auf der Hand?« Sie grinst vielsagend. »Na, die Liebe! Also, wie sieht es aus? Kaffee? Kuchen?«

Ich sehe Hendrik an. »Ich denke, das ist eine super Idee.«

Epilog

»Jetzt komm doch endlich, Elsa. Es ist so weit!«, rufe ich und bin nun wirklich aufgeregt.

»Bin schon da!« Mit einem großen Tablett voller Canapés betritt Elsa das Wohnzimmer, wo wir es uns vor dem Fernseher gemütlich gemacht haben.

»Ich bin mal gespannt, wie der Film ankommt«, meint Piet, der sich gerade eine Flasche Bier geöffnet hat.

Nachdem ich mich vergewissert habe, dass alle mit Essen und Getränken versorgt sind, kuschele ich mich zu Hendrik aufs Sofa. Mama sitzt in ihrem Sessel und blickt genauso gebannt auf den Bildschirm wie wir alle.

Irgendwie kann ich es noch immer nicht so richtig glauben, Hendrik und mich tatsächlich in dem Film zu sehen. Wir lachen, scherzen und gehen voll mit, genießen jede einzelne Szene – wie wir uns streiten, annähern und am Schluss auf dem Leuchtturm küssen.

Als der Film schließlich zu Ende ist, klatschen alle Beifall, während ich Hendriks Blick suche. Wir beide wissen, dass dies nicht das Ende unserer Geschichte ist, sondern der Beginn eines lebenslangen Abenteuers.

»Wie schön war das denn bitte«, ruft Elsa und hebt ihr Glas. »Und jetzt lasst uns feiern. Auf uns, den Syltseehof und jeden, der an die Liebe glaubt!«

295

Ja, diese Geschichte mag verrückt erscheinen, aber das Leben schreibt nun mal solche verrückten Geschichten. Und das Ende des Films ist auch nur der Anfang von vielen weiteren Kapiteln für uns und den Syltseehof.

In diesem Augenblick, als ich mit Hendrik und meiner Familie anstoße, bin ich mir ganz sicher, dass das alles immer ein Teil von uns bleiben wird, wo auch immer das Leben uns hinführt. Mit dem Glauben, dass am Ende alles gut wird.

Denn egal, wie verregnet es auch ist, einmal Liebe, immer Liebe – Syltseeliebe.

ENDE – UND DOCH ERST DER ANFANG …

SYLTER FRIESENKEKSE

Für den Teig:
120 g weiche Butter, 80 g Zucker, 1 P. Vanillezucker,
1 Eigelb, 150 g Mehl, 50 g Speisestärke

Zum Bestreichen:
1 Eiweiß, 100 g gehackte Mandeln, 90 g Zucker

Butter mit Zucker, Vanillezucker und Eigelb mit dem Handrührgerät gut schaumig rühren. Mehl mit Speisestärke vermischen, knapp die Hälfte unter die Buttermasse rühren, den Rest unterkneten. Den Teig ½ Stunde kalt stellen.
Danach aus dem Teig etwa 3-4 cm dicke Rollen formen und diese mit Eiweiß einstreichen. Mandeln und Zucker auf einer großen Platte vermischen, die Teigrollen darin wälzen. Nochmals ½ Stunde kalt stellen, dann von den Rollen etwa 5-7 mm dicke Scheiben abschneiden und auf ein Blech mit Backpapier legen. Die Kekse bei 200 °C (Umluft) ca. 8-10 Minuten hell backen, nur die Mandeln sollten leicht braun werden.
Auf einem Gitter auskühlen lassen und in einer Blechdose aufbewahren.

ELSAS ROSINENSCHNECKEN

Für den Teig:
500 g Mehl, 30 g Hefe, 75 g Zucker, 250 ml warme Milch, 1 Ei, 1 Prise Salz, 80 g weiche Butter oder Margarine

Für die Füllung:
3 EL zerlassene Butter, 150 g Rosinen, 1 TL Zimt

Für den Zuckerguss:
200 g Puderzucker, 1-2 EL Zitronensaft, etwas warmes Wasser

Mehl in eine Schüssel geben und in die Mitte eine Mulde drücken. Hefe hineinbröseln, mit 1 TL Zucker, etwas lauwarmer Milch und etwas Mehl zu einem Vorteig verrühren. Mit einem Tuch bedeckt an einem warmen Ort ca. 15 Minuten ruhen lassen. Anschließend die restlichen Zutaten dazugeben und so lange verkneten, bis sich der Teig vom Schüsselrand und von den Händen löst. Mit einem Tuch bedeckt nochmals aufgehen lassen, bis sich das Volumen des Teigs fast verdoppelt hat.
Den Teig auf einem bemehlten Brett zu einer fingerdicken rechteckigen Platte ausrollen, diese mit zerlassener Butter bestreichen und mit Rosinen und Zimt bestreuen. Die Teigplatte von der Längsseite her aufrollen, in 1 cm dicke Scheiben schneiden und die Scheiben mit etwas Abstand auf ein Blech mit Backpapier legen. Noch einmal eine halbe Stunde ruhen lassen. Dann im vorgeheizten Backofen bei 200 °C (Ober-/Unterhitze) ca. 20-30 Minuten goldbraun backen.
Für den Guss Puderzucker sieben und mit Zitronensaft und so viel warmem Wasser glattrühren, dass eine dickflüssige Masse entsteht. Die noch warmen Rosinenschnecken damit bestreichen.

Melde dich auf meiner Website michelleschrenk.de für den Newsletter an und verpasse in Zukunft keine Neuigkeiten mehr. Als Dank für deine Treue bekommst du dort kostenlose Bücher und Bonuskapitel.

***

Meine liebe Leserin, mein lieber Leser,
an dieser Stelle möchte ich dir vielmals danken, dass du dieses Buch gelesen hast und meine Bücher liebst. Ich hoffe, dir hat diese Geschichte Freude bereitet. Vielleicht hat sie dein Herz berührt, und ich konnte dich für kurze Zeit aus dem Alltag entführen. Es ist einfach wundervoll, dass du mich auf dieser Reise begleitest. Ich liebe den Austausch mit euch allen, egal auf welchem Weg. Schreibe mir also immer gern. Falls du mir mal zufällig irgendwo begegnen solltest, kannst du mich natürlich auch jederzeit ansprechen. ☺
Wenn dir diese Geschichte gefallen hat, dann lass es mich doch bitte wissen. Schreibe mir gern eine Rezension bei Amazon, denn das ist ganz wichtig für uns Autoren. Besuche mich auf Facebook und Instagram oder folge mir auf Amazon. Werde einer meiner Insider auf WhatsApp, dort gibt es immer ganz besondere News. Ich lasse dich an

Coverabstimmungen teilhaben, oder wir plaudern einfach ein wenig. Hinterlasse ein Däumchen oder einen Kommentar, wie und wo auch immer. Ich freue mich über jede Rückmeldung.

Ganz lieben Dank!
Deine Michelle

Im Anschluss findest du weitere Bücher von mir, die ich dir ebenfalls ans Herz legen möchte.
Mehr über meine Bücher auch auf meiner Website michelle-schrenk.de.

**MEERESRAUSCHEN, SAND ZWISCHEN DEN ZEHEN,
EINE PRISE SEELUFT UND JEDE MENGE HERZKLOPFEN ...**

VERLIEB DICH IN SYLT – VERLIEB DICH IN DAS

Café mit Sylt und Zucker

Das Meer hat es mir schon immer angetan. Zu gern träume ich mich dorthin. Deswegen liebe ich es auch, Geschichten zu schreiben, die am Meer spielen.

Mit meiner Buchreihe »Café mit Sylt und Zucker« erlebst du Geschichten fürs Herz, humorvoll und mit liebenswerten Charakteren. Träume dich einfach weg und vergiss den Alltag.

Bislang sind folgende Bände erhältlich:
Band 1: Glück kommt selten allein
Band 2: Unverhofft kommt oft
Band 3: Liebe kommt vor
Band 4: Kommt Zeit, kommt Kuss
Band 5: Kein Gefühl kommt ohne Grund
Band 6: Das Beste kommt zum Schluss
      (Sommer 2024)

DARF'S EIN BISSCHEN MEER LIEBE SEIN?

Um das Chaos in ihrem Leben hinter sich zu lassen, beschließt Kati, Urlaub an der Ostsee zu machen und dort ihre beste Freundin Nele zu besuchen. Denn manchmal muss es doch ein bisschen mehr, ähm, Meer sein, oder?

Schon bei ihrer Ankunft stößt sie mit dem viel zu rauen, viel zu bärtigen und viel zu großen Keno zusammen, der sich dann auch noch als ihr Nachbar entpuppt. Von der erhofften Entspannung scheint nun nicht mehr viel übrig zu sein. Im Gegenteil, der Kerl ist die absolute Katastrophe und ganz und gar nicht Katis Fall. Mehr darf es für sie in Sachen Liebe, Romantik und Erholung schon sein, aber nicht mehr in Sachen Keno.
Doch manchmal hat das Leben seine ganz eigenen Pläne – und das Meer sowieso …

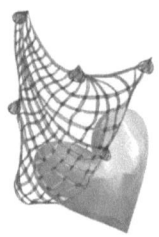

LANDLUFTKÜSSE UND
ANDERE MISSGESCHICKE

Eigentlich hat Stadtmädchen Katja mit Kühen und dem Land-leben im Allgemeinen so viel am Hut wie mit Gummistiefeln. Deswegen ist sie ziemlich genervt, als sie von ihrem Chef für einen Auftrag aufs Land geschickt wird. Sie soll einem Grundstücksbesitzer dort eine Unterschrift entlocken und etwas mehr über ihn herausfinden. Arbeit als Urlaub getarnt? Warum nicht.

Doch kaum ist Katja an ihrem Zielort angekommen, folgt ein Missgeschick dem anderen. Der exklusive Wellnessgasthof, in dem ihre Freundin Mimi ein Zimmer für Katja reserviert hat, entpuppt sich als stinknormaler Ferienbauernhof. Und er gehört ausgerechnet Kristof, dem unfreundlichen Kerl auf dem Traktor, mit dem Katja schon bei ihrer Ankunft aneinandergeraten ist. Woher sollte sie aber auch wissen, dass man nicht in eine Blu-menwiese fahren darf, um einem Kuhfladen auszuweichen? Zu allem Übel ist Kristof auch noch derjenige, auf den ihr Chef sie angesetzt hat. Was bleibt ihr also anderes übrig, als sich mit ihm zu arrangieren?

Wäre da nur nicht Mimis bescheuerte Idee, die ganz unerwartet alles durcheinanderbringt. Genau wie die Tatsache, dass ir-gendwas in der Landluft liegt und Kristof leider ziemlich gut küssen kann ...

LIEBE, SCHAF UND SCHOTTENROCK

Manchmal führt ein falscher Klick zum richtigen Ort ...
Schottische Küsse und Chaos: Eine romantische Komödie ohne Plan.

Warum sich Amelie Liebig zu einem Urlaub überreden lassen hat, weiß sie ehrlich gesagt nicht mehr. Ach ja, ein hammermäßiges Cottage und Erholung? Doch was passiert, wenn man als Planungsfreak etwas aus der Hand gibt? Richtig, alles geht schief. Nicht nur, dass sie alleine im Flieger sitzt, weil sich ihre Freundin kurz vor der Reise ein Bein bricht, nein, auch das scheinbar perfekte Cottage, das sie erwartet, entpuppt sich als Katastrophe mitten in der Einöde – inklusive eines kuscheligen Schafs als Mitbewohner. Und als wäre das nicht schlimm genug, trifft Amelie auch noch auf Jamie, vor dem sie sich im Flugzeug blamiert hat. Er heißt nicht nur wie der Schwarm aus ihrem Lieblingsbuch, sondern treibt sie mit seiner lässigen Art ziemlich zur Weißglut. Amelie will ihn eigentlich meiden, doch wer konnte schon ahnen, dass ihm erstens Schottenröcke so gut stehen und er zweitens so gut küssen kann ...

Eine romantische und humorvolle Liebesgeschichte mit Happy-End-Garantie und Cottage-Romantik.